DU MÊME AUTEUR

Aux Éditions Gallimard

LES EMMURÉS, *roman*, 1981. Prix Fénéon.

LOIN D'ASWERDA, *roman*, 1982 Prix littéraire de la Vocation.

LA MAISON DES ABSENCES, *roman*, 1984.

DONNAFUGATA, *roman*, 1987. Prix Valery-Larbaud.

CONCILIABULE AVEC LA REINE, *roman*, 1989.

EN DOUCEUR, *roman*, 1991. Prix François-Mauriac (« Folio », n° 2529).

LE ROUGE ET LE BLANC, *nouvelles*, 1994. Grand Prix de la nouvelle de l'Académie française (« Folio », n° 2847).

DEMAIN LA VEILLE, *roman*, 1995 (« Folio », n° 2973).

PORT-PARADIS, *roman*, en collaboration avec Philippe Chauvet, 1997 (« La Noire »).

DON JUAN. Adaptation du scénario de Jacques Weber, 1998 (« Folio », n° 3101).

PREMIÈRE LIGNE, *roman*, 1999. Prix Goncourt des lycéens (« Folio », n° 3487).

LE VOYAGE AU LUXEMBOURG, *théâtre*, 1999 (« Le Manteau d'Arlequin », nouvelle série).

LE POUVOIR DES FLEURS, *roman*, 2002 (« La Noire », « Folio », n° 3855).

TRAIN DE VIES, *nouvelles*, 2003 (« Folio », n° 4156).

MATINS BLEUS, *roman*, 2004 (« Folio », n° 4344).

PETIT ÉLOGE DU TEMPS PRÉSENT, *essai*, 2007 (« Folio 2€ », n° 4484).

NOUS VOILÀ, *roman*, 2009 (« Folio », n° 5149).

LA MARTRE ET LE LÉOPARD. Carnets d'un voyage en Croatie, *récit*, 2010 (« Le sentiment géographique »).

DESCENTE AU PARADIS. Photographies de Jean-Luc Chapin, 2011 (« Lieux et écrivains »).

AU PAYS DES FAINÉANTS SUBLIMES. Voyage en Touraine avec un ami photographe, 2011 (« Le sentiment géographique »).

Aux Éditions La Branche

PARIS MUTUELS, *roman*, 2012.

Suite des œuvres de Jean-Marie Laclavetine en fin de volume

ET J'AI SU QUE CE TRÉSOR ÉTAIT POUR MOI

JEAN-MARIE LACLAVETINE

ET J'AI SU QUE CE TRÉSOR ÉTAIT POUR MOI

roman

nrf

GALLIMARD

Je vais, dans cette prose milésienne, te conter toute une série d'histoires variées et flatter ton oreille bienveillante d'un murmure caressant pourvu que tu daignes jeter les yeux sur ce papyrus égyptien que la pointe d'un roseau du Nil a couvert d'écriture et tu t'émerveilleras en voyant des êtres humains changer de nature et de condition pour prendre une autre forme, puis par un mouvement inverse se transformer à nouveau en eux-mêmes. Je commence.

APULÉE,
L'âne d'or ou les métamorphoses

Le découplement des nôtres suivant deux axes différents, les uns vers l'est, les autres vers le sud...

CHARLES DE GAULLE,
Mémoires de guerre

1

Je commence. Cesse de t'agiter sous ton drap blanc. Garde les yeux fermés, ouvre tes oreilles. Ce n'est pas l'endroit idéal, je sais, ni le moment, mais nous sommes coutumiers des circonstances et des lieux insolites, toi et moi. Deux écrivains, après tout.

Un jour, du temps où j'écrivais encore, où je publiais encore, où des lecteurs se souciaient encore de Marc Gévaudan et même réclamaient des suites à des romans qui ne risquaient pas d'en avoir, un jour tu m'as appelé pendant que j'étais en train de déjeuner avec notre éditeur. Rappelle-toi, Julia, je l'ai laissé en plan pendant un quart d'heure devant ses calamars grillés pour t'écouter, une épaule appuyée contre le mur, dans la rue, les yeux piqués par le petit vent aigre et poudré de crachin qui balayait le trottoir, un quart d'heure à entendre ta voix me lire quelques paragraphes que tu venais d'écrire, car tu avais ce besoin impérieux de tout partager aussitôt avec moi comme j'avais celui de t'entendre et de t'aimer à travers tes mots, n'étant moi-même pas en reste puisque je pouvais te réveiller en pleine nuit, quand nous avions la chance rare de partager le même lit, pour te faire bénéficier de la lumière de mon génie, de cette flamme tremblante et vive dont la mèche trempait en général dans un fond de pur malt. Voilà bien une phrase que l'éditeur en question m'aurait fait couper en trois, de peur que le pauvre lecteur ne décroche immédiatement. Notre beau souci, le lecteur, tu te souviens? Il lui faut du simple, du concret, au lecteur, nous disions-nous, il lui faut du réel sans complications, il lui faut de belles histoires et pas grand-chose autour.

Je commence, donc. Ces lignes sont écrites pour toi, je te les lirai une à une, soir après soir. Chaque phrase, chaque mot, chaque son, pour toi, qui les entends peut-être, qui les entends du fond de ton non-lieu, qui ne les entends pas, va savoir, pour toi quand même.

Ce n'est pas si triste, un hôpital. C'est même un endroit plaisant, tiens, pour qui aime les jolies rousses comme celle qui vient de sortir de la pièce, un rêve d'infirmière, pétillante et bouclée, un petit air bondissant de fraîcheur et d'innocence sous la blouse mais on ne me la fait pas, je sais ce qu'il en est de l'innocence, je suis un vieux tigre recru de blessures – tu avais pris l'habitude de m'appeler ainsi, souviens-toi –, un coureur de jungles désabusé, tu me l'as assez dit en te plaignant de mes tristesses soudaines et de mon manque de foi.

Il m'arrive de boire un café ou un verre avec elle avant ou après son service. Elle s'appelle Ghita, si tu veux savoir, et cela se prononce plus ou moins comme Rita, trente-trois ans, une vie sentimentale compliquée, je te raconterai une autre fois, ce n'est pas le moment.

Nous n'avions pas prévu de nous retrouver ainsi tous

les deux, pas vrai ? Rien n'aura été prévisible ni convenable dans notre histoire. Toi, tellement plus jeune que moi, cela nous faisait rire. Tu feignais de n'y attacher aucune importance. Moi, plein d'un émerveillement inquiet. Et voilà, tu es immobile, gisant sous ton drap blanc, et moi dans le fauteuil, ordinateur posé sur les genoux, à te faire la lecture. Cela ne devait pas être. Et puis nous pensions en avoir terminé l'un avec l'autre, du moins nous faisions comme si.

Pourtant la vérité, c'est que nous n'avons pas fini. Quelque chose commence. Autre chose. L'hôpital, les tuyaux translucides qui te font une chevelure de déesse du futur, la musique des appareils, le clapotis des sandales sur le sol du couloir, les appels, les chariots, les murs pâles où danse la lumière, les reflets du soleil dans les vitres et sur l'acier chromé du lit, tout cela n'est qu'un décor, une mise en scène pour la nouvelle pièce dont nous sommes les protagonistes. Ce n'est pas celle que nous attendions. Pas celle qui nous aurait vus avancer tous les deux sur le plateau à la fin de la représentation, main dans la main, longue révérence au public sous les applaudissements. Ce sera autre chose. Un dialogue intime entre nos rêves, entre nos personnages, une déambulation à travers nos folies si minutieusement construites. Pour peu que j'y arrive, pour peu que ma voix, mes mots et les histoires que je te raconterai sachent te retenir.

Il ne se passait pas un jour, du temps de notre gloire, sans que nous évoquions la possibilité d'un roman, une idée de scène, une ébauche d'histoire, au point qu'il nous était devenu difficile parfois de faire la part du réel et celle des anges dans nos existences. Partout : dans un train, un avion, dans un bar, mais de préférence dans le lit où nous nous tenions serrés l'un contre l'autre, un courant électrique circulait aussitôt, des images se mettaient à crépiter autour de nous, nous nous tenions serrés je le répète car c'était notre arme magique contre les turbulences et les orages, contre les cumulus sournois et les feux de Saint-Elme. Un courant continu soudait nos peaux (et nos âmes, dirais-tu, puisque contrairement à moi tu n'avais aucune prévention contre ce terme), et nous nous élevions à des hauteurs incommensurables, nous plongions dans des gouffres exquis, nous frôlions des planètes bleues, arrête-moi si je vais trop loin dans la métaphore, tu sais que j'ai du mal à me retenir, comme avec le reste. C'était le sel de notre vie, le terrain de nos rencontres, le berceau de notre amour sans enfants. Nous nous racontions des histoires, nous bricolions des légendes. Celles que nous n'écririons pas, celles que nous peinions à écrire, celles que nous avions presque fini d'écrire, celles que nous avions enfin terminées. Tant de romans qui n'ont jamais vu le jour, car ils nous occupaient quelque temps avant d'être supplantés par d'autres projets, d'autres scénarios exaltants, d'autres figures de nos mythologies intimes, qui reposent sagement dans le dossier « Notre maison » de mon disque dur, sous forme d'icônes alignées comme les petites pierres tombales du cimetière des chiens.

L'important n'était pas dans la finition, mais dans le tremblement de la découverte. Ensemble, peau contre peau, un souffle unique. Nous inventions comme on voyage. Nous faisions des rencontres, nous nous installions chaque fois dans un pays nouveau, prenant le temps d'apprendre au moins les rudiments de la langue avant de nous laisser emporter vers d'autres lieux, vagabonds délicieux.

Tu penses à quoi ? C'était le sésame banal, pourtant chargé de mille possibles, qui nous mettait en marche, nous faisait pousser la porte. *Tu penses à quoi ?* Un silence, et le sourire en coin, la fossette creusée au coin de tes lèvres, un rire à peine, notre chant du départ, *tu penses à quoi, là, Marco ?* À rien, je ne pense à rien. Ta main sur mon épaule qui serre légèrement, allons, je sais bien qu'il y a quelque chose, tu ne vas pas t'en tirer comme ça. Je le sens, dis-moi. Ou bien c'est ma main qui montait de ton sein à ton cou, qui caressait ta joue et le courant passait : dis-moi, toi. S'il te plaît. Raconte. L'un ou l'autre. Parfois, dans l'excitation qui croissait, un désir trop manifeste nous contraignait à différer légèrement le départ vers tes paysages ou vers les miens, mais nous finissions toujours par partir, chez toi, chez moi, chez nous, tu te souviens, c'était notre pacte, tu vas te souvenir.

J'ai eu cette idée l'autre matin, en te quittant. Ghita, la jolie rousse, sortait en même temps que moi, il fallait que j'aie ma mine des pires jours pour qu'elle se soit sentie obligée de me convier à prendre un café au bistrot du boulevard alors qu'elle avait un autre rendez-vous, de peur sans doute que j'aille me jeter depuis le premier pont venu. Un café, je veux dire qu'elle a pris un café et moi un verre de blanc, il ne faut pas pousser l'affliction jusqu'à l'inanition. Une opération humanitaire d'urgence. Elle a ton âge, à peu de chose près. Une mauvaise psychologue m'aurait fait parler de ma vie, exprimer ma douleur, cracher mes tripes sur le formica, mais pas Ghita, c'est une fine mouche. Elle a compris que pour me consoler la seule solution était de me parler d'elle, et c'est ce qu'elle a fait avec gentillesse et intelligence, je dirais même avec prodigalité. Cette promenade dans le monde exotique des vivants m'a fait le plus grand bien. Quand je bois, cela rend les gens bavards, tu me l'as souvent fait remarquer. Bref, l'idée m'est venue tandis que je l'écoutais énumérer ses nombreuses amours, comme on délivre sans hâte des cadeaux japonais de leur emballage de papier de soie.

Nos histoires inventées étaient notre royaume. À force de partager à toute heure nos envies de romans, nos débuts de romans, nos bribes d'intrigues, nos croquis, nos petites et grandes nouvelles, nous avions fini par vivre de l'autre côté. Julia, je ne te laisserai pas sombrer. Tu es au bord du grand trou. Je te retiens. Je te sauve. Je vais reprendre nos anciennes histoires, commencer des romans que nous finirons un jour ensemble, quand tu seras debout, quand tu seras vivante, pleine de rires et de cris de bonheur et de cris de plaisir, quand de nouveau nos peaux feront des étincelles en se touchant. J'y arriverai, tu vas voir. Après tout Shéhérazade est bien parvenue à ses fins, la petite futée a fini par clouer le bec à son sultan psychopathe. Qu'ai-je de moins qu'elle, dis-moi ? Nous en avons vu d'autres, nous deux, nous avons terrassé des fantômes autrement moins commodes.

Allons, ne reculons plus.

Histoire de Nora.

Je commence.

2

La voiture est restée tout en bas du chemin, à un kilomètre du chalet. En quittant Paris hier, Nora n'a pas eu le temps de faire changer les pneus, elle n'a pas pu grimper la côte. La montée à pied avec les sacs et les provisions s'est finalement avérée moins pénible que prévu : le soleil brillait, les enfants riaient. Ils ont passé la nuit au chalet, ils étaient bien.

Ce matin Nora a levé les enfants très tôt. En regardant au-dehors par la fenêtre de la cuisine elle a vu la neige phosphorescente sous le ciel noir. La petite Marie ne voulait pas se réveiller, elle protestait dans son sommeil, son frère Noé l'a prise dans ses bras en lui parlant doucement. Après avoir rechargé le poêle à charbon Nora les a fait sortir, emmitouflés jusqu'aux yeux. Il faisait un froid de loup, le vent qui dévalait de la pente enneigée piquait le visage d'aiguilles glacées. Ils ont progressé lentement en se donnant la main tous les trois dans la descente vers la vallée, glissant de temps à autre sur une plaque verglacée, éclairés par le rayon tressautant de la lampe-torche. La semaine dernière, le chasse-neige a formé des congères de part et d'autre du sentier, juste avant qu'un beau temps implacable ne s'installe. Depuis, la température n'a pas cessé de baisser.

La marche dans le noir est longue. Nora n'ose pas traverser à pied la rivière gelée avec Marie et Noé, bien que cela ne présente aucun risque. Le jour n'est pas encore levé quand ils arrivent près de la berge, elle préfère suivre le sentier et faire le long détour par le pont. Il leur faut encore une bonne heure pour parvenir à la ferme de François et Jeanne. On distingue un rai de lumière autour des volets fermés de la cuisine, et la porte de l'étable est ouverte. Jeanne en sort avec un grand seau. Elle porte son anorak vert, des bottes fourrées, des gants dépareillés. Sous le bonnet rouge, la bouille ronde. En voyant les enfants frigorifiés, elle fait vite entrer tout le monde dans la maison. François est en train de laver son bol dans l'évier.

Jeanne ne fait aucune difficulté pour garder les petits, elle ne pose pas de questions. Nora sait que Romain n'ira pas les chercher ici. Il connaît à peine la ferme et ses occupants. Quand ils étaient encore ensemble, quand la vie paraissait simple et bonne, ils venaient souvent au chalet. Romain occupait son temps en longues randonnées solitaires à pied ou à skis, selon la saison. Elle restait à lire, à jouer avec Marie et Noé, à se baigner dans la rivière l'été. Elle faisait parfois de grandes marches avec ses amis, jamais avec Romain dont elle ne pouvait pas suivre le rythme. En quelques années elle a lié connaissance avec la plupart des habitants de la vallée, tandis qu'il passait pour un animal ombrageux, une sorte de mouflon difficile à observer même de loin.

Elle laisse les enfants à Jeanne et repart tranquillisée. Au retour elle prend le raccourci par la rivière.

C'est là qu'elle les voit.

Le renardeau est serré contre sa mère. Leurs toisons rousses flamboient sous la glace dans les rayons obliques du soleil. Lorsqu'ils ont tenté de traverser au début de l'hiver, vers le milieu de la rivière leurs pattes ont sans doute transpercé la pellicule encore trop fine. Leur course s'est arrêtée à quelques mètres du salut de la grève, et ils ont sombré en se débattant. Le courant les a entraînés sous la couche d'eau gelée et leurs dépouilles, bloquées par un rocher ou par une branche, ont progressivement été prises dans la glace.

Leurs yeux grands ouverts jettent des reflets clairs. Les babines retroussées du renardeau laissent apparaître ses dents et sa langue, tandis que la mâchoire de la mère, serrée sur le cou du petit, indique que jusqu'au bout elle a espéré le sauver.

Nora reste longtemps à les contempler, à genoux au-dessus d'eux sur la glace, laissant sa respiration se calmer. La fatigue de l'ascension fait frissonner les muscles de ses cuisses, et un panache de buée continue de s'agiter rapidement devant son visage. Son souffle lui emplit le crâne d'un bruit de forge.

Tout autour, la nature est immobile dans le givre et le blanc. Le ciel a des lividités de pierre. Les doigts de Nora lui font mal, ses gants ne sont pas assez épais pour la protéger du froid, et la chaleur de la course ne parvient pas jusqu'à ses extrémités alors que ses poumons brûlent.

Un claquement, parfois, le bruit de détente d'un gigantesque ressort métallique, suivi d'un mugissement sourd : trop à l'étroit dans le corset des berges escarpées l'épaisse couche de glace travaille, se fend, ploie et craque au-dessus du courant noir, dessinant dans son épaisseur des drapés scintillants. Au-dessous, la rivière gronde, cogne contre le plafond transparent et fait résonner à intervalles irréguliers des coups de gong le long de la vallée.

Nora tend l'oreille. Romain ne tardera pas à arriver. Elle n'a que peu d'avance sur lui, probablement. Rien ne bouge, la nature semble avoir été vidée de toute vie par un cataclysme silencieux. Pas même un choucas, pas un corbeau sur les branches en verre.

Elle sait qu'il empruntera le même sentier, le seul menant au chalet. Il doit la croire là-haut avec les enfants.

La veille au soir Nora a reçu un appel de Rosine, la sœur de Romain qui vit à Paris. Elle lui a conseillé de se méfier, Romain se doute qu'elle a emmené les enfants au chalet.

Ce n'est pas difficile à deviner. Dès que Nora peut quitter Paris elle va là-bas. D'après Rosine, Romain paraît décidé à venir les reprendre. La conversation a été interrompue, le téléphone portable capte très mal là-haut. Elle en savait assez. On ne raisonne pas Romain. Il est fermé comme un coffre, personne ne connaît la combinaison.

Maintenant elle avance aussi vite qu'elle peut, elle veut être sûre d'arriver avant lui. L'essentiel est que les enfants soient à l'abri. Ils auront une explication, tous les deux, si c'est encore possible. Il ne faut pas qu'il trouve le chalet vide, il pourrait mettre le feu, faire n'importe quoi. Elle hâte le pas, glisse parfois sur le verglas, tombe la tête la première dans la neige dure de la congère et se blesse le poignet sur une arête de glace.

Comme elle passe à côté de la voiture, quelque chose l'inquiète, un détail, elle ne sait pas quoi. Elle s'arrête un instant : le givre de la vitre avant a été gratté, il ne l'était pas quand elle est descendue. Quelqu'un a cherché à regarder à l'intérieur du véhicule pendant qu'elle emmenait les enfants chez Jeanne.

Il est devant.

Le chalet est situé au fond d'une clairière, à dix minutes de marche. Plus elle approche, plus sa poitrine se contracte.

Il y a eu, au début, des moments d'une douceur prodigieuse, presque insoutenable. Circonscrits pour la plupart dans le rectangle des draps qui au fil des heures se froissaient et s'enchevêtraient. Des moments de pure beauté horizontale, la chimie des corps aidant, où plus rien de laid, plus rien de blessant ne pouvait exister. Des moments où le temps s'abolissait dans le mélange des peaux, des mots libérés de la syntaxe. Mais dès qu'ils se relevaient, dès qu'ils reprenaient pied dans le réel commun, dans l'humanité verticale, dès que la matière des jours s'opposait à eux comme un mur de glaise, ils redevenaient des êtres distincts, leurs souffles et leurs cœurs ne suivaient plus le même rythme, leurs mots redevenaient coupants, leurs regards durs, ils étaient des loups. Romain et Nora. Romain-et-Nora. Nora-et-Romain. Leurs prénoms unis, scellés dans un même bloc. Cela a existé, semble-t-il. Nora y pense depuis quelques jours, un vertige la fait vaciller. Il existe des preuves que cela a pu exister, c'est incontestable, et nous en sommes là.

Elle fait halte en bas du pré en pente. De chaque côté du chalet, là-haut, la frondaison des mélèzes chargés de neige opulente se déploie comme une paire d'ailes. Il fait jour, mais la lumière de la cuisine est allumée. Elle l'avait éteinte en partant. La cheminée fume paisiblement. Aucune brise ne vient tourmenter la torsade de fumée qui monte droit et se dissout dans le blanc du ciel. Nora est pleine encore des pensées inquiètes de la nuit, ce sont des pensées de pleine lune, frissonnantes et bleues.

Elle a grimpé jusqu'au chalet, maintenant elle est face à lui, sur le seuil. Lui, Romain, sa grandiose erreur, sa risible espérance, l'amour de sa vie, blanc de rage, hirsute, son mari, son homme. Il a les bras tendus en avant comme pour la saisir. Il réclame ses gosses. Elle aussi met les mains devant elle, comme si ce geste pouvait la protéger. *Ils sont où ?* Romain a une voix rauque qu'elle ne lui connaît pas. *Ils sont où.* Ils se font face, bras tendus, se balançant d'un pied sur l'autre, on dirait qu'ils dansent. Romain fait soudain un bond vers elle, ses mains la saisissent aux épaules, mais il dérape sur la neige gelée qui couvre le seuil, son crâne heurte la rampe à laquelle il se rattrape de justesse. Elle a juste le temps d'entrer dans le chalet et de fermer la porte à clé, de pousser les deux loquets.

Prise au piège. Affolée par le roulement de grosse caisse des coups que l'autre frappe à toute volée sur la porte, Nora tente de recouvrer ses esprits et de prendre une décision, sans y parvenir. La voilà dans la cuisine. Elle tourne autour de la table en bois, cherche du regard une solution. La fenêtre ? Impossible de fuir dans la neige épaisse, il la rattraperait tout de suite. En revanche, lui peut entrer par là. Fermer le volet, vite.

Au moment où elle pose la main sur la poignée de la fenêtre, la vitre vole en éclats. Nora quitte la pièce en deux bonds, elle n'a eu que le temps de voir le visage de Romain, sa main qui pénétrait à l'intérieur pour saisir la poignée. Dans le couloir, elle se dit qu'elle aurait pu prendre le couteau à viande suspendu au râtelier près de la gazinière. Trop tard. Elle pourrait s'enfermer dans les toilettes, juste en face, mais il ne faudrait pas dix secondes pour que la serrure cède, un coup d'épaule suffirait. Ressortir, vite. Elle se rue sur la porte d'entrée, désengage les loquets, tourne la clé, ouvre la porte. Devant elle, le chemin gelé, étincelant comme un miroir sous le soleil. Aucune chance.

À sa droite, la porte de l'appentis, qu'elle pousse précipitamment. Une clarté livide suinte d'un vasistas obstrué par la neige. Des bûches sont entassées en désordre dans un coin de la pièce. Dans un autre, le VTT dont se sert Romain aux beaux jours. Posée contre une paroi, la grande pelle à neige. Les gestes de Nora s'enchaînent d'eux-mêmes. Ses mains agrippent le manche de la pelle, elle la brandit, la tient levée tout en se retournant vers l'entrée de l'appentis où Romain vient d'apparaître, et en même temps qu'il avance vers elle la pelle part à sa rencontre pour s'abattre à toute vitesse sur son visage.

Cela fait un bruit mat, suivi d'une vibration lente et grave comme un glas. Romain est à ses pieds, il s'est effondré en douceur, sans un cri. Du sang commence à couler sur sa joue dont la chair a pris une couleur étrange. Nora reste figée, les mains crispées sur le manche en bois. Elle a envie de vomir, comme devant le spectacle répugnant d'une bête malade. Romain a roulé dans la poussière, ses habits sont sales, ses cheveux pleins de copeaux et de brindilles grises récoltés dans sa chute. C'était bien la peine. Regarde comme tu es moche. Tellement moche et mort, si ça se trouve.

L'homme de sa vie n'est pas mort. Un soubresaut agite son corps, puis un autre. Il ouvre les yeux, Nora est dressée au-dessus de lui. Un son étranglé sort de sa gorge. Il devine peut-être les yeux écarquillés de celle qui fut sa femme, peut-être entend-il dans un dernier regret les mots qu'elle murmurait à son oreille aux moments d'amour, peut-être distingue-t-il dans un halo cendré la pelle qui s'élève au-dessus de sa tête et descend une seconde fois vers lui, masquant progressivement tout ce qui, du monde, restait à voir.

3

C'est dur, tu trouves? Sur les écrans de contrôle les lignes vertes ont eu un soubresaut, en écho au coup de pelle. Mais oui, c'est dur, la vie des vivants, qu'est-ce que tu crois. On dirait que tu as oublié. Pourtant tu ne les épargnais pas non plus, tes personnages, si je me souviens bien.

Non, je ne te lirai pas la suite, Julia, pas maintenant. Il n'y a pas de suite, de toute façon, pas encore. La nuit de la Salpêtrière s'achève dans un pépiement de cardiogrammes affolés, de râles divers, de gémissements et de plaintes. Les douleurs se réveillent avec le jour, on appelle les infirmières, on presse les sonnettes, on se sent mal, on a soif, on se sent mourir. La relève ne va pas tarder. Ghita vient de passer, elle m'a pressé de vider les lieux, elle termine son service après la transmission. Ces gens sont admirables. Comme ils s'occupent du pauvre monde, comme ils le consolent, comme ils débordent de compassion ! Si tu n'y vois pas d'inconvénient, je la raccompagnerai jusqu'à la bouche de métro. Après tout, nous lui devons ces nuits clandestines. Je ne peux pas te parler durant le jour, à l'heure où s'incarnent les rares habitants de ta vie officielle, qui te rendent visite aux heures chrétiennes pendant que je reste tapi dans mon antre, ceux qui ne peuvent pas me voir, ceux que je ne peux pas sentir. Ghita l'a bien compris, elle est notre bonne fée rousse et souriante, elle nous aide. J'arrive avec elle le soir, après les soins elle m'introduit dans la chambre de ma déesse futuriste. Vraiment jolie, Ghita, elle a quelque chose, tu devrais ouvrir les yeux de temps en temps, il y a de la beauté à contempler alentour, je t'assure. Un visage très régulier, des yeux couleur kaki, des sourcils dessinés comme deux fines parenthèses, lèvres tendres, poitrine ferme et accueillante (c'est une idée que je me fais, allons, ne te fâche pas), belle chevelure en cascade de boucles enflammées (je la vois quand elle la relâche d'un geste en sortant de l'hôpital : elle retire les élastiques et les pinces qui la contraignent pendant le service, et c'est un jaillissement de lave), sourire coquin, (faussement coquin je crois, elle n'est pas ce genre de fille même si elle veut s'en donner l'air), grande douceur dans l'expression. Tu n'as rien à craindre. On ne fait pas moins volage que moi. Et puis la petite Ghita, jolie comme elle est, la petite Ghita qui sort d'un méchant chagrin d'amour, n'est pas de celles qui font tapisserie longtemps. Je le dis sans aucun regret, crois-moi, loin de moi ces illusions, que vas-tu insinuer, à mon âge. D'ailleurs admettons, je dis bien *admettons* que je caresse un tel rêve, elle ne voudrait pas d'un vieux fauve épuisé et mélancolique, elle a mieux à se mettre sous la dent, du moins je le lui souhaite. Sincèrement.

Bon, d'accord. J'avoue qu'il m'est arrivé de m'imaginer

en consolateur providentiel, ce sont des fantaisies de romancier, tu sais comment cela fonctionne, clic clic clic, la petite mécanique. Je connais donc un peu sa vie, les gens se confient toujours spontanément à moi, comme si j'étais le seul à pouvoir les entendre et, qui sait, les guérir. Tu avais d'ailleurs les mêmes dispositions, élevées aujourd'hui à un degré suprême puisque sans que tu m'aies posé la moindre question je te raconte non seulement ma vie, mais celle d'autres créatures dans le registre le plus intime. Et même la tienne, la nôtre, je déballe tout. Tu es très forte en accoucheuse, ma petite épouse de nuit.

Bref, trêve de justifications, que cela te plaise ou non je ferai un brin de route avec Ghita, qui ne va pas tarder à venir me chercher, nous avons prévu d'aller prendre un café sur le boulevard.

Nous avons quelques minutes devant nous, sans doute : elle est en train de passer le relais à l'équipe du matin, elle bavarde un peu, elle raconte la nuit du service. Elle chante la ballade des allongés. Elle parle de toi, des courbes et des graphiques à quoi se résume ton existence désormais. Elle parle aussi de moi, qui sait : quel personnage émouvant, leur dit-elle en écarquillant les yeux et en croisant les mains sur ses seins (je t'ai parlé de ses seins, déjà ?), et de raconter l'amoureux dévasté qui visite sa maîtresse en cachette, la nuit, un vrai roman, un de plus, et les infirmières attendries d'écraser une larme. Si elles savaient.

Si elles savaient, elles pleureraient doublement. Mais hormis toi et moi, qui sait ce que nous sommes ? Et encore. Nous-mêmes ne saurons jamais tout.

Le temps a passé à une vitesse scandaleuse, depuis la première fois où nous nous sommes vus. Tu étais tellement jeune, tellement décidée, tellement sûre de l'avenir qui se déroulait devant toi, portant comme un ostensoir ta jeunesse et ton premier manuscrit. Moi, déjà vieille peau, assis sur le tas de mes quinze romans et de mes cinquante-cinq balais. Qu'est-ce qui t'a pris de venir vers moi ce soir-là ? Qu'est-ce qui t'a pris, mon cœur ? Étais-je à ce point séduisant ? Je ne peux pas le croire. Ou alors on me l'avait soigneusement caché jusque-là. Étais-tu attirée par autre chose, au-delà de mon corps magnifique ? Par les vapeurs de littérature qui s'exhalaient de ma personne ? Par le parfum de gloriole qui planait sur la petite société d'écrivains et d'éditeurs parmi lesquels je jouais les sphinx, lors de cette soirée où j'avais accepté de me rendre contrairement à mes habitudes pour la seule raison que je voulais y rencontrer une personne précise qui n'est finalement pas venue ? Non, tu n'es ni une midinette ni une opportuniste. Alors quoi. L'amour ? L'amour, d'emblée, dès le premier regard, l'amour comme un invincible aimant ? C'est ce que tu as toujours voulu me faire croire, c'est la belle histoire que nous nous sommes racontée pendant notre règne, quand nous revivions la scène en y ajoutant chaque fois des détails fabuleux. *J'ai su tout de suite. C'était toi.*

Mais l'amour ce n'est pas cela, c'est une foudre à combustion lente, un éclair qui se déploie au ralenti dans le ciel plombé de la solitude et qui met des semaines, parfois des années à répandre sa lumière sur la conscience, laquelle devra attendre encore longtemps avant d'être secouée par les roulements terribles du tonnerre.

Admettons tout de même la véracité de la fable puisque après tout je suis beaucoup moins calé que tu ne l'étais en météorologie amoureuse. Admettons que ce soir-là tu aies été irrépressiblement attirée vers le coin du salon où je pérorais en silence (je sais faire ça), face à une jeune perruche mâle, nouvellement arrivée dans la volière des lettres à la faveur d'un premier roman à succès. Il faisait les frais de la conversation, ma péroraison consistant en quelques mots lourds de sens que je laissais tomber de temps à autre comme des cailloux dans l'eau verbeuse, comptant sur les ondes concentriques ainsi créées pour donner l'impression que j'étais un sacré bavard.

Admettons que tu m'aies vu de loin, oui, *C'était toi,* que tu aies remarqué aussitôt la forme particulière de mes yeux, mon allure déplacée, mes gestes maladroits, mon envie évidente d'être ailleurs tout en étant férocement là, admettons l'incendie spontané et le désir immédiat que tu as éprouvé de boire et de manger mon corps, là, tout de suite, puisque *c'était moi.* Admettons que de mon côté j'aie instantanément délaissé le perruchon pour me livrer à la contemplation de la triomphale entrée en rade du vaisseau Amour, tandis que d'invisibles grandes orgues entamaient *Pomp and circumstance,* l'arrivée du vaisseau de chair, ton arrivée, ma chérie – tu n'étais pas encore mon échappée définitive, mon oiseau de nuit, ma déesse aux cheveux de plastique –, fendant ce soir-là la petite foule dans le léger roulis imprimé par tes chaussures à talons, ta poitrine soulevée par une houle longue, toi, mon beau navire venant t'échouer sur mon torse à la faveur d'un faux pas – j'ai toujours pensé qu'il avait été calculé par ton inconscient ou par quelque instance supérieure et secrète –, faux pas qui me fera renverser un demi-verre de vin sur la veste du perruchon et nourrira à jamais nos réminiscences heureuses et nos fous rires à venir, admettons ça, oui. Admettons même que j'aie spontanément, sincèrement eu le désir de tout quitter dans la seconde, déménager, abandonner la vie ordinaire, fonder un couple – moi qui après un bref mariage avais toujours fui la menace conjugale et sabordé plus d'un couple naissant – mais bien sûr, pourquoi pas, tout est soudain possible, un nouveau couple splendide et inaltérable, et sans aucun doute dans la foulée avoir des enfants (mais non, là, justement, de cela il ne serait jamais question, et ce n'est pas rien dans notre histoire).

Cela n'explique pas la suite, le miracle de la suite. Tant d'histoires s'achèvent à peine nées, passé la première ivresse, tant d'illusions s'abîment dans les flots amers, tant de rêves tout juste sortis de l'œuf se fracassent sur le mesquin réel, mais pas nous, Julia, pas nous. Après la soirée de la découverte et notre séparation à regret il y eut un jour d'attente et d'inquiétude délicieuses, et après ce jour une nuit, la première de nos mille et deux nuits, tu t'en souviens comme moi bien que nos mémoires menteuses et complices se soient ingéniées au fil des ans à transformer nos souvenirs en légendes.

Il y eut donc cette première nuit où la découverte de nos corps fut tellement limpide et naturelle, tellement évidente que nous avions chacun l'impression de rentrer enfin à la maison après un long exil.

La maison en question, toute métaphorique, notre havre secret, était sobre et blanche, lumineuse, légère.

Construite, ai-je cru durant ces premières heures, durant ces premiers jours, durant ces premières semaines, autour d'un meuble unique, le grand lit blanc où nous nous incarnions. Rien d'autre que nos êtres en mélange, que les reflets de la rue jouant sur les murs ou sur le plafond, que les craquements du parquet aux larges planches délavées. Le monde extérieur n'existait plus qu'à l'état de rumeur.

J'ai mis un peu de temps à comprendre que notre maison commune abritait d'autres vestiges qui t'appartenaient en propre. Nombre de pièces fermées à double tour qu'il me restait à découvrir, ma petite Barbe-Bleue. Des secrétaires et des coffres gorgés de souvenirs, des armoires débordantes, un grenier encombré, quelques cadavres, une cave très noire. Il me fallut surtout admettre que nous y avions un colocataire. Ton mari.

Allons. Voici que sous le drap ton corps s'agite et tremble. Imperturbable, la machine égrène ses bips, la courbe verte déroule sans faiblir son parcours en dents de scie, aspirations, inspirations, diastoles, systoles, Dieu sait quoi d'autre. Ta vie est une course sur la crête des petites montagnes vertes, mon essoufflée. Tu préférerais, je sais bien, que je te raconte la suite de Nora et Romain. Ne t'en fais pas, elle viendra tôt ou tard, tu auras ta ration d'histoires. Nous n'avons pas fini nos nuits. Pour l'heure je vais me taire car j'entends des pas dans le couloir, sans doute Ghita qui vient me chercher. N'oublie pas cependant que je suis le conteur, l'aède, le rhapsode, le trouvère, le barde, le fébrile félibre, le rossignol, le merle : je décide seul de mon chant. La porte s'ouvre doucement, vois le minois de la jolie rousse, vois le sourire de la vie.

Je ne t'abandonne pas, tu le sais. Comme un vampire je m'éclipse à la première lueur du jour, une gouttelette de sang perlant à la commissure de mes lèvres. Je reviendrai ce soir et tous les soirs, je te le jure. Rêve de moi, rêve de nous, flotte dans le souvenir de ma voix, ce soir tu m'entendras de nouveau, mais dis-toi qu'il n'est pas impossible que la prochaine nuit s'ouvre sur une histoire qui n'existe pas encore. Celle de Paul et Louise, par exemple. Tu te souviens ? Un de ces récits entamés dans l'ivresse de nos rencontres, et que tu n'as jamais terminés. Cependant comme toutes les histoires celle-ci sera changeante, peut-être méconnaissable, imprévisible. De nouveaux personnages s'immiscent, tu sais bien comment cela se passe. Ces deux enfants, par exemple. Emmanuel et Reine, qui sans doute ne te seront pas étrangers.

4

Le bus attend les passagers dans la cour de la gare. Ils s'installent en silence. Autrefois, une ligne ferrée secondaire permettait d'aller à Varlanges, elle a été fermée voici quelques années et remplacée par un service routier. Le train est arrivé ici avec une heure de retard, à cause de la grève qui peu à peu paralyse le pays.

Le chauffeur du bus est un jeune homme mince, au regard fiévreux. Il a les cheveux ras, la barbe clairsemée. Debout devant la porte d'entrée du véhicule, il a fait patienter les passagers jusqu'à l'arrivée de deux enfants d'une douzaine d'années. Il a paru soulagé de les voir sortir de la gare avec leur sac à dos, il s'est approché d'eux, a pris leur bagage pour le mettre en soute, les a fait monter avant tout le monde, les a placés au premier rang. Les autres peuvent entrer, maintenant.

Louise et Paul vont s'installer au fond. Ils auraient pu ne pas quitter Paris. Ils seraient restés tranquillement chez l'un ou chez l'autre, mais il a fallu que Louise insiste pour cette escapade. Elle a une raison particulière de vouloir aller à Varlanges. Une raison précise de vouloir être dans ce bus.

Les voilà enfin partis. Le front posé contre la vitre, Paul s'endort tandis que sur le siège voisin Louise croise et décroise les jambes en contemplant le morne défilé des plaines céréalières, les colonies d'éoliennes, les villages semblables. Ce n'est pas la première fois qu'ils quittent Paris ensemble, dans une clandestinité dont apparemment elle ne se sent pas coupable. Paul ne comprend pas son calme. Comme si la situation était claire, comme si leurs vingt ans d'écart étaient sans importance, comme si Paul était officiellement son mari – il a à peine vingt-quatre ans, elle en a plus de quarante ! –, comme si elle n'était pas en train de trahir quelqu'un, comme si elle ne risquait pas de briser sans recours ce qu'elle a si péniblement réussi à construire. Tant d'errances et d'erreurs, lui a-t-elle raconté, tant d'illusions et de désillusions, tellement d'attente, un jour enfin la paix arrive, le terrier conjugal, le confort d'un cœur serein, mais voilà, maintenant Paul.

Elle le regarde dormir. Il est abandonné, les lèvres légèrement entrouvertes. Dès le démarrage du bus il s'est assoupi. On dirait que le voyage ne le concerne plus. Il est déjà loin, il marche pieds nus dans un pré, la nuit tombe. C'est une vaste prairie en pente douce, au milieu de laquelle se dresse un arbre immense, dont les frondaisons forment une toison sombre, ondulante, une présence sacrée, un dôme d'où le ramage des oiseaux se répand sur la campagne déserte comme un chant d'Église. L'herbe lui arrivait tout à l'heure aux chevilles. Au fur et à mesure qu'il avance elle monte jusqu'aux mollets, puis jusqu'aux genoux. Le sol devient spongieux, une brume qui le fait frissonner est descendue avec le crépuscule, enroulant une écharpe d'humidité autour de son cou. Paul passe à distance de l'arbre, redoutant de se laisser happer par la sphère ténébreuse et bruyante. Il voudrait accélérer le pas mais ses pieds s'enfoncent de plus en plus profondément dans la mousse gorgée d'eau. Il sait qu'il doit marcher encore longtemps, rien ne peut le distraire, pourtant il a oublié quelque chose, il ne sait où, il ne sait quoi, et cette pensée l'encombre, embarrasse sa marche. Derrière, ou devant, il a oublié quelque chose, il sent qu'il lui faut se hâter. Ce n'est plus l'herbe qui ralentit son allure, mais l'eau, une eau noire, froide, visqueuse dont le niveau monte rapidement, atteignant le haut de ses cuisses. Il fait presque nuit, le silence est tombé sur le monde. Paul chantonne. Il n'y a pas de lune, cependant une clarté émane du paysage, blanche et translucide comme du sperme. Des barques filent, rapides, pilotées par des femmes debout, à la godille, dont il entend le souffle dans l'effort. L'eau lui arrive à la poitrine. Paul chantonne. Il a oublié quelque chose, ou quelqu'un. Sous ses pieds le sol est plus stable, il avance longtemps, le niveau de l'eau à hauteur de poitrine, longtemps l'eau vibre jusque dans ses poumons. Il ne s'enfonce plus, le sol est horizontal maintenant, Paul progresse en chantonnant, plein d'oubli, de clartés fugitives. Comme ta vie est lente, Paul. Tu ne sais pas ce qui t'emplit l'esprit. Tu as oublié quelque chose, et tu dois avancer dans ce paysage immense et lisse. L'arbre est loin derrière, et le pré, et l'herbe, la vie. Les barques ont disparu, englouties par la pénombre, sans laisser la moindre ride à la surface de l'eau. Paul marche plus vite, plus vigoureusement, il fend l'eau noire avec détermination, avançant une épaule, puis l'autre, à chaque pas, et au suivant, et encore, et encore, il s'encourage en chantant une chanson dont les paroles lui viennent spontanément dans une langue qu'il ne connaît pas. À un moment – et alors il perçoit en même temps la lenteur extrême et la risible brièveté de la vie – il comprend qu'il a accompli la plus grande partie du trajet. Rien ne le lui indique précisément, sauf peut-être le niveau de l'eau, qui redescend, ou la clarté qui se fait moins diffuse et laisse jaillir ici et là un trait de lumière plus franche. Devant lui, en hauteur, au loin, il distingue la masse d'une grande maison. Le sol est en pente douce, Paul monte la pente qui s'accentue, sans ralentir le pas. Bientôt il est hors de l'eau, il se fraie un chemin dans les hautes herbes sur le sol spongieux, bientôt il marche d'un pas vif sur le sol dur, ses habits sont secs, bientôt le voilà devant le perron. Il grimpe les marches deux à deux, il est à l'intérieur, au pied de l'escalier, dans la pénombre. Il flotte ici une odeur de bois, de poussière et d'enfance. Il parcourt les pièces du rez-de-chaussée, elles sont vides. Sur les murs, des tableaux dont il ne distingue pas les figures, des miroirs où il voit passer des ombres. Pas le moindre meuble. Il monte l'escalier, ses pas ne font aucun bruit sur le plancher. Pièces vides, fenêtres battant sur la nuit qui remue. Il lui semble avoir vécu ici. Mais quand? Il sent qu'il lui faut monter encore. La porte donnant sur l'escalier du grenier est entrouverte. Il a entendu un gémissement, un choc. Il s'avance gorge serrée, gravit une à une les marches, de plus en plus lentement. Arrivé dans le grenier, il voit l'enfant. C'est un tout petit enfant, un nouveau-né. Il est pendu par le cou à une poutre, lentement balancé par un courant d'air chargé des odeurs de la nuit. L'enfant nu semble paisible, on dirait qu'il dort. Lui seul baigne dans une clarté bleue, tandis que tout autour, dans le noir, des présences rôdent. Paul se précipite sur le petit corps, il le prend dans ses bras, le soulève pour soulager la tension de la corde et le tient serré contre sa poitrine. L'enfant est tiède, il ne respire pas. Paul non plus ne respire pas. À son tour il se balance, lentement, il se balance dans le courant d'air, tenant l'enfant contre lui, et il sent les bras de Louise se refermer sur ses épaules. Le corps de Louise l'enveloppe. Puis Louise desserre son étreinte, lui fait lâcher le petit. Elle s'est réveillée tôt, elle avait faim. Elle est allée voir dans la chambre de l'enfant, qui dans son berceau ne dormait pas. Il la regardait en souriant comme sourient les bébés. Il sent bon, sa peau est humide de buée. Maintenant elle porte l'enfant dans ses bras, elle sort de la maison. Il fait grand jour, grand soleil, la rue est pleine de bruits et de couleurs, c'est la rue d'une métropole, des voitures filent sous l'ombrage des platanes, partout des promeneurs, des ouvriers qui s'interpellent dans les échafaudages, des gens pressés, des cris, l'odeur d'une boulangerie proche. Passé le portail du jardinet Louise et l'enfant sont happés par la vie crépitante, elle marche vite, elle est heureuse, elle sait que quelqu'un l'attend, ou quelque chose, elle ignore quand et où.

Ils se réveillent presque en même temps. J'ai rêvé que nous avions un enfant, dit Louise. Paul a rêvé, lui aussi, il en reste poisseux mais ne se souvient plus de rien.

Le bus traverse des hameaux désolés, presque aucune circulation sans doute à cause de la grève. On se traîne sur des routes sans grâce, petites et mal entretenues, au lieu d'emprunter les grands axes. Le chauffeur ne leur a donné aucune explication, il semblerait que des barrages empêchent la circulation sur la nationale. Certains voyageurs protestent, exigent un arrêt qu'ils finissent par obtenir.

À l'avant, les deux enfants ne parlent pas. Reine écrit sur un cahier sans discontinuer. Son frère, Emmanuel, joue aux échecs sur un petit échiquier de voyage.

Le car s'arrête dans la cour d'un restaurant routier, à l'entrée d'un village. Des groupes se forment, certains décident de prendre le temps de boire un verre tandis que les autres font la queue devant les toilettes. Cette halte impromptue impose une atmosphère de fatalisme bon enfant, on sait que tout cela ne sera bientôt que le souvenir d'une péripétie amusante. La radio, la télévision ne transmettent plus de nouvelles. Paul et Louise prennent une bière avec trois jeunes compagnons d'infortune, des étudiants en lettres et en sociologie dont la conversation les distrait.

Par bonheur, le réseau téléphonique fonctionne encore et Louise a pu se mettre à l'écart pour appeler son mari. Elle l'appelle souvent, afin de l'informer de ses faits et gestes, elle invente à son intention des mensonges rassurants – c'est du moins ce qu'elle raconte à Paul. Elle s'est mariée tard, avec un homme riche, très amoureux d'elle et très occupé par son travail qui l'éloigne souvent de Paris. Il voudrait qu'elle quitte son métier, qu'elle l'accompagne dans ses voyages, qu'elle profite de l'argent qu'il lui offre, qu'elle lui fasse un enfant, elle refuse. Elle n'a jamais imaginé qu'elle pourrait enfanter, surtout de lui. L'idée n'est venue qu'avec Paul, éblouissante, évidente. Quand elle revient à la table, son visage est impénétrable, et elle ne répond pas à la mimique interrogative de Paul, qui lève un sourcil. La conversation roule sur la situation sociale du pays, les jeunes gens tiennent des propos généreux et prévisibles.

La relative bonne humeur générale est cependant un peu gâchée lorsque le chauffeur, extrêmement nerveux après une longue conversation téléphonique, monte sur une chaise, demande la parole et explique que le bus est tombé en panne. Sans doute faudra-t-il un peu de temps pour le réparer, faute de pièces détachées disponibles à proximité, mais il s'engage à y parvenir. Une femme s'est mise à crier, elle doit rejoindre ses enfants, sa famille, il est hors de question qu'elle reste dans ce village paumé. Paul a enlacé Louise, mais elle se dégage pour repartir téléphoner.

Le temps passe, des nouvelles invérifiables circulent concernant la paralysie du pays. Il devient évident qu'aucune solution ne sera trouvée avant demain. Bientôt madame le maire du village arrive pour offrir son aide. On voit qu'elle se sent investie d'une mission de la plus haute importance. La grève générale ayant été décrétée, les locaux de l'école sont disponibles. On peut organiser un couchage dans le réfectoire, et elle se fait fort d'obtenir de ses administrés un repas improvisé qui pourra être proposé d'ici deux heures.

Trois heures plus tard, les voyageurs se retrouvent sous le préau de l'école, où des tables ont été dressées.

Les villageois ont apporté du pain, des fruits, diverses victuailles, de l'eau et même quelques bouteilles de vin. Des passagers, qui avaient décidé de retourner à Paris en auto-stop, sont revenus penauds : pas une voiture ne circule sur la route. Reine et Manu s'approchent de la table en silence, ils attendent que quelqu'un se serve. Quelques personnes ont essayé d'engager la conversation avec eux, mais ils découragent vite toute tentative. À plusieurs reprises le chauffeur est venu les voir pour s'assurer qu'ils ne manquent de rien.

Une fraîcheur humide tombe avec la nuit. Paul et Louise s'éloignent dans la cour pour aller fumer une cigarette sous un tilleul, tandis qu'on installe des matelas dans le réfectoire. Il la plaque contre le tronc, l'embrasse, lui caresse les seins. Louise gémit, sa main descend à la recherche du sexe de Paul. Du préau proviennent des éclats de voix.

5

L'enfant pendu, tu n'as pas aimé. Moi non plus. Nous sommes des cœurs sensibles. Nous étions. Car tu n'es presque plus rien, ma flammèche, ma presque éteinte, et moi je n'ai jamais été grand-chose de plus qu'un poudroiement de mots et de désirs, une abstraction, un semblant d'homme.

Sinon, tu ne serais pas là, n'est-ce pas.

Sinon nous mènerions ensemble la vie méritée, au grand soleil.

Sinon nous aurions choisi, dès cette première nuit, de rester ensemble.

La nuit du miracle. Un tel ajustement millimétrique des corps et – allons-y – des âmes dès la première fois, comment aurions-nous pu le prévoir ? Le petit matin nous a accueillis pantelants, incrédules. J'exagère peut-être, la scène ayant été tant de fois réécrite, magnifiée, enrubannée de phrases scintillantes et de rêveries flatteuses. Toujours est-il que dès cet instant nous avons su. Une telle rencontre n'arrive pas deux fois dans une vie, elle n'arrive jamais dans la vie de la plupart des gens, on s'épuise à l'espérer en vain, et l'on disparaît en général au fond du trou avec cette petite luciole d'espoir nichée dans la poitrine.

Nous nous sommes donc revus le lendemain de notre rencontre à la soirée. J'ai hésité à t'appeler le matin. Je n'avais pas fermé l'œil de la nuit, je tournais en rond dans mon appartement en reculant le moment de composer le numéro que tu m'avais laissé et que je connaissais déjà par cœur, ne voulant pas paraître trop impatient, trop à ta merci. Puis je me suis dit qu'un message électronique – tu m'avais donné ton adresse, je la connaissais aussi déjà par cœur – serait mieux adapté à notre condition. J'étais écrivain après tout, j'avais en tout cas publié des livres. Tu aspirais à le devenir. Autant nous rencontrer sur ce territoire libéré où les phrases prennent le temps de se dérouler lettre après lettre sur le papier ou sur l'écran avant de se faire envoyer lire. Ayant allumé l'ordinateur, parmi d'autres messages j'ai vu aussitôt apparaître ton nom dans la boîte de réception : tu m'avais devancé. La veille, après l'épisode du verre renversé, ayant fait fuir le perruchon et divers importuns, j'avais suggéré le tutoiement et tu l'avais adopté sans transition ni commentaire avec un naturel parfait. Ainsi à tu et à toi nous avions vogué délicieusement au fil de notre première conversation, prolongée durant une heure sur le trottoir malgré vent froid et petite pluie. Le message du lendemain consistait en une phrase unique.

Dommage que je te tutoie, je vous aurais dit des choses que je n'ose pas te dire.

Je l'ai lue et relue en souriant de ta rapidité, et je t'ai appelée.

J'ai proposé de nous voir le soir même.

— Chez toi, dès la première fois ? Allons. Je ne suis pas ce genre de femme.

Goguenarde. Chez moi, d'accord, mais plus tard. Pas question de monter tout de suite. Tu voulais un bar, un banc, un endroit neutre, et nous nous sommes retrouvés au Caminito, bistrot où j'ai mes habitudes depuis des lustres, à deux cents mètres de ma tanière, pas vraiment un terrain neutre donc, d'autant que le patron, Felipe, est un ami, voire un complice à certaines heures pâles de la nuit, mais tu as accepté le rendez-vous sans discuter, et deux verres de vin plus tard tu montais bel et bien l'escalier en me tenant par la main, comme les femmes de rien qui ne se respectent pas. Tu as posé ton sac et ta veste sur une chaise, t'es installée sur le canapé pendant que je débouchais une bouteille, et dès lors chacun de nos gestes a semblé le fruit de très anciennes habitudes.

Ensuite, la nuit du miracle. Ici s'impose une ellipse, puisque je l'ai déjà évoquée, et que chaque seconde s'est incrustée dans la mémoire de nos chairs, ma toute donnée. Inutile d'en rajouter dans l'effusion lyrique et la commémoration. Simplement : les gestes du matin, le premier réveil ensemble, l'odeur du café, nos mains jointes sur la table, les sourires ensommeillés, la paix enfin qui descend sur nous comme une buée.

La paix. C'est un peu vite dit, bien sûr. Je ne suis pas le genre d'animal, moi, à me contenter de ma ration d'avoine amoureuse et à rester béat devant la mangeoire. Il me faut ma dose d'angoisse, le frisson de l'impossible, le pincement jaloux, la morsure du jamais-assez. En la matière, tu n'allais pas me décevoir.

Car elle rôdait déjà, l'ombre de ton mari – parmi l'armée des ombres. Déjà elle obscurcissait les recoins de notre bonheur naissant, ceux que je n'avais pas encore le courage ni surtout l'idée d'aller explorer. Je ne t'ai posé que peu de questions sur ta vie actuelle, je ne t'ai pas demandé quel prétexte tu avais inventé pour fuir le foyer conjugal durant une nuit entière, je ne voulais pas penser au sable du mensonge sur lequel allait devoir se bâtir notre maison secrète. Je crois me souvenir que c'est toi surtout qui m'as fait parler cette nuit-là, car nous avons aussi conversé, entre nos ajustements millimétriques, tu m'as fait raconter le distrayant chaos de ma vie présente et passée. Je n'ai rien su de l'Autre, ni de tes enfants, ni de votre histoire, j'avais des restes de patience à l'époque et je ne me hâtais pas de faire ta connaissance, dégustant mes plaisirs au rythme de leur arrivée et ne cherchant encore à voir que ce qui m'était montré.

Pourtant j'ai su dès la première seconde que tu étais mariée. Avant même d'entendre le son de ta voix j'avais vu clignoter à ton doigt l'alliance en or blanc toute simple, comme un signal de danger. Tu as pris soin de ne pas l'ôter lors de notre première nuit, ni au cours de celles qui ont suivi. Dans nos moments d'intimité, partout où nous nous retrouvions, au cinéma, dans la rue, dans les cafés ou les restaurants, chez les rares amis qui acceptaient de nous recevoir, ma main cherchait la tienne et inévitablement tombait sur le métal glacé de ta vie officielle. Tu le voulais ainsi, comme pour laisser peser sur moi la menace d'un retour à l'étable conjugale, à la ration de foin à heures fixes.

Des questions, j'en ai posé. Trop, comme toujours, car

qui pose des questions s'expose à des réponses. Jamais tu ne me refusais les informations que je quémandais, hélas, et chaque fois je repartais avec mon fardeau de vérités accablantes.

Je n'arrivais pas à croire que tu puisses avoir délaissé ou trahi un mari jeune, beau, riche et *successfull* pour un sphinx usé, sans projets, perclus de dettes et d'alcool. Et pourtant il fallut bien me rendre à l'évidence. L'électricité, tout de suite. Et ce détail que j'ai omis de rappeler : entre l'arrivée du vaisseau dans la rade et la nuit miraculeuse du lendemain, il y eut une journée qui ne fut pas seulement peuplée par mes hésitations devant le téléphone, par ton apparition électronique dans ma messagerie – *Dommage que je te tutoie* – et par l'attente fébrile de te revoir. Ce fut une journée de lecture, celle du manuscrit que tu m'avais confié la veille, et que je lus d'une traite. *Nous voulons voyager.* Ton premier roman, ma toute d'encre, dont le titre provenait d'un poème de Baudelaire : « Nous voulons voyager sans vapeur et sans voile ! / Faites, pour égayer l'ennui de nos prisons, / Passer sur nos esprits, tendus comme une toile, / Vos souvenirs avec leurs cadres d'horizons. / Dites, qu'avez-vous vu ? »

Nous aurons voyagé.

Mais revenons à l'histoire du bus. Je me dois d'ouvrir ici une parenthèse. J'ai bien senti que tu n'accrochais pas. Au début du récit tes mains ont été prises d'un très léger tremblement, et le rêve du grenier a suscité un bref plissement épileptique de la courbe verte sur l'écran. Mais par la suite... calme plat.

C'est toi qui avais commencé ce récit dans nos draps.

Tu partais d'une anecdote authentique. Un jour, retour d'escapade, une panne de notre train en rase campagne t'avait fait craindre que nous soyons découverts : impossible de rentrer à Paris, il avait fallu une éternité pour que des bus soient affrétés. Tu étais affolée : nous n'allions pas revenir à temps, ta trahison serait révélée. L'apocalypse. Finalement tout s'était bien terminé, et tu avais utilisé ce souvenir pour créer Paul et Louise, notre couple inversé – la différence d'âge, le riche et mystérieux mari… Comme tant d'autres, tu les as par la suite laissés en plan.

Tu es déçue par ce que je fais d'eux ? Tu me crois parti pour un scénario sentimental vaguement onirique, une histoire de découplés telle que tu les affectionnais, mais qui ne me réussissaient guère ? Tu attendais autre chose de moi. Tu sens poindre l'ennui, le redoutable ennui, notre ennemi juré !

Sans vouloir te vexer, il me semble que tu n'es pas assez attentive aux détails – dans ton état, tu es tout excusée, ma quasi-morte. Je vais t'aider. Tu n'as pas prêté attention à un personnage important de l'histoire. Je ne parle pas de Paul, le petit Paul, cette réincarnation du vieux Marc Gévaudan en jeune homme. Trop clair, trop évident, trop lisse. Alors Louise, la translucide, noyée dans son désir d'enfant ? Non plus. Par ailleurs Louise n'est pas celle que tu crois.

Écoute bien.

Quand nous tricotions nos intrigues, nous cherchions quel fil dérouler depuis l'écheveau de nos délires narratifs, nous voulions nous surprendre, tu te souviens ? Soudain une silhouette entraperçue devenait centrale, un personnage secondaire à peine esquissé prenait une ampleur inattendue...

Tu y es? Tu le vois? Mais oui. Le chauffeur. Tu as remarqué comme il s'occupe des enfants, comme il se soucie d'eux? Eh bien je suis au regret de t'apprendre que ce n'est pas un brave garçon.

Parlons un peu de lui. Parlons de Danilo, ving-huit ans, venu en France avec sa mère quand il était enfant, en 1993. Tous deux ont été exfiltrés à grand-peine de Goražde, petite ville de Bosnie-Herzégovine où leurs vies étaient en danger. Le père est resté là-bas, ils ne l'ont jamais revu.

La mère et le fils échouent dans la banlieue de Roubaix. Elle travaille de nuit, le garçon livré à lui-même éprouve la grande solitude. Bien après les accords de Dayton qui marquent la fin de la guerre en 1995, il vit cloîtré dans sa chambre avec son ordinateur et passe son temps à chercher des traces de son père sur Internet. Sans doute le père a-t-il sauté sur une mine, ou fini dans un charnier. Il est possible aussi qu'il ait refait sa vie avec une femme rencontrée dans un abri ou dans une tranchée, va savoir. Un jour Danilo obtient enfin de ses nouvelles, mais elles sont sujettes à caution. Elles proviennent d'un interlocuteur régulier, qu'il a connu au cours de ses recherches sur la Toile. Cet homme se fait appeler Sid, rouage intermédiaire d'une organisation clandestine très active. Il anime un site islamiste qui se donne pour mission de préparer la guerre sainte dans les pays d'Europe balkanique. Sid prétend avoir connu le père de Danilo dans les rangs des moudjahidine venus défendre la Bosnie pendant le conflit. Il est plus que probable, en réalité, que Sid a très vite senti la fragilité du garçon, et usé d'un mensonge pour l'attirer dans sa mouvance.

Tiens, ta main a bougé. Légère accélération du pouls.

Tu vas me demander comment je sais tout ça. Mais enfin, Julia, c'est moi qui raconte ! Si je ne sais pas, qui saura ? En tout cas, Danilo dès lors file un mauvais coton.

De notre temps, la naissance de l'histoire aurait suscité un dialogue effréné sur l'oreiller, tu m'aurais assailli de questions, tu aurais pointé les contradictions et les invraisemblances, tu aurais testé la motivation du conteur en couvrant ma poitrine de baisers pendant que j'aurais parlé.

— Pourquoi un mauvais coton, Marco ? Que vas-tu faire de ce pauvre gosse ?

— Je vais le laisser grandir, que veux-tu que je fasse.

— Tu vas le jeter dans les pattes de ce sale barbu ?

— Cela arrive tous les jours. Imagine-le seul dans sa chambre, dévoré par des rêves de vengeance, certain que son père est mort en héros pour défendre son pays et la vraie foi... Il s'invente des ennemis et une mission, agrémente sa solitude de fanfares glorieuses...

— Très croyants, ses parents ?

— Musulmans comme on l'est par là-bas. Des communautés se sont formées au gré des balancements de l'Histoire et des conversions opportunistes. Les Balkans, tu sais ? Le point de friction des plaques tectoniques entre Orient et Occident. Vague éducation religieuse, la famille n'allait même pas à la mosquée.

— Admettons. Mais je ne vois pas ce que tout ça vient faire dans l'histoire de mon bus. Tu t'égares, mon vieux Marco.

— Attends de connaître la suite !

— Je n'y tiens pas.

— Vraiment ?

— Au départ, il y a l'histoire d'un couple illégitime qui se trouve pris dans une situation inattendue. Ils nous ressemblent. C'était mon idée. Je ne comprends pas où tu veux en venir avec tes Bosniaques salafistes et ton adolescent mystique. Essaie de me convaincre mieux.

— Très bien. J'arrête.

— Oh, le vieux tigre susceptible ! Tu sais bien que tu vas continuer, tu ne pourras pas t'en empêcher.

— Non, tu as raison, c'est sans intérêt. Laissons tomber.

— Marco...

— Parlons d'autre chose. Sortons, tiens, allons boire un verre.

— Marco !

Ainsi de suite. Tu aurais fait l'âne pour avoir du son, j'aurais résisté un moment, malgré tes manigances et tes supplications... Et j'aurais repris le fil, bien entendu. Tu avais les moyens de me faire parler.

Danilo finit par rencontrer Sid. Un homme calme, rassurant, déterminé, persuasif. Il a réponse à tout. Et le jeune homme taciturne en mal d'autorité se laisse peu à peu embrigader : on lui fait rencontrer d'autres jeunes, il suit des cours de religion, part quelques mois à l'étranger dans un camp d'entraînement à la guérilla urbaine.

Tu ne vois toujours pas le rapport avec ton bus, je sais. Sois un peu patiente. Laissons un instant Danilo à ses fureurs et à ses rêves de fin du monde (il les déverse dans un blog que tu pourras consulter à ton réveil si tu le souhaites, j'ai conservé les archives). Intéressons-nous aux enfants, Emmanuel et Reine. Des jumeaux, qui ne sont pas sans lien avec ta propre histoire, ma Julia, même si tu ne les avais pas initialement placés dans ce récit.

Ils vivent avec leur mère, et avec un beau-père qui ne leur plaît pas. Leur père habite actuellement à Varlanges, la ville que le bus est censé rejoindre malgré la grève qui paralyse le pays. C'est la raison du voyage des enfants : ils vont rejoindre leur père, tout simplement.

— À l'insu de leur mère ?

— Une fugue, oui. C'est tout à fait regrettable. D'autant plus regrettable qu'ils pensent que leur père les attend, or ce n'est pas le cas. Reine échange souvent des courriels avec lui. La semaine précédente, elle a reçu un message dans lequel il pressait ses enfants de le rejoindre pour quelques jours. Il avait d'importantes révélations à leur faire. Il faut dire que le divorce des parents, entouré de mystère, avait secoué le frère et la sœur. Reine n'a pas hésité. Elle est la plus audacieuse des deux – et surtout elle ne supporte pas la présence de son beau-père. Elle a préparé leur cavale, rempli à la hâte un sac à dos de linge et d'affaires diverses et le jour dit elle a entraîné son frère vers la gare.

— Alors ce n'est pas si grave. Ils ne risquent rien, ces gosses. Ils sont attendus à l'arrivée.

— Malheureusement, le message du père était un faux. Danilo en était l'auteur.

Rappelle-toi, nous pouvions tenir ainsi des heures, assis dans le lit, serrés l'un contre l'autre, dans un jeu surexcité de questions et de réponses d'où jaillissait une histoire comme un djinn de sa bouteille.

Je vois que sur les écrans les courbes s'énervent, que les bips se rapprochent. J'aime te faire languir. Je suis sûr qu'un jour tu n'en pourras plus, tu ouvriras les yeux et la bouche pour reprendre nos échanges.

Je t'explique, alors. Danilo a une mission. Grâce à des complicités il s'est fait embaucher comme chauffeur sur cette ligne de bus un mois auparavant. J'ai oublié de te préciser que dans son adolescence solitaire, sans autre ami que son écran d'ordinateur, à défaut de suivre une scolarité tranquille il s'est passionné pour l'informatique. Il a suivi les cours de piratage généreusement dispensés sur la Toile. Rien ne lui est étranger du hacking, des registres d'offset et des registres de flag, des indicateurs de parité ou de dépassement, du cracking et de l'overflow. Aucun professeur de mathématiques ou de technologie n'aurait parié un centime sur un tel spécimen, et pourtant il s'est révélé assez doué. C'est ce qui a tout de suite intéressé Sid, imam autoproclamé régnant sur un troupeau de têtes brûlées qui coulent des jours oisifs aux frais de la République dans leurs résidences de Fleury-Mérogis, Ensisheim ou Clairvaux. Sid avait besoin d'un tel expert. De nos jours, Allah ne peut pas s'en sortir sans le secours de l'informatique, son propre discours binaire ne suffit pas et le djihad commence au fond des disques durs. Le garçon, qui faisait le désespoir de sa mère et des éducateurs, s'est senti reconnu pour des compétences acquises sans l'aide de personne. C'est ainsi qu'il a reçu mission de pirater l'ordinateur de Reine, d'engager un dialogue avec elle en se faisant passer pour son père, et qu'il est parvenu à la convaincre de partir avec son frère pour Varlanges. En effet, les deux enfants sont les seuls à pouvoir franchir le barrage de sécurité qui protège leur père, Stanko Milenković, cible choisie pour un attentat meurtrier. Les gardes les laisseront s'approcher de lui. Avec leur bagage piégé.

— Marco… Mais qu'est-ce que tu racontes ?

— La vérité, Julia. Ces enfants sont en grand danger. Leur père vit depuis plusieurs mois sous protection policière. Stanko, géographe de formation devenu un brillant professeur de sciences politiques, a collaboré activement avec les services spéciaux ces dernières années lors de diverses opérations de surveillance des réseaux radicaux dans les Balkans. Il connaît parfaitement le terrain, et bien que réfugié en France il a conservé beaucoup de contacts là-bas. Une de ces opérations s'est mal terminée, il a été repéré et caché à Varlanges. Les services spéciaux savent qu'il est recherché par un mouvement islamiste. Ils ignorent encore le niveau du danger. Ils ne savent pas que le mécanisme est déjà enclenché, ni que l'attentat en préparation est supervisé par une certaine Selma, dont je te reparlerai. Il se trouve que je l'ai connue. Très bien connue.

Ah, je vois que tu t'intéresses. J'aime ces clignotements rapides sur la machine. Un drôle de type, ce Stanko. C'est un Serbe de Bosnie qui a combattu contre les Croates et les Bosniaques au début de la guerre. Il dirigeait une unité qui a commis des exactions terribles. Peu à peu effrayé par l'horreur de la situation, il a ouvert les yeux sur les responsabilités des dirigeants nationalistes et a finalement déserté son camp pour collaborer avec l'Otan. Il vit clandestinement, se prend pour un aventurier, monte des affaires mirobolantes qui invariablement se vautrent dans la poussière.

Voilà, je t'ai à peu près tout dit, si ce n'est que la panne de bus a été inventée par Danilo. Sa mission est de piéger le bagage des enfants avec des explosifs, qui seront mis à feu grâce à un téléphone portable quand ils arriveront près de leur père. C'est un matériel ultraléger, la charge et son détonateur sont à peine plus encombrants qu'une grosse pile alcaline, et peuvent causer des dégâts définitifs sur un rayon de plusieurs mètres.

— C'est affreux, me dirais-tu si tu le pouvais. Tu es un vrai malade. Où vas-tu chercher des horreurs pareilles ?

— Je comprends ta réaction, Julia. Mais je n'y peux rien. Les hommes sont ainsi. Laisse-moi terminer. La livraison de l'engin a été empêchée par la grève. Voilà pourquoi le chauffeur a pris un itinéraire imprévu et fait une halte dans cette école, où sa complice pourra le rejoindre avec les munitions.

— Tu m'as dit hier que Louise avait une raison précise d'être dans ce bus. Laquelle ?

— J'aime te voir attentive et curieuse. Il ne s'agit pas pour Louise d'une escapade sentimentale. Elle a même commis une faute professionnelle en embarquant Paul dans ce voyage. Mais elle n'arrive plus à se passer de lui. Elle s'est dit avec un peu de mauvaise foi que ce serait une couverture discrète, que si elle était ainsi accompagnée personne ne pourrait deviner ce qu'elle est vraiment : un agent des services de sécurité en mission.

— Marco…

— Cela te surprend ? Louise, ta Louise ? Tu ne la voyais pas pointer tous les mardis matin au stand de tir pour aligner des cibles en compagnie de collègues graveleux au crâne rasé et puant le tabac ? Tu ne la voyais pas étudier des dossiers criminels, participer à des arrestations, organiser des filatures et des écoutes téléphoniques ? C'est pourtant bien elle. Son adolescence et sa jeunesse ont été chaotiques, comme les tiennes. Quelqu'un lui a tendu la main, un jour, quelqu'un l'a orientée vers cette formation et ce métier, elle y a vu une issue raisonnable, une promesse d'ordre et de stabilité, puis elle y a pris plaisir. Au travail elle se montre taciturne et efficace. Son mari aussi a été surpris d'apprendre ce qu'elle faisait. Ils se sont rencontrés dans une soirée et elle a tardé à lui révéler ce détail. Elle surveille Danilo, suspecté d'être sur le point d'accomplir une opération violente, laquelle vise Stanko Milenković, même si on en ignore la nature exacte. Louise est d'autre part une femme tourmentée, engagée dans une aventure amoureuse qui a fait naître en elle un puissant désir d'enfant. Maintenant, tu sais tout ce que tu as à savoir.

La petite Ghita m'a encore parlé de ses amours. S'il te plaît, quand tu te réveilleras et que tu feras sa connaissance, ne l'appelle pas Guitta, elle tient à la prononciation du « gh », un « r » qui procure un léger frisson de fond de gorge et embellit la vie. Tu lui dois bien ça, puisque c'est grâce à elle que tu m'as retrouvé. Tu l'ignorais ? Évidemment. Elle ne te dit pas tout, quand elle fait ta toilette, remplit les flacons et fixe les cathéters où circulent divers liquides qui goutte à goutte se mêlent à ton sang pâle, quand elle consulte les cadrans, complète heure après heure les graphiques sur la feuille accrochée au chevet de ton lit, tire ton drap et ajuste ton oreiller. Car elle te parle, je le sais. Pas comme moi, bien sûr, mais elle te confie les menus soucis du jour, les choses douces et banales qui font le quotidien des mortels éveillés, elle te donne des nouvelles du monde et du ciel, soleil ou pluie. Pleine de vie, la rousse pétillante ferait sourire un mur d'hôpital. Faut-il que les hommes soient cons pour l'abandonner l'un après l'autre ! La bonté fait peur, il faut croire. Par ailleurs, sainte Rita est patronne des causes désespérées.

Je dois tout de même te raconter ce qui m'a amené dans cette chambre, par quel hasard je me retrouve à passer mes nuits auprès de toi à la Salpêtrière, mon endormie, à te dérouler mes histoires en espérant qu'elles te ressusciteront, puisque toi et moi avons toujours cru qu'elles avaient le pouvoir de donner la vie ou de la rendre.

Tu te souviens de la façon dont nous nous sommes quittés ? De nos déchirements, de nos suffocations, de ce message que j'ai reçu un jour sur mon téléphone au moment où je montais dans le train pour te rejoindre à l'autre bout du pays, loin de ton mari et de tes enfants ?

Ne viens pas.

C'était mon châtiment pour avoir rompu le pacte. Ce serment avait été conclu très vite, lors d'un de nos premiers rendez-vous. Le pacte : chacune de nos rencontres devait commencer par une histoire. Un récit, un début de roman, un petit conte en trois lignes ou trois pages. Jamais nous ne nous laisserions ensevelir sous le quotidien ordinaire, jamais nous ne courberions l'échine. Entre le réel et nous c'était un duel à mort. Une histoire, tel était le tarif du péage amoureux, le prix pour accéder à notre monde, celui où nous étions tous les deux seuls, et où nous ne devions rien à personne.

— Le jour où l'un de nous arrive sans une histoire à raconter, l'autre est tenu de le quitter sur-le-champ, sans explication, sans regret, sans retour. D'accord ?

D'accord. Cela s'est décidé au cours d'une de nos premières rencontres. Chez moi, bien sûr, puisque je n'avais pas accès à ton bel appartement, bien que ton mari fût très souvent absent. Dans ton bel appartement tes enfants dormaient, me disais-tu, sous la garde d'une nounou que ton mari avait dénichée aux Philippines ou en Tunisie, je ne sais plus. Toujours en déplacement, et pour cause, il avait créé une compagnie aérienne pour hommes d'affaires, petits avions, horaires souples, tarifs à l'avenant. C'est d'ailleurs ainsi que tu l'avais connu, ayant été embauchée parmi le personnel de bord, grâce à ton don des langues, à ta prestance et à d'autres qualités moins immédiatement repérables, à une époque où tu rédigeais une thèse d'anthropologie sur la sexualité des femmes en milieu rural que tu n'as jamais achevée.

Ne viens pas. Je ne suis pas venu. Tu allais pouvoir rester auprès de l'autre, fuir le typhon de notre amour vrai. Nous ne nous sommes plus revus, jusqu'à cette chambre blanche où persistent à battre ton cœur vaillant et son orchestre de machines. *Ne viens pas.* Inutile de décrire l'état de fureur dans lequel ces trois mots m'ont laissé, et le désespoir qui a suivi.

Toujours est-il que longtemps plus tard, alors que je venais rendre visite à mon père dans cet hôpital où je l'avais fait transférer depuis sa province, à la suite d'un grave accident de tuyauterie, j'ai eu la surprise de croiser l'autre. Je veux dire, l'Autre. L'homme de ta vie. Non pas tel que je l'avais imaginé dans les premiers temps : beau, jeune, plein de cette hautaine assurance que procurent les privilèges matériels et l'intime conviction de leur bien-fondé, avec en prime cette imperceptible et charmante raideur du corps imprimée par une éducation religieuse précoce et de bon aloi. C'est ainsi que mon angoisse me l'avait dessiné quand j'avais appris son existence, celui qui t'avait offert la bague en or blanc, celui que tu ne quitterais jamais. Mais l'homme que j'ai vu faire les cent pas dans le couloir devant une chambre en attendant sans doute la fin des soins était bien différent d'une telle caricature. C'était l'homme que j'avais aperçu pour la première fois un jour, alors qu'il entrait en ta compagnie dans le jardin du Luxembourg – je te le raconterai plus tard. Maigre, funèbre et pâle comme un cierge. Il ne m'a pas remarqué, perdu dans quelque pensée bien concrète.

Ghita la fille de Berbères, la bonne fée aux cheveux rouges s'occupait de mon père. C'est ainsi que je l'ai connue. Très vite je m'en suis fait une alliée dans la place. Tu sais que je ne résiste pas au charme des jolies rousses, qui de leur côté me tombent assez facilement dans les bras. Je plaisante, voyons. J'ai pu lui demander des renseignements sur la personne qui occupait la chambre devant laquelle veillait le jeune homme funèbre. Je redoutais la réponse. Elle est venue de la bouche exquise de Ghita (fais-moi penser à te décrire sa bouche, un de ces jours), avec les détails tristes : c'était bien lui, c'était bien toi. Tu avais été trouvée en pleine nuit devant l'hôpital, entre la vie et la mort, personne ne savait ce qui t'était arrivé. Et depuis, grâce à Ghita, chaque nuit je prends la relève du presque veuf qui vient dans l'après-midi. Je suis sûr qu'il ne sait pas te parler comme je le fais. Je suis seul avec toi, rien d'autre ne peut me combler.

Julia. N'avoir jamais cessé de t'aimer restera le vrai triomphe de mon existence.

J'aurais voulu te donner des nouvelles de mon père, puisque tu le connais, mais il est tard. Je reviendrai demain, ne t'inquiète pas, nous entrerons de nouveau dans notre maison d'images, nous dévideron les pelotes de nos histoires comme deux gentils petits vieux au coin du poêle durant l'hiver interminable. Nous retournerons dans le bus, bien sûr, mais auparavant il faudra que je te donne quelques nouvelles de Nora.

6

Nora court. Elle court sur la neige durcie, tombe une fois, deux fois, reprend sa course. Arrivée à la voiture elle cherche fébrilement la clé dans sa poche, mais ses doigts engourdis ne sentent plus rien. Elle finit par l'extirper, la fait tomber, la ramasse maladroitement, essaie en tremblant de l'introduire dans la serrure.

La serrure est gelée. Nora tente en vain d'enfoncer la clé. En désespoir de cause, elle tire à toute force sur la poignée de la portière, qui s'ouvre avec un craquement. Elle ne l'avait pas verrouillée, par chance. Vite, Nora se glisse sur le siège, met le contact. Le moteur tousse, s'enroue, ne démarre pas. Elle hurle en tapant de la main gauche sur le volant. Allez, allez ! Enfin la voiture s'élance, dérape, heurte la congère, reprend tant bien que mal l'axe du chemin.

La route est verglacée, Nora perd parfois le contrôle dans une glissade, se rétablit. Elle ne sait pas ce qu'elle doit faire. Où aller. Qui prévenir. D'abord récupérer les enfants, ne rien dire à Jeanne et François, trouver un prétexte, partir vite. Non, elle ne dira rien à personne.

J'ai tué Romain. Comment prononcer une phrase pareille ?

Alors qu'elle arrive à hauteur de la rivière, elle freine brusquement. L'image des renards sous la glace vient d'envahir son esprit, et elle se met à sangloter sans pouvoir s'arrêter, le front posé sur le volant.

Elle trouve Marie et Noé sagement installés devant la télévision. Le temps de les préparer, de remercier Jeanne, de les installer sur leurs sièges, la voilà partie. Le plus loin possible d'ici, c'est la seule idée que puisse former son cerveau. Mais où ?

Elle traverse des villages noircis et lugubres, encombrés de neige sale, aux façades suintantes. Le ciel s'est obscurci, des rouleaux de nuages anthracite laminent la vallée. À l'arrière, les enfants ne posent plus de questions, ils dorment malgré la musique que Nora a mise à plein volume. *Shakti.* Elle ne veut plus entendre le gong de la pelle sur le visage de Romain. Elle ne veut plus entendre ses propres cris quand elle a reçu les premiers coups de poing un soir, ni les hurlements des enfants qui suppliaient leur père d'arrêter. Elle ne veut plus entendre les pleurs et les supplications de l'homme implorant son pardon. Elle ne veut plus entendre le bruit de sa course affolée sur le plancher du chalet tout à l'heure, le grincement de la porte de l'appentis, elle veut être ailleurs, elle ne veut plus se souvenir de l'entassement de bûches, du vélo de Romain, de la lumière blême coulant du vasistas, elle ne veut plus sentir l'odeur de sciure mouillée, voir le corps sans vie qui a roulé au sol, le sang dans les cheveux mêlé de poussière, entendre le gémissement d'animal qui s'éteint. Il est inerte, le second coup de pelle a sonné et tout s'est teinté de noir et de silence.

Romain est resté longtemps immobile sur le sol glacé, mais imperceptiblement la vie est revenue en lui. Il a d'abord senti le goût du sang dans sa bouche, celui de la sciure. Lentement son esprit s'est ranimé. Ses doigts ont bougé, à peine, endoloris par le froid. Il a tenté de petits mouvements, il lui a fallu de longues minutes avant de pouvoir se lever. Mais le voilà debout, chancelant face au rectangle aveuglant de la porte ouverte. Maintenant Romain est dehors, il frotte des poignées de neige sur son visage pour le nettoyer. Il est réveillé.

L'autoroute, enfin. Nora ne sait pas comment elle est arrivée jusqu'au péage. La guitare de Clapton l'apaise. Elle a pris la direction de Paris sans réfléchir et se laisse porter. Tout à l'heure elle n'a rien dit à Jeanne, elle est parvenue à masquer sa panique, a juste prétexté une urgence. Mais que faire ? Où espère-t-elle trouver refuge ? Pourquoi n'a-t-elle pas agi en toute logique, en allant faire une déclaration à la gendarmerie ? Elle regarde son téléphone posé au pied du levier de vitesses. Qui pourrait-elle appeler ? À qui demander conseil ? L'évidence s'impose : elle n'a personne. Au fil des mois les amis ont déserté leur vie. C'est pourquoi elle fuit éperdument, c'est pourquoi elle s'est lancée ainsi sur l'autoroute comme si elle y était à l'abri : elle est terrorisée à l'idée qu'on puisse lui prendre ses enfants.

L'image du corps de Romain roulant dans la poussière de l'appentis, tout à l'heure, comme un mauvais rêve dont elle n'arrive pas à se débarrasser, une image visqueuse impossible à essuyer. Elle l'a tellement aimé, ce corps. Elle aimait ses mains quand il la tenait, il lui faisait l'amour avec tant d'assurance. Elle aimait par-dessus tout sentir ses mains sur ses hanches, fermement arrimées, ses va-et-vient profonds pendant qu'elle mordait le drap. Jamais elle ne s'était sentie possédée ainsi, sans mesure, comme si le temps n'existait plus, comme s'ils entraient ensemble dans une autre dimension. Quand cela a-t-il commencé à se dérégler ?

Avant même la naissance de Noé. Cette violence en lui. Elle a dès leur première rencontre été attirée par ses silences habités, son caractère tranchant qu'elle imaginait dangereux uniquement pour ceux qui s'opposaient à lui : le danger ne la concernait pas. Sa confiance en était renforcée, elle se savait protégée par la force et la brutalité imprévisibles de Romain, tout entières tournées vers le monde extérieur, en défense de leur couple.

Jusqu'à ce soir d'hiver où elle a vu le mur du salon se précipiter vers son visage, puis plus rien. Quand elle s'est réveillée, l'appartement était vide. Sur la table basse, son verre de Martini renversé.

Il ne supportait pas qu'elle boive. Pouvait-on appeler cela boire, un verre ou deux en rentrant du travail ? Romain avait l'œil sur tout, et jusque-là elle avait apprécié qu'il manifeste ainsi son attachement, son souci de bonne santé, de bien-être, d'harmonie, de sécurité. Elle en souriait d'autant plus volontiers qu'elle côtoyait dans sa journée de travailleuse sociale des situations autrement préoccupantes qu'une vaisselle oubliée ou un désordre passager. Carences diverses, endettements, déraillements, vies gâchées par le chômage, la drogue, le manque d'éducation, le manque d'argent, le manque d'amour et l'absence de solutions. Tous les jours le trajet jusqu'aux immeubles interminables entourés de gazon pelé, vies semblables aux cages d'escalier dévastées, conflits fréquents avec le responsable de l'association qui l'employait. Pas de quoi vraiment entamer sa joie de vivre, mais elle avait pris cette habitude qui ne convenait pas à Romain. Un verre, ou deux, un instant de légère ivresse. Il rentrait plus tard qu'elle en général, après une journée passée derrière des écrans d'ordinateur.

Il s'est contenu pendant un temps, elle ne prêtait pas attention à ses regards insistants sur son verre ou sur la bouteille, à ses mâchoires contractées, à ses gestes impatients. Elle se souvient d'avoir ri, à un moment, un peu trop fort, peut-être a-t-elle plaisanté à propos de son air si sérieux.

Le mur arrive à sa rencontre. Quand elle ouvre les yeux longtemps après Romain n'est plus là, elle ne comprend pas ce qui s'est passé.

Il ne revient que le lendemain. Honteux, ravagé. Nora furieuse et incrédule. J'aurais pu être morte et tu n'as rien fait, tu t'es tiré comme un chien peureux. Tu m'as écrasée contre le mur. Il est généreux en excuses et en caresses.

Ensuite, la lente soumission à l'ascendant insidieusement imposé par Romain. Elle aurait pu résister, sans doute, et qui sait s'il ne lui en aurait pas été reconnaissant. Mais elle n'a pas su. Petit à petit tout est devenu prétexte à conflit. Ils faisaient de moins en moins souvent l'amour, et brutalement, sauvagement. Et cette sauvagerie suscitait en elle une exultation incompréhensible. Il la prenait à l'improviste, n'importe où, n'importe quand, et dans l'humiliation de cette vengeance consentie elle trouvait une forme d'apaisement. Elle consentait. Elle découvrait ce que l'amour peut contenir de haine et de mépris, de désir de détruire, et elle en a joui.

Il n'était pas question de séparation, d'incompatibilité, de mise à distance. Chaque coup, chaque insulte resserrait sur eux le nœud coulant de cet amour-là.

Nora la première a pensé que la venue d'un enfant remettrait leur couple d'aplomb. Elle n'en a pas parlé à Romain, a simplement pris ses dispositions. Contrairement à ce qu'elle redoutait, l'annonce de sa grossesse n'a provoqué aucune colère. Il s'est mis à poser sur elle des regards pleins de bienveillance et d'admiration. Il a assisté activement à la naissance de Noé, à la maternité la sage-femme attendrie lui a fait tenir le nouveau-né quelques instants. Il a participé assidûment aux soins de l'enfant au cours des premiers mois. Il se levait la nuit pour préparer des biberons, s'inquiétait du moindre éternuement, de la moindre rougeur. Il avait un avis sur tout : le dosage du lait, la position de sommeil (il était hanté par le danger de mort subite du nourrisson), la marque des couches, l'homéopathie (il n'y croyait pas), la nécessité de faire baigner l'enfant dans une ambiance musicale (il y croyait). Il avait installé une webcam dans la chambre du bébé et ne se lassait pas de le regarder dormir dans une lucarne sur l'écran de son bureau tout en travaillant.

Noé pleurait chaque soir à la tombée du jour. Romain, qui consultait en permanence les sites sur le sujet, avait décrété qu'il ne fallait pas céder à cette angoisse crépusculaire. Il empêchait Nora d'aller le chercher pour tenter de le calmer. Elle s'était convaincue sans trop de difficulté qu'il avait raison, qu'elle n'y connaissait pas grand-chose, même si elle avait du mal à supporter les pleurs de son bébé. En réalité Romain lui-même les supportait encore plus mal. Il tournait en rond dans le salon, allait observer son fils sur l'écran de l'ordinateur, ouvrait et fermait nerveusement les mains, mais il ne cédait pas jusqu'à l'heure fixée pour la tétée. Nora attendait, hébétée, passive. Elle aurait volontiers bu un verre de Martini.

Elle est retournée au travail. Ses journées étaient tendues, elle devait se lever très tôt pour déposer son fils à la crèche. Le soir elle appréhendait de retrouver Romain, ses questions incessantes, ses reproches, ses délires froids. Elle a pris l'habitude de rentrer plus tard certains soirs. À la crèche elle a fait la connaissance de Thomas, père d'une petite Ariane. Il venait à la même heure chercher sa fille. Un homme affable et laid. Ils allaient boire un verre dans une brasserie proche. Ou deux. À la maison, Romain prenait tout en main, il évinçait Nora de la vie de son fils, en lui prouvant point par point son incompétence : elle ne l'avait pas habillé de façon adéquate, n'avait pas mis assez de couches dans le sac, ne lui avait pas lavé le nez avec du sérum physiologique alors qu'il était visiblement en train de démarrer un rhume, s'était trop attardée. Pourquoi rentrait-elle si tard ? Ne comprendrait-elle jamais que Noé avait besoin de dormir tôt et à heures fixes ?

Nora connaissait ses seuls moments de répit lorsque Romain partait faire du sport. Il pouvait courir deux heures d'affilée la nuit dans le bois de Vincennes ou le long de la Seine, faisait du vélo, de la boxe. L'entretien de son corps lui était un souci constant. Il revenait épuisé, se douchait, la rejoignait dans le lit et la touchait parfois.

Comment a-t-elle pu imaginer que pour renverser le cours des choses il fallait lui faire un second enfant ? Les mains crispées sur le volant, Nora secoue la tête. Elle ne sait pas si elle doit retourner à Paris. Elle ne sait tout simplement pas quoi faire.

Elle se disait que l'arrivée d'une fille changerait la donne. Il investissait tout sur son fils, se projetait à travers lui dans un idéal de perfection virile.

Elle n'avait pas tort. La naissance de Marie a en effet modifié l'attitude de Romain, en pire. La petite, instantanément enveloppée d'une passion angoissée, est devenue l'objet d'une obsession pathologique. Nora, deux fois mère, frappée deux fois d'indignité maternelle.

Elle est persuadée que si elle se dénonce à la police on lui retirera ses enfants. Un jour Romain, après une scène particulièrement violente, est allé voir les services sociaux pour les informer que la mère de ses enfants buvait et qu'elle les mettait en danger. Nora a dû se justifier pendant une heure face à l'assistante sociale qui lui posait des questions précises et intimes sur son mode de vie et ses relations avec ses enfants, en la regardant fixement. Il doit rester des traces, un dossier. Elle se sent pleine de honte et d'un amour violent pour les deux êtres qui dorment à l'arrière de la voiture. Elle ne peut pas imaginer de les perdre.

Elle s'est mise à rouler sur la file de gauche à toute allure, doublant des rangées serrées de camions, comme si elle était pressée. Elle passera chez elle remplir des valises, elle ne pourra pas y rester, c'est le premier endroit où on la cherchera. Les gendarmes sont déjà peut-être prévenus, peut-être Jeanne inquiète a-t-elle donné l'alarme. La voiture bleue arrêtée devant le chalet, gyrophare éblouissant, des hommes silencieux tournent autour du corps, prenant des mesures, des photos. Il faudra bien que le cauchemar cesse à un moment ou à un autre. Son attention est soudain attirée par une lueur, près du levier de vitesses. L'écran du téléphone vient de s'allumer. Un bip annonce un message. Elle saisit l'appareil, le pose sur le volant. Son cœur s'arrête un moment de battre, la voiture part en zigzag, le klaxon tonitruant d'un poids lourd qui a failli la heurter la fait sursauter. Elle a reconnu le numéro de Romain, elle a pu lire les quelques mots.

J'arrive. Ils sont à moi.

7

Tu veux savoir ce que deviennent Paul et Louise ? Les voilà, regarde, ils sont dans le dortoir improvisé. On entend des murmures, sans savoir d'où ils viennent. La première heure après l'extinction des feux a été bruyante. Beaucoup de rires, d'interpellations, de blagues qui résonnaient dans le réfectoire où les couchages ont été installés. Allongés sur le dos, dans leurs lits de camp juxtaposés, Paul et Louise se donnent la main. Un peu plus loin, Reine et Manu ont eux aussi rapproché leurs lits au maximum, ils dorment pelotonnés l'un contre l'autre, inconscients du danger qui les guette.

Quand ils sont revenus après avoir tenté en vain de faire l'amour sous le tilleul, Louise s'est couchée tout de suite, elle a remonté la couverture sur sa poitrine et elle est restée les yeux fixés au plafond, immobile.

Dans la cour, les étudiants chantent, rassemblés autour d'une guitare malmenée par un grand type, crâne rasé, bagues et tatouages, un futur sociologue qui lors du repas professait de fortes idées sur la dette grecque. Paul, à travers la baie vitrée du dortoir, les a observés longuement avant de rejoindre Louise. La lumière pâle d'un réverbère éclairait la scène, il a regardé la tête d'une étudiante osciller doucement au rythme de la musique. Elle s'appelle Alexandra, cheveux longs et bouclés, regard clair, fossettes charmantes. Ils ont échangé quelques mots tout à l'heure.

Maintenant ils sont comme des gisants, main dans la main. Il ne s'est pas déshabillé, n'a même pas ôté ses chaussures. Le temps a dû passer, sans doute s'est-il endormi un moment, car on n'entend plus les chants dans la cour, plus de murmures dans le réfectoire, à peine les souffles des dormeurs, les grincements des lits de toile, le cri velouté d'une hulotte. Paul lâche la main de Louise, qui retombe inerte sur la couverture. Il se lève, se dirige vers la sortie en prenant soin de ne pas heurter les lits. Une fois sous le préau, il referme précautionneusement la porte.

L'air est chargé de parfums lourds, tilleul, goudron, poussière humide. La lune s'est levée et fait luire la masse de l'autobus garé sur le terrain qui jouxte la cour d'école. En s'en approchant, Paul entend des bruits métalliques. Le chauffeur met de l'ordre dans la soute à bagages de l'autobus, éclairé par une lampe-tempête. Paul s'éloigne sur la route déserte.

La route traverse une succession de prés repassés comme des draps. Pas de maisons, pas d'arbres, pas d'animaux, pas un souffle de vent, juste l'étendue d'herbe cendreuse sous la lune. Dans le silence s'élève une musique lointaine. Paul se dirige vers le kiosque d'où elle provient, un kiosque semblable à celui du square voisin de chez lui à Paris. Une petite fanfare y joue une musique lente qui grince. Les musiciens sont disposés en cercle autour d'un lit sur lequel est installée Alexandra. Elle est nue, elle lui sourit et lui tend la main. Paul n'est pas surpris d'être nu lui aussi, ni gêné d'enlacer la jeune femme sous les regards des musiciens. Il n'éprouve aucune difficulté à la pénétrer, sans même qu'elle ait besoin de guider son sexe. Une vive brûlure et Paul se sent lourd, soudain, très lourd, il a du mal à bouger, sa verge et son corps sont devenus de plomb, le lit gémit et craque puis s'effondre, et avec lui le kiosque, entraînant les musiciens dans un gouffre noir du fond duquel la musique s'élève encore un moment.

Paul et Alexandra se retrouvent sur la route droite. Ils sont habillés en soldats, leurs vêtements sont sales et déchirés. Des camions militaires les dépassent à toute allure. L'un d'eux s'arrête pour les prendre, les voilà assis face à face sur deux bancs à claire-voie en compagnie de jeunes gens épuisés, en treillis, qui s'appuient sur leurs fusils pour dormir. Peu à peu monte le tonnerre des bombes dont les explosions proches secouent le camion en tous sens dans sa course obstinée. Assise en face de Paul, Alexandra le fixe d'un regard plein de reproches. Elle a le visage et les mains en sang.

La jeune soldate dont il sent l'épaule heurter la sienne à chaque cahot pose une main apaisante sur sa cuisse. C'est Louise. Elle s'est tournée vers lui, elle exulte de pardon et de compassion. Le téléphone sonne, lancinant, dans la poche de sa veste, elle ne répond pas. À la faveur d'un arrêt brutal du camion qui projette les passagers les uns sur les autres, elle disparaît par la bâche claquante, elle disparaît dans le fracas des bombardements, le rugissement des avions en piqué, les hurlements des blessés, elle se met à courir, Louise court dans le monde qui tremble, mais ce n'est pas la guerre, c'est un été furieux de vie et de promesses. Il pleut, une averse énorme déverse ses flots sur la terre fumante, Louise court sans pouvoir éviter les flaques qui se sont formées en quelques secondes et grandissent à vue d'œil, elle rit, elle est heureuse. Des éclairs lacèrent le ciel ardoise, des oiseaux sont emportés par les rafales croisées, les arbres agitent follement leurs branches. La route a été couverte de grandes tôles que la pluie et le martèlement de sa course font tonner en roulements puissants. Le déluge cesse au moment où Louise aperçoit l'école. Elle traverse la cour. Des enfants pâles y jouent en silence dans la clarté de la lune. Elle les observe un moment, bouleversée par la beauté de leurs gestes au ralenti. Elle passe dans le préau, rejoint le réfectoire et son lit de toile, se glisse sous la couverture en prenant la main de Paul qui dort, paisible.

Ils se réveillent avec le jour. Certains sont déjà levés, un couple de quinquagénaires fait de la gymnastique dans la cour. Paul cherche des yeux Alexandra, elle dort toujours, couverture remontée jusqu'au front, seule dépasse sa chevelure bouclée qui dévale sur le côté du lit.

Les voilà dehors. Paul s'étire. Sous le préau, près de la table, la petite troupe attend la livraison d'eau chaude et de café que les habitants ne vont pas tarder à apporter.

— L'orage m'a réveillée, dit Louise. Il a beaucoup plu, tu n'as pas entendu ?

Le bitume de la cour en effet est mouillé, des flaques luisent, mais le ciel est dégagé, l'air frais et soyeux. Paul n'a rien entendu, non. Il a dormi comme une brute.

En attendant le petit déjeuner, Paul fait le tour de la cour. Louise reste près de la table, elle parle avec les deux gamins farouches qui ne se quittent pas d'une semelle. Dans le bus, Reine l'a longuement regardée, elle lui a souri. Elle passe beaucoup de temps à noircir les pages de son cahier, avec un air sévère. Que peut-elle bien écrire ? Ils sont jumeaux, ils vont rejoindre leur père. Ils sont beaux comme des oiseaux. Louise se demande pourquoi le chauffeur se montre aussi prévenant avec eux, cela l'inquiète. Elle ne voit pas en quoi Reine et Manu pourraient avoir un lien avec le projet de Danilo, dont on ne sait presque rien. Il est sous surveillance depuis plusieurs semaines, mais il se montre d'une extrême prudence.

Paul observe Louise, appuyée rêveusement contre un pilier du préau, le regard errant sur l'horizon plat. Comme elle est belle. Comme elle est blanche, translucide. Les quarante années de son corps ont déposé des couches de sève successives pour donner naissance à cette silhouette souple et fluide, un cyprès. Pourquoi veut-elle un enfant ? Se transformer en clé de sol, se dit Paul, qui est musicien. Pourquoi détruire cette harmonie, gonfler ce ventre lisse et ferme, épaissir ces formes, ternir cette peau, pourquoi vieillir, pourquoi s'enfoncer dans le servage des tétées et de la mièvre dépendance, pourquoi insulter la liberté, et la vie qui est si courte ? Est-il tellement indispensable de perpétuer l'espèce ?

Ils se sont connus au cours d'un stage que Paul était chargé d'animer dans un conservatoire d'arrondissement. Il n'avait que dix-huit ans. Louise, qui avait fait du piano autrefois, souhaitait reprendre la musique. Elle en avait besoin pour se laver de ses journées de travail au contact de la sale humanité, métier dont elle n'a jamais parlé à Paul. Elle pourrait très bien n'exercer aucune activité salariée, se faire entretenir par son mari qui ne demanderait pas mieux. Mais une voix en elle réclame de l'ordre. Elle veut participer à l'organisation d'un monde en déroute.

Ils ont fait l'amour pour la première fois dans le local des accessoires de la petite salle de spectacle où se déroulait le stage. Elle en a pris l'initiative de façon tellement naturelle et convaincante qu'il n'a pas pu se dérober malgré sa peur. Elle avait trente-huit ans à l'époque, et cet âge apparaissait à Paul comme chargé d'expérience, il y voyait un fossé entre eux et redoutait d'apparaître maladroit, ridicule. Un rai de lumière oblique et lourd de poussière dansante tombait du vasistas. Dos au mur, Louise gardait les yeux fixés sur le plafond, un sourire aux lèvres, tandis que ses mains tour à tour apaisaient le jeune homme, calmaient son excitation, le guidaient. Jamais il n'avait ressenti un tel désir, intense jusqu'à la douleur.

C'était bon, et tellement inattendu compte tenu de leurs expériences de l'amour si différentes – et pas seulement à cause de l'écart d'âge. Il leur fallait un lieu pour se rencontrer. Paul n'a pas osé l'inviter dans sa mansarde bordélique. Leur premier lit a été celui de Louise. Paul, à la fois gêné de s'introduire comme un voleur dans l'intimité du mari et sourdement meurtri par la désinvolture de celle qui l'y invitait, a d'abord refusé la proposition, mais deux jours plus tard il se retrouvait chez elle.

— Ne sois pas si rigide, lui demandait-elle. Quelle importance que je le trompe ici ou là, puisque je le trompe ?

Pragmatique, elle donnait l'illusion de n'attacher d'importance à rien d'autre qu'au plaisir présent. Sa façon de nommer les choses dans leur simplicité crue paradoxalement rassurait Paul.

— Je te choque, a-t-elle fait remarquer après avoir enlevé sa robe, ouvrant pour la première fois le lit conjugal, et dans son sourire Paul a voulu discerner, sous la provocation, une tristesse confuse et profonde, une tristesse d'un autre temps, une tristesse d'enfance perdue.

Quelques années plus tard elle a toujours ce fond de brume dans le regard, cette légère absence dans les gestes, cette transparence d'hologramme. Sa minceur y contribue, et le vague de ses habits. Et pourtant quelle vitalité quand elle se met à rire, quel appétit quand elle mange comme une gamine affamée ! Et quelle vigueur inattendue dans ces muscles fins, dans ce corps qu'elle entretient en courant plusieurs fois par semaine sur les quais de Seine, par tous les temps !

Paul ignore tout du métier de Louise. Il le sait juste accaparant et irrégulier, elle reste toujours évasive à ce sujet. Il pense qu'elle travaille dans un ministère. Il ignore que l'entraînement sportif est pour elle une obligation, il n'imagine pas que ses absences fréquentes et inexpliquées sont dues non pas à des contraintes conjugales, comme elle le prétend, mais à d'interminables filatures, à des planques ennuyeuses dans des camionnettes banalisées, à la rédaction de rapports dans un bureau collectif qui sent le tabac froid et le café soluble.

Paul s'approche d'elle, pose une main sur sa taille. Les voyageurs infortunés sont tous levés, maintenant, ils font un semblant de toilette dans les sanitaires de l'école, l'ambiance semble moins légère qu'elle ne l'était hier soir. Le café et le thé sont servis dans les verres de la cantine. Reine et Manu sont venus aussitôt à la table, ils dévorent des tartines de pain. Louise tient son téléphone à la main. Le réseau est intermittent, elle prétend vouloir joindre son mari.

— Il doit s'inquiéter, explique-t-elle avec un petit haussement d'épaules.

Ce n'est pas son mari qu'elle cherche à joindre. Son mari fait fortune en semant des plateformes pétrolières au large de la Norvège, il est absent la plupart du temps. Elle appelle son bureau, comme elle doit le faire régulièrement pour tenir son équipe informée et pour prendre des consignes éventuelles. Elle est intriguée par les comportements de Danilo. Impossible de cerner l'objectif de l'opération qu'il prépare. Des communications suspectes entre le jeune homme et un inconnu ont été interceptées récemment, raison pour laquelle cette mission de surveillance lui a été confiée. La panne annoncée par le chauffeur semble douteuse. Il vient souvent voir les deux gosses, veille sur leur confort, on dirait qu'il cherche à les rassurer. En parlant avec eux, Louise a réussi à obtenir leur identité, leur adresse. Elle voudrait donner ces renseignements à son équipe, mais le réseau téléphonique reste défaillant.

L'enfant, elle en parle à Paul depuis quelques mois. Elle voit avec angoisse approcher l'âge où elle ne pourra plus le faire. Elle y est presque. La première fois qu'elle le lui a dit, c'était un matin de printemps. Ils avaient profité du soleil pour se promener longuement au Père-Lachaise avant de rallier un établissement qu'elle connaissait sur les hauteurs de Belleville : au fond d'une villa verdoyante, il fallait pousser une grille donnant sur une maison bourgeoise dont aucune enseigne n'annonçait la fonction. Dans le jardin, deux ou trois tables en fer où l'on servait à boire aux visiteurs, à manger en été. La saison n'avait pas vraiment commencé, l'endroit était désert.

Ils se sont installés pour prendre un café au fond du jardin, dans une conque de feuilles vert tendre. Une poule, glorieusement harnachée de noir et de blanc, picorait entre leurs pieds. Louise parlait, Paul observait la poule. Les mots coulaient en lui comme du plomb fondu. Comment avait-il pu ne pas y penser plus tôt ? Il la voyait bien pourtant, Louise, quand elle regardait les enfants sortir de l'école, quand elle évoquait ses neveux avec une affection exagérée, quand soudain elle avait pour lui des gestes inattendus de mère, quand elle plaisantait sur sa descendance. Aujourd'hui la pensée de l'enfant était là, entre eux, inévitable, comme la poule envoyée par un dieu ricaneur qui allait et venait entre leurs chaises avec des gloussements de victoire. J'aurai un enfant, et ce ne sera pas avec toi puisque tu n'en veux pas. Mon mari en rêve, je le lui ai toujours refusé. C'est quand je t'ai rencontré que le désir est venu. Il est plus fort que tout. Puis j'en aurai un autre, et peut-être un troisième. Peux-tu le comprendre ? Quand je te regarde je veux de la marmaille et cette seule pensée te dégoûte. Et puis je la veux dans une maison bien chauffée, je veux pour eux des vacances de riches, je veux être en sécurité, je veux une raison d'être, une raison très concrète qui sente le savon pour bébé et la fraise Tagada, et à part ça je t'aime. Ces enfants tu n'en seras pas le père, parce que tu te trouves trop jeune, parce que tu es un musicien sans contrats réguliers, une belle âme errante et sans le sou, et que tu tiens tellement à ta liberté. Je n'ai pas le choix. Maintenant ou jamais.

Tu peux réfléchir à ce que je vais te proposer.

Louise lui a fait ce matin-là, ce matin que désormais il ne désignerait plus que comme le jour de la poule, une proposition : tu peux avoir des enfants sans en avoir. Quand je ferai l'amour avec mon mari, je prendrai des précautions. C'est facile, de nos jours, tu sais ? Il n'en saura rien. Quand je ferai l'amour avec toi je ferai tout pour être fécondée. Je continuerai de vivre avec lui, et avec tes enfants. C'est simple. Réfléchis.

Elle ne plaisantait pas. Elle semblait plutôt déchirée, comme ivre. Elle l'aimait, elle l'aimait, elle n'aimait faire l'amour qu'avec lui, parfois la nuit elle se réveillait en pensant à Paul, à ses mains, à sa peau, à son jeune corps, et elle en avait le souffle coupé. Et pourtant elle ne pourrait jamais vivre avec lui, jamais ils ne pourraient partager les joies simples et les menus événements de la vie au grand jour, leur amour resterait à jamais confiné, un précieux trésor dans un coffre secret.

Car elle aimait aussi son mari, elle lui était reconnaissante à jamais de l'avoir remise d'aplomb quand elle cavalait comme une jument affolée sous l'orage, de lui avoir offert un lieu tendre où se reposer et lécher ses plaies. Il avait reconnu son immense solitude et il ne l'avait pas violée. L'argent n'était qu'un des paramètres de l'équation. Être une femme volage, une amante secrète, une bonne mère, une putain ou une sainte, quelle différence ? On peut être tout cela à la fois, et bien davantage.

8

Tu penses à quoi ?

Julia, tu penses à quoi ? À moi, à nous ? Je veux que ces histoires te réveillent, qu'elles te parlent de nous si fort que tu en ouvres les yeux. Tu me verras alors, tu verras ton vieux Marco assis dans le fauteuil chromé, tu diras simplement « Tu es là » avec un sourire – oui c'est bien moi, baignant dans la lueur bleutée de l'ordinateur posé sur mes genoux, plus mal peigné que jamais, plus amoureux que jamais, plus fou et plus lamentable que jamais. Il y a de quoi sourire.

Clic, clic, clic, la petite mécanique, tu te souviens ? Un rien nous suffisait, une image, une anecdote, une chose vue, un dialogue volé dans la rue, et c'était parti, en avant la littérature. Nous nous serons bien amusés, nous en aurons parcouru des paysages, nous en aurons rencontré des personnages, des tordus et des flamboyants, des bienheureux, des amoureux, et la grande cohorte des tristes, des ivrognes, des abandonnés, des inachevés. Je continue pour toi, avec toi, enfin. J'en avais perdu le goût depuis des mois. Écrire, inventer, clic, clic, clic, voir les personnages s'ébrouer, prendre forme, avancer d'un pas d'abord branlant, tendre les bras au monde.

Écrire avec le jour, dormir par lambeaux, me nourrir de n'importe quoi, venir ensuite la nuit à ton chevet pour te les offrir.

Mais notre histoire à nous, notre vraie histoire, il faut que je continue de la faire revivre pour toi. J'ai peur que tu l'aies oubliée.

Il y eut donc un soir, et il y eut un matin. L'accostage du vaisseau Amour, le miracle de la première nuit, sur ton doigt si fin l'alliance en or blanc que tu avais choisi de ne pas cacher à ma vue, ce qui ne t'a pas empêchée d'exiger que je retire ma montre alors que je venais à peine de te prendre pour la première fois dans mes bras. Un chronomètre Bréguet à complications de toute beauté hérité de ma marraine, la « Réveil du Tsar » dont tu te disais incapable de supporter le boucan d'enfer. Tu ne voulais pas entendre le temps nous hacher menu. Laisse-moi y voir la preuve que dès le départ c'est toi, mon immodeste, qui as fomenté pour nous des projets d'éternité.

Je venais de lire ton premier manuscrit. *Nous voulons voyager.* Tu me l'avais fourgué à la fin de cette soirée littéraire et au lieu de décliner l'offre comme je le fais systématiquement dans ce genre de circonstances – faute de quoi je passerais ma vie à errer chargé de sacs en plastique bourrés de papier imprimé – je l'ai gardé serré contre ma poitrine durant toute notre conversation sur le trottoir bruineux. J'y pressentais un battement de cœur particulier. Entre nous les mots écrits commençaient à creuser leurs galeries et quand nous nous sommes quittés ce soir-là je n'ai pas pu te serrer la main parce que je gardais les bras croisés sur tes phrases de peur sans doute qu'elles ne s'envolent, je t'ai donc embrassée sur la joue, très près de la bouche à vrai dire, et le contact a duré un quart de seconde de plus qu'il n'eût été convenable, j'ai senti le petit oiseau de tes lèvres s'envoler joyeusement en faisant passer un souffle d'air sur mon visage.

Deux ou trois jours plus tard je suis allé voir Cyril Cordouan, fondateur des éditions Fulmen, qui publiaient mes livres depuis le début : j'avais été son premier auteur, moi, Marc Gévaudan. Je lisais aussi pour lui des manuscrits, j'adorais jouer les chiens de chasse et lui apporter de temps à autre une proie palpitante de sang chaud.

— Encore un chef-d'œuvre à deux cents exemplaires, a-t-il évalué, en soulevant avec circonspection entre le pouce et l'index le manuscrit que j'avais posé sur son bureau.

Il m'avait habitué à ce genre de rebuffades. Je voulais le convaincre – et me convaincre – que tu atteindrais un score nettement supérieur, et la suite m'a donné tort, mais il n'attendait de toute façon pas de moi que je l'approvisionne en best-sellers. Il voulait avant tout peupler sa volière d'oiseaux rares et bizarrement colorés ; pour l'intendance, il se débrouillait seul. Il était comme ça : bougon, dépressif, colérique, prêt à mordre (y compris dans la vie quand elle s'offrait à lui), à part cela fin goûteur de mots et gestionnaire avisé. Il a écouté mes arguments, il t'a lue, il t'a aimée tout de suite et l'a exprimé sans périphrases, il t'a publiée, il t'a soutenue, tu es devenue sa mascotte, sa fierté, son nec plus ultra, et comme il a l'art de faire passer auprès des journalistes ses lubies pour des lanternes, tu as été illico introduite dans les cercles où je ne faisais que de très rares apparitions, et tu t'y es comportée à merveille malgré une notable indifférence du public à l'égard de ton livre. On a vu ta photo dans les revues branchées, celles-là mêmes qui avaient fait la gloire de Fulmen et me battaient froid depuis que mes tirages avaient dépassé la cote acceptable et que j'avais récolté quelques prix trop populaires. Tu étais à l'aise partout, le beau monde ne t'intimidait pas, ni les gloires de l'époque, ni les journalistes. Tu avais appris à te mouvoir avec élégance et sobriété quand il le fallait, à lâcher à l'improviste une formule crue ou une sentence choquante pour désarçonner l'auditoire, et à conserver en toute occasion juste ce qu'il faut de mystère. Ils ont aimé, eux aussi, le personnage que tu leur montrais. Nous avions en vérité une même passion pour la solitude.

Et c'est ainsi que tout a commencé. Il était temps, du moins pour moi. C'est ainsi qu'est né le pacte.

Le lit devenait le grand chantier de notre avenir en construction. Nous avions beaucoup à découvrir et tout à inventer. De nos corps enchevêtrés naissaient sans cesse des bouts d'histoires. Car il est venu tout de suite, ce besoin d'inventer, n'est-ce pas? À peine avions-nous passé quelques nuits ensemble que déjà le pacte était conclu. Je croyais en toi, j'étais certain que tu allais donner naissance à de grands romans enivrants que les foules s'arracheraient. Je serais ton mentor et ton serviteur, tu allais aussi insuffler une vigueur nouvelle au vieux moulin de mon imagination et me donner l'envie de partir à la conquête de nouveaux territoires... Bon amoureux, mais très mauvais prophète. Le pacte. C'était notre troisième ou quatrième rendez-vous. Tu étais en avance, j'ai entendu les deux coups légers sur la porte alors que j'étais en train de déboucher une bouteille. De saint-amour, disons, même si je n'en ai aucun souvenir. Un premier verre debout près du comptoir de la cuisine, puis la conversation a pris corps sur le canapé et s'est poursuivie dans le lit, entrecoupée par les secousses de l'électricité, les éblouissements, le souffle qui manque et les mots qui bégaient, *ah… c'est tellement… tellement… si tu savais ce que…*, et les questions, l'enquête sans fin sur la vie de l'autre, l'insatiable curiosité, les longues réponses, les confidences jamais faites auparavant, le vertige de la connivence, de la reconnaissance mutuelle, le syndrome de l'âme sœur, l'émerveillement par bouffées, la *communion*, dirais-tu, le bonheur humide, chaque parcelle de peau partant à la recherche de sa correspondante sur le territoire de l'autre, les souffles mêlés, la surprise de chaque instant, tout notre lot de promesses, de bonheur, mais aussi de frustration et d'angoisses. Car au-dehors le réel grognait, cherchait ses proies. Parfois des accès de culpabilité te crispaient, te rendaient mutique. Pour ma part, je n'ai jamais eu de ces scrupules handicapants. Plus de femme légitime, à peine deux ou trois maîtresses qui allaient et venaient avec une désinvolture mélancolique : pas de quoi fouetter une conscience aussi peu chatouilleuse que la mienne. Tandis que toi… Épouse attentionnée, mère aimante de deux bambins, des jumeaux dont tu arborais les photos aussi fréquemment ou presque que tu consultais l'écran de ton téléphone pour vérifier que ton mari ne te cherchait pas…

— Que se passerait-il si nous étions découverts ?

— L'apocalypse, as-tu répondu posément. Il deviendrait fou.

Et tu as ajouté : — Je ne le quitterai jamais.

Je ne t'ai pas demandé de préciser ce que tu redoutais de perdre, je pensais en avoir une idée assez nette. Je manquais d'arguments pour faire valoir ma candidature au remplacement du prince régnant. Il ne me restait plus qu'à déguster jusqu'à la lie tes amers paradoxes : *je ne le quitterai jamais, je t'aimerai toujours.* Ta conviction était si belle à entendre, comment ne pas l'accepter ? Et je percevais avec effroi les premiers signes d'une certitude absolument neuve : je n'avais personne à ne pas quitter, mais moi aussi je t'aimerais toujours.

La bouteille de saint-amour devait être vide, à force. Nous observions de longs silences, comme pour laisser le temps à quelques vérités de perfuser. Nous les entendions goutter à la surface de nos consciences longtemps après qu'elles avaient été énoncées. J'avais connu par le passé quelques femmes mariées, en dehors de la mienne, et j'étais familier de ces tensions banales entre le possible et l'impossible, l'officiel et le secret, la relation qui se vit avec la conscience d'un futur et celle qui est condamnée à l'éternel présent. Mais cette fois le déchirement s'annonçait autrement plus terrible. Dès la première nuit ou presque il m'est apparu que je n'avais qu'un désir : vivre avec toi, pleinement, à jamais et au grand jour – mais voilà : *je ne le quitterai jamais.* Il allait falloir s'habituer à ça.

Restait l'écriture, notre steppe de liberté. Nous pouvions y galoper ensemble sans limites, alors que le méchant réel ne nous acceptait que séparés. Tu avais lu mes romans, j'avais lu le tien, nous parlions de la folie carnivore qui nous tenait assis à une table des nuits entières, absorbés dans la contemplation d'un écran en train de se couvrir de signes. Assurément nous partagions la même folie, nous la reconnaissions, elle prenait les mêmes formes, c'était nous. Nulle part ni jamais nous ne pourrions exister plus pleinement, plus intensément que sur ce territoire. C'est ce soir-là que tu m'as proposé le pacte, Sultane.

Et tu as enchaîné aussitôt avec une histoire, dont je n'ai jamais cherché à savoir si elle était authentique en tout ou en partie, nous savions qu'il était inutile, dans notre principauté, de chercher à démêler le vrai du faux, ces deux mots n'y ayant plus cours.

— Une de mes amies a été la maîtresse d'un homme marié.

— Original. Son nom ?

— Alice. Elle donne des cours dans mon club de karaté.

Un club de karaté, première nouvelle. Mais après tout, j'ignorais tant de choses de toi, tu pouvais bien être une karatéka émérite, avec ton corps mince, musclé, vif, et je sentais en toi la vitalité et la détermination nécessaires à la réduction en charpie d'un agresseur imprudent, selon l'image très rudimentaire que je me faisais de cet art martial. Je vis donc naître sous mes yeux Alice, grande brune athlétique, surgie de ta vie ou de ton imagination, Alice qui faisait fuir tous les hommes à force de vouloir donner de l'amour à tout prix.

— Et l'homme marié ?

— Hector. Époux de Simone. Hector et Alice se sont rencontrés dans une brocante à Montreuil. Ils adoraient tous les deux s'encombrer d'objets inutiles qu'ils exhibaient fièrement pendant un temps et finissaient par entasser avec les autres dans un grenier, un placard, une cave, en attendant de les oublier lors du prochain déménagement. Ils sont tombés en arrêt devant une théière en forme d'éléphant, tellement hideuse qu'elle donnait instantanément envie de vivre. Pour cinq euros, ça ne se refuse pas.

— Mais lequel des deux l'a vue d'abord ? Qui est parti avec ?

— Tais-toi, Marco. C'est moi qui raconte. Ils se sont fait des amabilités, mais non, je vous en prie, j'en trouverai une autre, ah mais vous n'y pensez pas, il ne peut pas y en avoir au monde une autre aussi laide, gardez-la, j'en ai déjà plusieurs très moches à la maison... Ils ont fini par demander à la marchande de les départager, mais elle a refusé, c'était trop de responsabilité. Alors Hector s'est effacé, il avait sans doute moins envie de vivre qu'Alice.

Ils se sont retrouvés devant un café à discuter de faïences et d'éléphants et à faire des plaisanteries salaces sur cette trompe par où était censé s'écouler le thé. Voilà comment naissent les histoires d'amour.

Alice, qui ne ménageait pas ses efforts depuis des années pour trouver l'homme de sa vie, prête à les embrasser tous en attendant, a bien cru ce soir-là avoir franchi un pas décisif dans sa quête. Cependant l'homme est un animal scrupuleux et craintif. En général. Hector en particulier.

Les semaines ont passé, puis les mois. Ils se voyaient le plus souvent possible et l'éloignement, les affres de la dissimulation et du manque ne faisaient qu'exacerber le sentiment amoureux, le rendre incontrôlable et dramatique. Alice ne pensait qu'à lui, elle imaginait l'appartement qu'ils occuperaient un jour ensemble, elle le voyait blanc et clair, du côté de la Bastille, elle le meublait, le décorait, la théière-éléphant trônait sur la cheminée du salon. Cependant Hector hésitait, tiraillé entre désir et devoir. Et pas seulement, car il ne se cachait pas d'éprouver encore une forme d'amour sincère pour sa femme. Ils se connaissaient depuis l'école primaire…

Hector ne jouait pas la comédie, il était déchiré. Leur relation s'est teintée d'amertume, ponctuée de scènes paroxystiques et de réconciliations bouleversantes. Où était l'issue ? Que faire de cet amour qui par moments se dilatait au point de prendre tout l'espace et tout l'oxygène, et parfois se contractait, devenait dur et froid comme une boule de métal ?

Un jour où il passait la journée chez Alice – il récupérait des heures supplémentaires et Simone le croyait au travail, encore un de ces petits mensonges humiliants qui sont le pain quotidien de l'homme ou de la femme adultère, un misérable stratagème tellement peu à la hauteur du grand amour qu'ils sont en train de vivre – il a de nouveau éludé la question qu'elle lui posait en une longue phrase volubile dans laquelle il a reconnu entre autres les mots « décision », « ta femme », « quand », « fatigue », et peut-être d'autres termes plus franchement vindicatifs. Il avait l'air tellement piteux, désemparé, proche des larmes, qu'Alice a eu envie de le réduire en bouillie. Elle a couru chercher la théière, l'a fracassée à ses pieds. Des morceaux d'éléphant ont giclé dans toute la pièce. La trompe intacte sur le plancher a tourné un moment sur elle-même avant de s'arrêter enfin, tendue vers lui comme pour l'accuser.

Voilà comment on peut se faire chasser du paradis. Alice, ferme dans sa posture, a progressivement renoncé à répondre aux appels incessants d'Hector, pleins de supplications et de promesses tourmentées. Mieux valait le laisser tout entier à sa Simone, qui semblait tellement plus patiente. Ce fut pour Alice aussi une épreuve très dure. Elle n'aimait pas les enlisements sentimentaux, préférait souffrir une bonne fois et vite recommencer à vivre.

— C'est tout ?

— Tu es déçu, vieux tigre. Mais non, l'histoire n'est pas tout à fait terminée. En vérité elle commence ici, tout le reste n'était qu'un préambule. Et elle tient en trois lignes, ou plutôt en un geste.

Hector était d'une autre constitution. Il se sentait exister dans le drame, la complication, le désespoir. Sa rupture avec Alice le laissait à vif, mais pendant un temps cette douleur a semblé donner un sens profond à son existence. Un autre aurait tout raconté à Simone pour se faire consoler, ainsi sont les hommes, mais lui s'est muré dans le silence, il est resté seul dans le vide laissé par Alice et s'est enfoncé sans réagir dans un sentiment d'absurdité qui ne laissait percer aucune lumière. Et un soir il s'est couché auprès de sa femme, il a attendu qu'elle s'endorme et a avalé deux tubes de comprimés.

Simone, en se réveillant, l'a trouvé mort à côté d'elle. Presque mort, en réalité. Les pompiers l'ont sauvé juste à temps. Il s'en est tiré avec un lavage d'estomac, deux jours de surveillance hospitalière et un suivi psychologique.

Un des rares amis d'Hector à connaître l'existence d'Alice crut bon de la prévenir aussitôt. Et toute mon histoire, vieux tigre, tient dans sa réaction. Elle est sortie de chez elle, a pris le métro jusqu'à l'hôpital, elle a demandé à l'accueil le numéro de la chambre. Elle avait le visage fermé, elle marchait à grands pas le long des couloirs, ne jetait pas même un regard aux infirmières qu'elle croisait. Elle avançait sans hésitation, comme si elle était déjà venue vingt fois ici, déchiffrant du coin de l'œil les numéros sur les portes. C'était une salle commune de six ou huit lits, où les patients ne faisaient que transiter. Elle a repéré le lit où gisait Hector, à moitié endormi. Il l'a vue approcher telle une divinité de cauchemar, emplie de silence et de furie, elle n'a pas ralenti son allure jusqu'à être rendue à la tête du lit. Elle était au-dessus de lui, immense, calamiteuse. Il a vu la main d'Alice s'élever, cette main nerveuse et longue dont il avait tant aimé les caresses, il l'a vue s'abattre vers son visage et la gifle a retenti avec un claquement sec qui a laissé les spectateurs sidérés. Deux infirmières, en train de vérifier les perfusions, sont restées bouche bée. Les allongés étaient au spectacle. La main d'Alice savait caresser, mais n'oublions pas qu'elle pouvait aussi casser des briques. Comme un balancier, la main est repartie dans l'autre sens, et l'autre joue d'Hector a encaissé un revers encore plus cinglant. À ce moment, Alice a regretté plus que jamais de ne pas être mariée : une alliance aurait donné plus de poids au message. Après quoi, sans un mot, elle est repartie du même pas décidé. Hector garderait à jamais la vision de la silhouette aimée qui traversait la salle au milieu de la haie des lits blancs avant de disparaître.

Ainsi se terminait la première histoire de notre histoire. J'ai débouché une autre bouteille, si ma mémoire est bonne.

9

Nora a d'abord pensé à Rosine, la sœur de Romain. Elle pourrait mettre les enfants à l'abri chez elle. Rosine a toujours été solidaire de Nora, elle garde de son enfance un ressentiment profond contre son frère, qu'elle considère comme un être bizarre et dangereux. Mais c'est trop risqué. Hors de question de l'appeler, ce sera une des premières personnes qu'il cherchera à joindre, et Rosine ne sait pas mentir.

Il y a bien aussi Thomas, cet homme qu'elle voyait à la sortie de la crèche, le père d'Ariane. Elle a perdu tout contact avec lui, et il ne saurait pas quoi faire. Il était un peu amoureux d'elle. C'était une autre vie, des hommes la regardaient, la trouvaient belle et intéressante.

Il pleut. Les camions qu'elle double soulèvent d'énormes nuages d'eau sale. Le monde est gorgé d'eau, de grandes flaques blafardes parsèment les champs piqués de pylônes. À l'arrière, Marie et Noé se sont réveillés, ils observent sans un mot le paysage qui défile.

Des amis sûrs, elle en a eu. Ils n'ont tout de même pas tous disparu depuis qu'elle vit avec Romain. Pourtant, elle a beau chercher, elle ne trouve aucun nom, aucun visage rassurant. Comme s'ils avaient été effacés un à un, méticuleusement. Depuis Romain, depuis la naissance de Noé elle a coupé les ponts avec eux, elle a cessé d'avoir une vie sociale normale. Plus de sorties, plus de dîners, plus de cafés en terrasse, plus de visites à l'improviste. Elle a cessé son travail dans une association d'aide aux migrants, elle a même arrêté de faire du sport, si ce n'est de temps à autre avec Romain quand il insistait pour qu'elle vienne courir avec lui ou faire du vélo – elle a vite abandonné à cause de leur différence de niveau. Pourtant elle y trouvait plaisir et apaisement. Avant. Danse moderne, athlétisme, et même les arts martiaux pour lesquels elle s'était prise de passion quand elle faisait ses études à l'Institut de travailleurs sociaux de Vincennes.

Il y aurait bien l'un ou l'autre de ses anciens amoureux. Il n'y en a pas eu tant. Elle imagine leur surprise en la voyant débarquer avec son gros sac et ses deux enfants. Et la réaction de leur femme.

Alice. Son visage vient de lui revenir en mémoire. Pourquoi pas Alice ? Elles ont été amies. Elles ont expérimenté ensemble toutes les techniques de la torgnole codifiée : aiki-jutsu, budokai-do, capoeira, viet-vo-dao, karaté, et même la boxe française. Elle aussi s'est éloignée, elle a disparu. Alice et ses amours compliquées. Alice et ses colères contre les hommes, ses rires un peu niais, sa collection d'objets moches, ses crises de larmes soudaines et interminables. Qu'est-elle devenue ? Comment la retrouver ?

Un jour Nora prit conscience qu'elle était vraiment seule. Elle avait un rendez-vous chez le pédiatre pour

Marie, un problème d'eczéma. Romain avait tenu à les accompagner chez le médecin, persuadé que Nora était incapable de retenir les consignes et les explications. Elle comprenait tout de travers. Il avait pris une demi-journée de congé pour cela. Après avoir déposé Noé à la crèche ils s'installèrent dans la salle d'attente où se trouvaient une jeune femme et son enfant, qui ne tardèrent pas à entrer en consultation. Depuis le matin Romain était mécontent. Il semblait attribuer à Nora la responsabilité de l'eczéma, même Marie n'échappait pas à son agressivité. À peine étaient-ils assis qu'il commença à lui faire des reproches. Ses propos étaient sans cohérence, il sautait d'un argument à l'autre, l'accusant d'avoir mal nourri sa fille, de l'avoir habillée en dépit du bon sens, et d'une façon générale de ne pas savoir s'y prendre et de ne se préoccuper que d'elle-même. Il la comparait à sa propre mère, ce qui semblait-il n'était pas un compliment. Nora laissait passer l'orage sans rien dire. Marie, sans doute effrayée, se mit à pleurer.

— Arrête, Romain. Tu fais peur à la petite.

C'est alors que la gifle partit. Une gifle sèche et rapide, qui envoya sa tête cogner contre la cloison. Suivie d'une autre, et d'un coup de pied violent sur l'arête du tibia. Nora serrait son enfant contre elle, elle tenta de se lever mais Romain la força à se rasseoir, la chaise vacilla et se rétablit à grand bruit sur le plancher. Il la saisit par les cheveux, empoignés à pleine main, approchant son visage du sien sans rien dire. Elle avait mal, elle tremblait, elle avait honte. Le vacarme ne pouvait pas être passé inaperçu dans le cabinet de consultation. Pourtant, quand la patiente et le médecin sortirent, ils firent mine de n'avoir rien entendu. La femme s'éclipsa en traînant son enfant par la main, regard rivé au sol, et le pédiatre les fit entrer sans un mot, l'air gêné. Nora comprit dès lors qu'elle n'avait rien à attendre des autres. Jusqu'à ce jour, même si la honte la retenait de rien faire savoir à l'extérieur, elle s'était souvent dit que si la relation avec Romain s'envenimait vraiment elle pourrait toujours demander de l'aide. Elle se sentit soudain abandonnée, terrifiée par les murs de la prison qu'elle avait laissée se construire autour d'elle.

Quand elle pense à leur couple au cours des deux ou trois dernières années, une image le plus souvent s'impose, celle de la porte du réfrigérateur couverte de post-it jaunes, noircis de gribouillages, de consignes, de questions à propos de courses ou d'horaires, de rappels, d'insultes parfois. Dans les mauvaises périodes, c'était leur seul moyen de communication, parfois durant deux ou trois semaines. De temps en temps, l'un ou l'autre arrachait tous les papillons pour les jeter à la poubelle. Les réconciliations étaient lentes et difficiles, ponctuées de scènes, de rechutes. Elle revoit aussi la tristesse sur le visage de ses enfants.

Elle accélère et ralentit par à-coups, hésitant entre l'envie de s'éloigner au plus vite de ce qui est derrière elle et la peur de rejoindre ce qui l'attend. Noé voudrait savoir ce qui se passe, pourquoi on rentre à la maison.

Nora tremble. La maison. Il n'y a plus d'endroit qui puisse être désigné par ce mot. Nous n'avons plus de maison, plus d'abri. Romain est derrière, peut-être tout près d'eux. Sans doute avait-il laissé sa voiture sur l'autre chemin, à l'arrière du chalet, peu utilisé car plus escarpé. Il était sûr ainsi que Nora ne la remarquerait pas. C'est une voiture rapide. Depuis qu'elle a reçu le message, chaque fois qu'un véhicule s'apprête à la doubler elle pense que c'est lui. Les appels de phares la terrorisent. Elle a peu de temps pour trouver une solution.

Quand Noé s'est mis à faire des cauchemars toutes les nuits, Romain l'a accusée, elle, d'en être responsable. Elle se cachait pour boire, pleurait à n'en plus finir quand elle pouvait être seule. Une nuit, Noé apeuré a tenté de venir dans le lit de ses parents. Romain l'a brutalement renvoyé dans sa chambre. Les nuits suivantes Nora est allée rejoindre son fils, elle dormait dans la chambre des enfants sur un matelas de mousse, en donnant la main à l'un ou à l'autre. Ils la sauvaient de la noyade. Elle n'avait qu'eux.

Elle est prise dans la glace avec ses petits. À quel moment Romain s'est-il transformé ? Elle n'arrive pas à retrouver le fil. Elle le revoit au début, radieux, souriant, confiant, plein de force rassurante. Ils ont été heureux, ce n'était pas une illusion. Alors ? Comment ont-ils pu se laisser enliser ? Comment aurait-elle pu l'empêcher de devenir cet individu vindicatif et amer ?

Des camions aussi hauts que des maisons grondent de part et d'autre, poursuivis par des tourbillons de grésil qui dansent comme des derviches dans un paysage de prairies inondées. Ensuite les coups sont devenus plus réguliers. Il la frappait très rarement au visage. Sans doute ne voulait-il pas la défigurer, il n'était pas exempt de ce genre de calcul. Les coups étaient espacés, précis et non pas portés dans des accès de furie incontrôlée. Souvent il commençait par une attaque main tendue dans le plexus, qui lui coupait le souffle. Elle se pliait en deux, tétanisée par la douleur, sans pouvoir pousser un cri. Alors il frappait du poing dans les seins, dans le ventre. Il attendait patiemment qu'elle tente de se redresser pour l'envoyer au sol, puis il la frappait du bout du pied quand elle était à terre. Elle arrêtait bientôt de résister, restait recroquevillée, prise de vomissements. Il ne cessait pas pour autant. Cela se passait généralement le soir, quand les enfants étaient censés dormir. Quand il avait épuisé sa rage, il allait dans la chambre mettre sa tenue de sport et partait courir dans la nuit. Elle entendait la porte de l'appartement se refermer. Les enfants chuchotaient dans la chambre. Nora finissait par aller les rejoindre et tentait de les endormir. Elle s'endormait en général avant eux. C'est là que Romain la retrouvait, deux heures plus tard. Il la portait alors jusqu'à leur lit, la déshabillait tendrement. Elle se réveillait mais n'ouvrait pas les yeux. Il la déposait sur le drap, remontait la couverture sur ses épaules, puis il enlevait ses habits et venait se glisser contre elle. Elle l'entendait murmurer à son oreille des phrases confuses, des mots d'amour, des demandes de pardon. Elle restait inerte. Elle savait ce qui allait venir ensuite.

Si elle retrouve Alice et que celle-ci est disponible, elle lui confiera les petits le temps de trouver un point de chute, de l'argent, de quoi voir venir. Noé doit entrer en primaire en septembre, elle l'inscrira ailleurs. Une foule de difficultés, de complications l'attendent, la plupart sont encore inimaginables. Alice habitait rue des Boulets jadis, qui sait si elle y vit encore ? Avec beaucoup de chance, elle n'aura pas changé de numéro de téléphone, je dois pouvoir récupérer mon ancien agenda.

Elle pourrait aussi se tourner vers ses collègues, des travailleurs sociaux qui ont l'habitude de traiter ce genre de cas. Hors de question. Elle ne veut pas mettre en branle la machine administrative, elle la connaît trop bien. Elle se souvient du long entretien avec l'assistante sociale, lorsque Romain l'a dénoncée. Ses phrases calmes, ses silences, les notes qu'elle prenait, son exaspérante envie de comprendre.

Elle a mis des mois à mûrir sa décision. Il a fallu qu'il aille très loin, qu'il la frappe en présence des enfants. Après la scène chez le pédiatre, elle s'était dit que là était la limite qu'elle ne le laisserait plus franchir. Il le sentait, sans doute, et faisait toujours en sorte que les enfants soient couchés, ou loin d'eux lorsque cela arrivait. L'idée de partir angoissait tellement Nora qu'elle la repoussait autant que possible. Elle, que l'on montrait autrefois comme un modèle d'énergie vitale, se sentait coupable, seule, un tas de matière morte. Pire : elle pensait que Romain avait raison, qu'elle ne savait rien créer de bon, qu'elle était une malédiction pour ses enfants et un poids pour le monde, d'ailleurs ses amis l'avaient fuie. Elle en venait presque à trouver mérité le traitement qu'elle subissait.

Cette fois-là, quand il s'est déchaîné devant les petits, elle a su qu'elle devait partir. Passer de l'autre côté, sauver ses enfants. Elle les a calmés, puis elle a emmené Marie à la crèche et Noé à l'école. Ensuite elle est revenue chez elle, a rempli un grand sac avec des affaires choisies à la va-vite dans les placards. Elle est allée prendre les petits en prétextant une urgence familiale, et elle est partie. L'idée de se rendre au chalet était stupide, mais elle n'avait pas d'autre endroit à vrai dire, et elle était incapable de réfléchir.

Marie réclame un arrêt. Ils ont faim et soif, ils ne comprennent pas ce qui se passe. Nora décide de faire une halte rapide à la prochaine aire. Il y en a une dans deux kilomètres. Elle en profitera pour prendre de l'essence. Arrivée à la bretelle d'accès, elle s'y engage. Les pneus chuintent sur le sol mouillé. Elle s'approche des pompes, c'est là qu'elle le voit. Elle a reconnu la voiture. Il est en train de remplir son réservoir. Elle accélère, longe les pompes, reprend la voie d'accès à l'autoroute à toute vitesse.

Était-ce lui ? Nora est saisie d'un doute. Elle n'a vu que sa silhouette, sans la reconnaître vraiment. Quant à la voiture, tout le monde de nos jours possède ce genre de 4×4 imbécile, et ils sont tous gris. De plus, cela signifierait que Romain a doublé la voiture de Nora sans s'en apercevoir, ce qui est peu probable. Elle s'est affolée pour rien, et maintenant il faut parcourir au moins vingt kilomètres jusqu'à la prochaine aire. À l'arrière, les enfants protestent et se chamaillent.

Alice a peut-être réussi à avoir des enfants. À l'époque où elles étaient amies – cela ne fait que cinq ou six ans, mais Nora a l'impression qu'une vie entière s'est écoulée depuis – elle avait tendance à tomber amoureuse d'hommes mariés, ce qui ne simplifiait pas son grand projet de famille nombreuse. Elle a peut-être enfin mis le grappin sur un homme disponible et désireux de partager avec elle tous les emmerdements liés à la reproduction. Elle voulait « plein de gosses », mais se montrait incapable de garder un homme plus de six mois, et même de lui être fidèle aussi longtemps. Ça et le karaté, il y avait de quoi leur faire peur. Sans doute s'est-elle calmée depuis.

Nora a retrouvé dans un vide-poches un paquet de biscuits entamé, un peu ramollis mais cela devrait faire patienter Marie et Noé jusqu'à la halte. Il tombe une pluie irrégulière et fine. L'autoroute est encombrée. Où vont tous ces gens ? Sont-ils heureux ? Une voiture se porte à sa hauteur, sur sa gauche. Une voiture grise et haute. La vitre descend, côté passager. Nora met un moment à oser tourner la tête. Cette fois il n'y a pas de doute, c'est bien lui, Romain, son mari, son malheur, son homme, il a le visage tuméfié, les cheveux en bataille, il la regarde fixement, restant à la même hauteur malgré les coups d'avertisseur de la voiture qui le suit. Les enfants se sont mis à hurler.

Il double enfin, se place devant elle et freine à petits coups réguliers. Il veut la contraindre à se garer sur une aire d'urgence, signalée à quelques centaines de mètres. Un camion klaxonne derrière, sur la file de gauche les voitures foncent avec leur traîne de volutes grises. Nora se sent engluée dans un désir abject de soumission, comme avant, cette envie d'obéir, de s'anéantir. Les enfants continuent de crier. Sans réfléchir, Nora déboîte brusquement, se laisse aspirer par une voiture qui était en train de la doubler. Le moteur hurle, elle dépasse le 4×4 gris. Romain tente d'accélérer à son tour, de doubler sur la droite, mais il en est empêché par une camionnette qui roule à petite allure. Nora reste collée à deux mètres de la voiture qui la précède, jusqu'à arriver à la hauteur d'un camion qui trace sa route sur la voie de droite. Elle freine et se place juste derrière lui. Quelques instants plus tard, Romain vient reprendre sa place à sa gauche. Il lui montre le poing. Il ne semble pas avoir repéré l'annonce d'une prochaine bretelle de sortie. Tout en se maintenant à très faible distance du camion, Nora tourne la tête régulièrement vers son mari et soutient son regard durant quelques instants. Elle surveille en même temps la bande blanche, au sol sur la droite, en attendant l'apparition de la ligne discontinue indiquant la sortie. Quand celle-ci apparaît, elle attend le dernier moment pour virer, évitant de justesse un plot de signalisation. Elle se retrouve sur la bretelle, Romain n'a pas pu manœuvrer à temps pour la suivre, il est piégé dans le flux de l'autoroute.

Quand elle parvient au péage, elle tremble de tout son corps. Les enfants pleurent.

10

Hier, quand j'ai prononcé le nom d'Alice, j'ai vu la ligne verte faire un saut très net sur l'écran où s'inscrivent les menus événements de ta vie : petit rythme alpha pépère dans la région occipitale, petit galop bêta vers la zone fronto-rolandique, rythmes sous-harmoniques avec parfois quelques bouffées d'ondes lentes bilatérales à prédominance antérieure, les bons jours, tout cela sans signification particulière, m'a assuré Ghita en me fournissant les termes techniques (elle a été amoureuse d'un spécialiste). Je les connais si bien, les infimes montagnes russes de tes émois très intimes, si monotones d'ordinaire avec leurs crêtes vertes et leurs creux réguliers, leurs bips modestes quand le point scintillant arrive en haut de la côte avant la descente en toboggan. J'ai cru voir un sursaut, je t'assure, Julia, j'ai cru déceler de la surprise dans le bip qui est allé se percher un peu plus haut dans les aigus. Il a suffi d'un prénom pour t'exciter, pas vrai ? Dis-moi que c'est vrai. Dis-moi que le frisson t'a reprise un instant, le frisson de la fiction pure, quand tu as vu ton amie Alice passer sans vergogne d'une histoire à l'autre. C'est ça ? Alice la gifleuse, que tu m'avais apportée en gage d'épousailles un de nos premiers soirs, jaillie de ta mémoire ou de ton imagination, ce joli cadeau que le rêve a fait à l'amour, la voilà maintenant qui sort du cadre pour aller s'installer aux côtés de Nora. Où cela s'arrêtera-t-il ? Où allons-nous vivre, Julia, si les cloisons s'effondrent entre les fictions et si le réel n'est plus capable de se faire reconnaître ?

Allons, je blague. Je ne suis pas inquiet, et toi non plus, je le sais. Nous vivrons à ciel ouvert, et que tout se mélange. J'en aurai perdu, du temps, à te chercher. Tu n'étais pas née que je te pressentais déjà. Tant d'années à guetter la voile blanche qui allait percer le brouillard au fond de la rade. Tu auras été plus rapide, juste le temps de grandir un peu, d'écrire un premier roman et de trouver l'adresse de cette soirée où je devais rencontrer une personne qui n'est pas venue – à se demander si tu n'avais pas ourdi ce rendez-vous manqué. Puis le saint-amour, le pacte du récit inaugural de chacune de nos rencontres, n'y revenons pas : l'amour, enfin.

Nous n'en finissions pas de nous découvrir, usant de stratagèmes adaptés à nos tempéraments respectifs. Je te harcelais de questions que tu éludais savamment, attendant le moment propice pour me donner une réponse concise et souvent brutale qui me rassurait. Quand tu voulais pour ta part obtenir une ration de vérité, tu tournais loin autour de moi avec l'indifférence feinte de la renarde, sans préciser ta quête. Tu me laissais parler en orientant la conversation de façon à me faire lâcher un ou deux détails d'importance, et te constituais ainsi une vision générale de tel ou tel tableau de ma vie sentimentale – puisque l'amour et la littérature formaient la matière invariable de nos dialogues. Tu pouvais rester des semaines sans plus aborder le sujet, jusqu'au jour où tu lâchais une question précise qui en contenait dix autres. Je m'efforçais d'être sincère, luttant sans trop de peine contre un penchant inné à la dissimulation, et je pouvais ainsi lâcher d'un coup un flot de confidences dont je ne me serais pas cru capable une heure auparavant.

Les tableaux de ma vie sentimentale ne formaient pas une fresque harmonieuse, plutôt une collection hétéroclite de miniatures. Parfois colorées et naïves, parfois abstraites ou monochromes, en tout cas pas de quoi constituer un catalogue convaincant pour une critique d'art aussi exigeante que toi.

Tu as paru surprise (moins que moi à l'époque) d'apprendre que j'avais été marié. Le succès d'un roman m'avait permis d'acheter une maison dans le Lot. Gagner de l'argent en racontant des histoires me donnait un tel sentiment d'imposture que j'avais décidé de vivre loin du monde dans l'espoir de ne pas me faire prendre. C'est là que j'ai connu Inès. Elle vivait dans une communauté floue, qui régnait sur un troupeau de pauvres chèvres autogérées et publiait un fanzine radical diffusé jusqu'à Cahors et Saint-Cirq-Lapopie, voire Brive-la-Gaillarde. De gentilles personnes, à part ça, qui passaient leurs nuits à tirer sur des chichons mouillés en écoutant Can, Tangerine Dream et Nina Hagen. Je fréquentais peu l'endroit, mais leur ferme était située sur l'autre versant du vallon où se perchait ma maison, dans le moutonnement sublime des châtaigniers troué çà et là par l'aplat vert pomme d'un pâturage. Je passais presque chaque matin devant chez eux par le sentier menant à la petite rivière où j'avais pris l'habitude d'aller pêcher.

À ce moment du récit, la tradition veut que tu écarquilles les yeux, car tu éprouves quelque difficulté à m'imaginer en homme des bois, partant à l'aube chercher sa pitance dans le torrent voisin. C'est pourtant la vérité. J'ai passé des journées entières dans les rivières, à humer le parfum de chacune, à remonter les courants avec de l'eau jusqu'à la taille, à débusquer les truites et les brochets dans leurs abris, à lancer mes leurres sous les frondaisons vers les pénombres inaccessibles, guettant les frémissements à la surface, les gobages, le giclement en parapluie des vairons effrayés par l'attaque d'une perche, mais oui, ma citadine. Je longeais les berges en compagnie de mes copains ragondins, je maniais inlassablement mon lancer pour ratisser la moindre fosse tandis que le soleil brassait des pastilles de lumière sur les mousses phosphorescentes et que les libellules se posaient sur ma canne. Le temps filait, impérial sur son char de verdure, et je rentrais le soir à la maison, rarement bredouille, pour allumer un feu dans le cantou où faire griller mes prises. Du temps de notre gloire, je te racontais ces hauts faits et tu restais bouche bée, sans même le réflexe de te moquer, c'est dire. Aujourd'hui, bien sûr, l'effet de surprise est moindre et rassure-toi, je ne vais pas t'infliger de nouveau la description du goujon, le petit mousquetaire des bancs de sable, ni celle de la tanche, douairière placide dans sa robe émeraude, tu n'as pas l'esprit à ça et je t'ai fait le coup trop souvent, les poissons, la nature, les rivières, c'est bon, tu veux que je te parle d'Inès. L'amour. Décidément, il n'y a que ça qui t'intéresse.

Ce qui m'a tout de suite attiré chez elle, vois comme je suis futile, ce sont les tissus brillants dont elle s'enveloppait, ses robes de gitane, ses anneaux d'oreilles, la lumière de pacotille qui crépitait sur ses châles, sa façon d'enfiler des jupes à volants par-dessus des pantalons, de mêler les styles les plus contradictoires, de porter des bijoux aux chevilles, aux poignets, et même une chaînette autour du ventre, de marcher en dansant, de laisser sa poitrine libre sous le débardeur ou le chemisier dans des exhalaisons de santal et de patchouli, d'attirer l'attention à chaque geste sur sa féminité comme on installe au bord des routes des panneaux indiquant l'approche d'un panorama remarquable. Rares sont les êtres qui sont totalement homme ou totalement femme. Inès était femme à cent pour cent, un précipité chimiquement pur. Mon esprit scientifique a aussitôt été mis en éveil.

Elle lisait des livres. Pas seulement Stirner et Bakounine, amuseurs en vogue dans la communauté, mais de vrais bons gros romans, des sud-américains, des nord-américains, des africains, des chinois, des russes, des italiens et même des français. Je soupçonne que mon état d'écrivain, dont je n'ai pas pu me cacher longtemps, l'a attirée au moins autant que mes talents de pêcheur ou mes remarques insolentes à propos des penseurs anarchistes, qui la faisaient sourire, contrairement à ses colocataires. Toujours est-il qu'elle n'a pas tardé à déménager sa bibliothèque de l'autre côté du vallon, avec ses cartons remplis de chiffons colorés, de bijoux fantaisie et de flacons de parfums rapportés de Katmandou dans des combis VW déglingués par des voyageurs de commerce aux doigts rougis de henné.

Nous allions assez souvent le soir au pays des chèvres autogérées, donner un coup de main à la traite, partager une cueillette de champignons. L'air s'était mis à pétiller autour de moi comme un vin frais. Inès était insupportable à vivre mais tellement agréable à regarder, à toucher. J'adorais l'entendre chanter quand elle glissait d'une pièce à l'autre en laissant derrière elle une traînée d'objets que je rangeais continuellement. Il était clair que nous ne resterions pas longtemps ensemble. C'est sans doute pour cela que je lui ai proposé le mariage. Elle a accepté tout de suite, cela lui paraissait le comble de l'anticonformisme.

Avoir des enfants, il n'en a jamais été question. Nous nous sommes quittés au bout d'un an, quand il est devenu évident que je n'avais aucun avenir sérieux dans la pêche à la ligne, qu'il fallait me résoudre à assumer ma condition d'employé aux écritures, et pour cela revenir à Paris. Les communications n'étaient pas aussi faciles alors, je pouvais compter près d'une journée pour rejoindre le Quartier latin, ma maison n'était pas équipée du téléphone et l'on pouvait attendre des mois, voire des années avant d'obtenir son installation dans un vallon aussi peu fréquenté que le mien.

Un mot sur le mariage, tout de même, je sais que ce sacrement ne t'est pas indifférent. À la mairie du village, nous nous sommes très bien tenus. La salle, remplie de jeunes chevelus qui s'étaient mis sur leur trente et un, sentait un peu l'étable et le cannabis, mais dans l'ensemble la cérémonie fut pleine de dignité. Ensuite ce fut une belle et joyeuse fête, pour autant que je m'en souvienne (j'avais déjà un penchant pour la boisson, mais je tenais beaucoup moins bien le coup qu'aujourd'hui). Les chèvres n'ayant pas été invitées, les bergers anarchistes assurèrent à leur place la partie musicale, avec enthousiasme, dans une de ces immenses granges quercynoises aussi belles que des châteaux. Un sanglier prélevé dans un élevage proche fut sacrifié, et le vin des coteaux de Glanes fit rapidement oublier sa piteuse réputation. Ma mère ne s'était pas déplacée, il faut dire qu'elle était déjà morte à l'époque, mais mon père était bien là, ainsi que les parents d'Inès. C'étaient les seuls représentants de l'âge mûr, avec quelques paysans du coin attirés par le bruit, les épaules dénudées des filles ou l'odeur des grillades. Les mariés n'avaient pas trente ans, des gamins couraient partout, les flammes et les chants s'élevaient dans le ciel clair. Le lendemain, on installa des tables dans la rivière pour ripailler les pieds dans l'eau du midi jusqu'au soir. Quand on se sentait gagnés par le sommeil, on pouvait se laisser glisser directement depuis le banc dans le courant, qui nous portait sur quelques dizaines de mètres, le temps de nous remettre les idées d'aplomb et l'estomac en place. Il m'est apparu très vite que la seule justification de la cérémonie résidait dans cette fête païenne qui se prolongea durant trois jours.

Quand je t'ai raconté tout ça, tu n'as pas souri. Tu étais triste que j'accorde si peu d'importance au sacrement du mariage. Tu n'étais ni croyante ni frileusement attachée aux traditions, mais selon toi le mariage était la plus belle invention des sociétés humaines, la plus touchante, la plus vraie, la plus indispensable. Il m'aura fallu beaucoup de temps, ma fiancée secrète, pour comprendre la raison de cet attachement.

Ce qui nous amène tout naturellement à l'Autre, au mari jeune, riche et beau, à ton alliance, à tes enfants. Non ? Ah, très bien. Je comprends. Tu veux que je continue sur le sujet de mes amours. La sultane exige. D'accord, mais ne compte pas sur moi pour revisiter d'un bout à l'autre la galerie des miniatures. Nous nous en tiendrons aux pièces principales.

Nora. Mais oui, Nora. Quelques mois de cohabitation paisible. Tellement paisible que je me suis rendu compte presque par hasard, un matin, qu'elle m'avait quitté, simplement après avoir vu ma tête quand elle avait évoqué l'idée d'avoir des enfants.

Selma. Le tableau a résisté au temps, le vernis n'a pas noirci, les couleurs ne sont pas devenues ternes. Plus de deux ans ensemble. Une histoire simple, aurait-on pu croire, mais il n'y a pas d'histoire simple, surtout dans ma vie. Elle a fait l'objet d'un récit, un soir. Souviens-toi. Tu es arrivée chez moi, tu ne m'as pas embrassé, tu es allée directement au bar tout en ôtant ton imperméable que tu as jeté sur le canapé, et tu as tapé plusieurs fois sur le comptoir du plat de la main. Je savais ce que cela signifiait : non pas « À boire », mais « Une histoire, vite ». L'un n'empêchant pas l'autre, par bonheur.

Selma n'était pas un personnage inventé comme tant d'autres, mais il était inutile de le préciser, puisque nous ne faisions pas la différence.

— C'est dans la rue Ferhadija de Sarajevo, en 1989, que Marc a rencontré Selma pour la première fois.

— C'est ta première phrase ?

— Provisoirement. Ne m'interromps pas.

— Selma. Une Yougoslave, allons bon. À quoi ressemble-t-elle ?

— Élancée, les yeux couleur de noisette à peine mûre, cheveux longs, peau claire, poitrine triomphale, avec l'allure tonique et svelte des Slaves du Sud. Selma était pareille à toutes les femmes qui se promènent entre la rue Ferhadija et le quartier ancien de Baščaršija quand le soir tombe et que les terrasses se remplissent.

Ce soir-là elle n'est pas seule. Elle tient par le bras Stanko, un jeune étudiant en sciences politiques qui la fait rire – et pas seulement. Marc pour sa part est écrivain, il est arrivé la veille à Sarajevo et découvre la ville en compagnie d'un ami bosniaque, Dževad. Ils se sont rencontrés dans un festival de photographie. Marc a mis dix jours pour arriver ici en voiture depuis Paris. Il a humé l'odeur de sang et de cuir mouillé laissée par les guerres napoléoniennes à travers la vieille Europe, il a flâné sur les rives du lac de Constance, traversé la riante Slovénie, longé la vallée de la Sava en Croatie et suivi la route qui mène à Constantinople en passant par Travnik, ancienne capitale du pachalik de Bosnie, où il est resté trois jours à lire et à marcher, dans la pénombre humide des vallons encaissés, sur les traces des personnages d'Ivo Andrić malmenés par l'histoire.

Dževad connaît Stanko. Contents de cette rencontre fortuite, ils parlent un moment, évoquent des souvenirs de jeunesse. Selma enseigne le français à l'université, et elle engage pendant ce temps la conversation avec Marc.

Tous les quatre vont se revoir plusieurs fois durant la

semaine qui suit. Avec Stanko, Marc peut discuter en anglais. Ils se retrouvent le soir dans Baščaršija, mangent des *ćevabčići* avant d'aller dans un des bars innombrables où une partie de la jeunesse sarajévienne use ses nuits. Pas de place pour la politique dans leurs discussions. Ni Selma, ni Stanko, ni Dževad ne prennent au sérieux les discours nationalistes tenus par quelques excités. Selma est musulmane, Stanko serbe, Dževad croate, ils sont mécréants et aucun d'eux n'attache d'importance à ces distinctions. Ne parlent-ils pas la même langue ? N'ont-ils pas eu des enfances comparables, dans cette ville où les églises catholiques et orthodoxes jouxtent les mosquées et les synagogues ? Certes, le mois précédent, lors d'un match de football à Belgrade, Stanko a vu des supporters serbes s'en prendre violemment à des Kosovars albanophones et les menacer de mort, mais de tels débordements sont selon lui marginaux et limités aux enceintes sportives. La société yougoslave, après des années de titisme, est désormais solidement unifiée et cet imbécile de Milošević peut bien s'égosiller en appelant le peuple serbe à venger l'humiliation du Champ des Merles, jamais il ne parviendra à réveiller un ressentiment national datant de 1389. Marc repart rassuré à Paris, après un échange d'adresses et de promesses de se revoir.

Les promesses faites en voyage restent en général à l'état de promesses. Les quatre amis ne se reverront pas pendant trois ans. Selma cependant écrit de temps à autre à Marc, donne des nouvelles de sa ville et de son pays, décrit l'atmosphère pesante mais se montre confiante. Marc lui répond sur un ton léger. Il aimerait la revoir, il contemple souvent la photo qu'il a conservée d'elle. Il garde un souvenir ému de ses yeux noisette, de sa démarche, de sa voix.

Un soir d'avril 1992, il reçoit un appel de Selma. Elle est à Paris et souhaite le voir. Dans une brasserie où il l'a invitée, elle lui raconte son histoire. Alors qu'elle passait quelques jours dans sa famille en Herzégovine, l'armée fédérale serbe a coupé tous les accès à la ville. Plus de communications, plus d'électricité, plus d'eau, aucun moyen de forcer les barrages. Impossible de rentrer chez elle. Elle a dû rebrousser chemin dans une ambiance électrique. Des soldats partout, un silence pire que les cris. Aux barrages les gens marchent de long en large, hagards, devant des soldats en armes au visage fermé. Selma trouve refuge chez une tante en lointaine banlieue. Elle y reste quelques jours, le temps d'admettre cette réalité folle : sa ville est en état de siège.

— Stanko n'est pas avec toi? lui demande Marc.

Selma le regarde fixement, un long moment, avant de répondre.

— Stanko. Tu te souviens de lui? Ce grand paisible, tellement ironique, tellement au-dessus des passions nationales.

Les derniers mots sont empreints de sarcasme. Depuis quelques mois, Stanko s'est montré de plus en plus sensible aux arguments des nationalistes. Comme la plupart des Serbes de Sarajevo, il a refusé de participer au référendum de février, qui débouchait sur l'indépendance de la Bosnie et sur le déclenchement inévitable de la guerre par les Serbes. Quelques mois plus tôt, il a approuvé le siège de Vukovar, et estimé que la rafle et l'exécution de quatre cent soixante personnes à l'hôpital de la ville étaient la regrettable conséquence de l'irresponsabilité des Croates. Ceux qui voulaient à tout prix démembrer la Yougoslavie et menacer les droits des Serbes devaient maintenant affronter les conséquences de leurs décisions. À dater de ce jour, Selma a considéré que leur couple n'existait plus.

À Paris, Selma est hébergée par des amis, mais cette solution ne peut être que provisoire. Marc dispose d'une chambre libre dans son appartement, il lui propose de s'y installer, et ce qui doit arriver arrive.

Tu as semblé satisfaite par ce début d'histoire. Bien sûr, le roman restait à écrire. Nous nous y sommes employés ce soir-là et les soirs suivants, ma belle endormie, souviens-toi.

Selma est restée deux ans chez moi. Je l'ai aimée, tu le sais. Un jour elle est partie, au milieu de l'hiver 1994. Jusque-là elle avait eu beaucoup de mal à supporter de mener une vie tranquille à Paris où elle avait trouvé un travail de traductrice tandis que sa ville crevait sous les bombes et les tirs de snipers. Elle faisait passer de l'argent à ses proches là-bas, mais se sentait souillée par un sentiment de traîtrise quand elle voyait les images du siège passer en boucle à la télévision. Un jour elle a appris ce qui était arrivé à sa famille. Elle est retournée au fond de ce trou noir, grâce à des complicités, dans un convoi de la Forpronu, et je n'ai plus entendu parler d'elle jusqu'à la fin du siège. Elle m'a quitté, sans me proposer de la suivre, sachant que j'étais incapable de l'aider dans ce qui lui restait à accomplir.

Je t'ai révélé ce que Selma avait appris : le massacre de

sa famille, dans le village où elle avait trouvé refuge, par une unité serbe. Une unité que dirigeait Stanko.

Le matin arrive. Je dois partir, ma déesse blanche, ma désincarnée. Puisque tu ne me retiens pas je vais retrouver les rues noires, les tracas communs. La vie qui va.

11

Quand Paul passe sous le portique, une sirène retentit. Aussitôt un douanier s'approche de lui, suivi par deux hommes en uniforme, et lui demande de lever les bras. Paul refuse et cherche à s'enfuir. Peine perdue : le douanier l'a saisi par le cou avant même qu'il ait fait demi-tour. Paul vient de le reconnaître, c'est son frère, pourtant il est certain de ne pas avoir de frère. Les deux hommes prennent chacun un de ses bras, qu'ils soulèvent précautionneusement, comme s'ils craignaient de faire exploser une bombe. La terreur envahit Paul. Le douanier écarte les pans de sa veste et quand il voit la cartouchière son visage s'anime d'une expression radieuse. Il ne s'agit pas d'une cartouchière ordinaire. Chaque alvéole en cuir rigide est suffisamment grande pour contenir un œuf. Il y en a au moins une trentaine autour de la taille de Paul. Le douanier en a saisi un entre le pouce et l'index, il le lève pour l'observer à la lumière, puis le laisse tomber sur le carrelage. Un minuscule bébé apparaît dans les débris. Parfaitement formé, il se traîne misérablement sur le sol. Le douanier le fait glisser un peu plus loin d'un coup de pied dédaigneux.

— Tu rêves encore, dit Louise en posant sa main sur le bras de Paul.

Les voyageurs se sont dispersés dans la cour ou sous le préau. Certains sont retournés dans le réfectoire pour s'allonger sur leur lit de camp. L'accablement paraît avoir gagné tous les esprits. Ils ont réalisé qu'ils sont prisonniers de ce lieu ingrat, pour une durée inconnue. Certains ont eu des velléités d'évasion à pied jusqu'à Varlanges, mais ils ne sont finalement pas partis, préférant croire aux propos optimistes de madame le maire qui prévoit la fin rapide de la grande grève. La bonne humeur d'hier est dissipée. Assise sur un muret, Alexandra lit un gros livre dont Paul n'est pas parvenu à distinguer le titre.

Louise a tenté d'engager la conversation avec Danilo, mais le jeune homme est méfiant, elle n'a rien pu tirer de lui et n'a pas insisté.

— Tu es belle, dit Paul à Louise, et comme chaque fois elle lui répond par un « Merci » enfantin, tout juste si elle ne l'accompagne pas d'une petite révérence. C'est devenu pour lui un jeu de provoquer ce réflexe, qui lorsqu'il survient le touche inexplicablement.

Elle est belle, oui, dans sa quarantaine qui l'intimide comme s'il avait encore dix-huit ans. Il aime son corps aux ondulations d'algue, ses jambes minces, ses doigts si fins, ses seins petits et tendres, sa peau qui commence à se marquer de rides, ses cernes sombres, le mélange de vitalité et de mélancolie qui fait son mystère.

Un enfant, quelle absurdité. Cette seule idée le

plonge dans l'angoisse. Paul est fils unique. Il conserve de son enfance solitaire une tristesse inépuisable, que la musique seule a su consoler. Sa mère, enfermée dans des obsessions d'ordre et de rangement, était hantée par la religion, une religion sans croyance vraie, simple observance maniaque de rituels et de règles. Elle ne lui a apporté qu'un amour chétif, ombrageux. Son père, inspecteur d'académie, toujours absent même quand il était là, méprisait la musique et concevait son rôle éducatif comme une perpétuelle leçon de maintien. S'imaginer lui-même en père, jamais.

Qui est-elle, vraiment? Elle paraît si forte, inatteignable, et pourtant fragile comme une gaze qu'un courant d'air déchire. Elle m'aime comme on ne m'a jamais aimé. En amour je n'étais pas un bon élève. Il lui a fallu de la patience.

Elle prétend avoir eu dès le premier jour envie de lui, d'être avec lui, d'être à lui. Il faisait passer les élèves un par un au piano, commentait leur toucher, rectifiait leur position. Louise avait un jeu suave, des tempos très lents. La première fois qu'il a placé la main au bas de son dos pour lui conseiller de se redresser, il a nettement senti un frisson sous ses doigts, mais il n'en a tiré aucune conclusion optimiste. Il était incapable d'imaginer pouvoir un jour être désiré par une telle femme. Il a fallu qu'elle fasse tout le travail.

Louise est attirée par l'innocence de Paul, par sa fraîcheur. Il lui donne une envie inexplicable et folle d'être enceinte. Elle a eu plusieurs fois des aventures avec des hommes beaucoup plus jeunes qu'elle, ce qui provoque des commentaires de la part de ses collègues, des baroudeurs et des forts en gueule qui n'ont jamais réussi à obtenir ses faveurs.

Dans la cour d'école le temps s'éternise. Ce matin le chauffeur a annoncé que la panne était plus délicate que prévu, mais qu'il ne désespérait pas de trouver une solution avant la fin de la journée. Certains lui ont posé des questions, il s'en est agacé. C'est un jeune homme autoritaire et irritable.

On traîne, on lit, on somnole, on bavarde, on râle. Des groupes se sont formés. Certains jouent aux cartes, d'autres ont décidé de partir en excursion dans le village, pour occuper le temps. Les étudiants ont tracé une marelle sur le goudron. Paul regarde Alexandra qui saute à cloche-pied jusqu'au paradis. Ses cheveux volent, on dirait des ailes.

Louise est inquiète. Elle s'écarte régulièrement pour téléphoner à son responsable, car le réseau consent à fonctionner de nouveau. Elle l'informe de la situation, réclame des consignes, mais il n'y a rien à faire d'autre qu'attendre. On la prévient que la halte dans ce village n'était pas fortuite, que certainement Danilo attend des ordres. Elle donne l'identité des deux enfants, demande qu'on se renseigne sur le lien qu'ils peuvent avoir avec le chauffeur.

Louise prend Paul par la main, l'entraîne sous le préau, puis dans le couloir des classes du rez-de-chaussée. Une forte odeur d'enfant persiste dans les salles. Il y a quelque chose d'attendrissant et d'indéfinissablement violent dans cet endroit; peut-être parce qu'il est désert. L'alignement des patères dans le couloir, les tables et les chaises à échelle réduite, le carrelage gris, les reflets sur les cloisons vitrées, la peinture verte des murs, plus loin les toilettes avec leurs rangées de petites cuvettes : tout cela sans les voix, sans le brouhaha, sans les rires ni les chants rend presque palpable l'omniprésence de la mort.

Au premier étage, même paysage sans vie. Louise plaque Paul contre un mur et l'embrasse. Elle sent bon, elle a une haleine de pré et de vent.

— Tu as réfléchi à ma proposition ?

La main de Louise défait la ceinture, s'introduit à la recherche du sexe de Paul.

— Fais-moi un enfant.

Sa voix tremble d'excitation, elle semble prête à le dévorer. Cependant la verge de Paul n'arrive pas à se redresser. Il se sent humilié et peiné, ses mains sous la robe de Louise caressent sa peau, pressent ses seins, se glissent entre ses fesses. Il n'y arrive pas.

— Toutes sortes d'instruments. Principalement les claviers.

Paul répond aux questions d'Alexandra.

Assis sur le muret, adossés aux barreaux, Paul et Alexandra discutent. Elle est venue vers lui alors qu'il était seul dans un coin de la cour à rêver, les mains accrochées aux barreaux de l'enceinte. Elle a une voix grave, un peu rauque, attirante. Elle est à peine plus jeune que lui, dix-neuf ou vingt ans, peut-être. Elle lui a posé des questions, il a commencé à parler de la musique, du piano, du passage au jazz puis au rock, du groupe dont il fait partie qui survit tant bien que mal au gré d'une programmation aléatoire. Pour rien au monde il ne ferait autre chose. Il sent qu'elle a très envie de l'interroger sur Louise. Il ne l'aide pas. Que répondre ? *Oui, c'est ma femme* ? Ou *Elle est mariée, je suis son amant, elle voudrait un enfant et je n'arrive plus à lui faire l'amour* ?

Louise est restée là-haut, elle a chassé Paul d'un geste tout à l'heure. Elle erre dans les salles de classe, à pas lents. Elle a vu par la fenêtre Paul en conversation avec cette jeune fille. Elle se sent vieille, soudain, et cela ne lui pèse pas, c'est une donnée du monde, au même titre que ce nuage blanc solitaire et hirsute épinglé au milieu du bleu. Elle s'assoit sur une petite chaise, reste un moment à regarder la pièce, se relève, reprend sa déambulation, passe les mains sur les pupitres. Son enfance remonte par bouffées délicates, avec ses parfums de terre et de cire, ses couleurs changeantes, le soleil dans les yeux, le sel sur la peau, la voix de sa mère, le goût des larmes et celui du sang sur les plaies. À l'école, les enfants faisaient la sieste assis à leurs pupitres semblables à ceux-ci, la tête sur les bras. Distraitement, elle ouvre les tiroirs du bureau de la maîtresse. Ils sont pleins d'un bric-à-brac de fournitures scolaires, d'objets divers, de dessins d'enfants. Louise s'installe au bureau. On posait la tête sur les bras, comme ceci, pour écouter les yeux fermés la maîtresse lire une histoire.

Elle voit passer des antilopes et des girafes, un soleil rouge framboise coule sur la savane. Elle entend un bruit énorme derrière elle, et soudain elle se sent soulevée de terre. Un éléphant l'a saisie avec sa trompe. Il fonce dans la savane, traverse des rivières de boue, des fourrés d'épineux. Louise lui demande de la lâcher, elle lui dit qu'elle est une petite fille. L'éléphant a la voix de son père. Il ne la lâchera pas. Tu dois venir chez moi.

Elle a dormi longtemps. Déjà le jour baisse. Louise reste longtemps immobile, à regarder ses mains. Elle voudrait faire l'amour avec Paul, son ventre le réclame. Désirer la rend heureuse.

Elle descend sans hâte rejoindre les autres. Alors qu'elle passe devant le bureau qui doit être celui du directeur ou de la directrice, son attention est retenue par un bruit sourd, un gémissement. La porte est entrouverte. Le bureau baigne dans la pénombre, stores baissés, mais elle les voit, elle distingue leurs silhouettes couchées sur un empilement de tapis de mousse entreposés là, elle voit Manu et Reine. Quand ils s'aperçoivent de sa présence ils se relèvent précipitamment, emportent en hâte leur sac à dos sans se rendre compte que le cahier de Reine est tombé de la poche latérale. Ils détalent dans le couloir, Louise a eu le temps de voir leurs visages rougis. Elle ramasse le cahier.

Elle descend dans la cour, s'assoit sur un muret. Elle veut profiter de ce qui reste de jour pour lire le cahier. Elle saura peut-être qui sont ces enfants, et pourquoi Danilo s'intéresse à eux.

12

Maman dit que j'écris mal. Elle ne le dira plus, maintenant. La main de Manu dans la mienne est comme un petit animal, un animal tout tiède qui dort. Parfois la main se réveille et on dirait qu'elle me mord. Manu ne dit rien, il marche à côté de moi sur le chemin. Il y a des arbres sur les bords, de grands arbres comme des doigts, les mêmes que ceux du cimetière où nous allions prier sur la tombe des grands-parents. Manu se mettait à genoux sur le gravier, il joignait les mains et il faisait semblant. Moi, je ne voulais pas. J'aime pas les morts.

Il fait nuit mais il fait jour, il y a de la lumière derrière nous, un grand feu. Manu se retourne souvent, il faut que je le tire. On ne dirait pas qu'il a le même âge que moi. Je raconte comment ça se passe comme si c'était maintenant mais tout ça est fini. Nous marchons sur le chemin, Manu et moi. C'est un long chemin qui part de la maison et mène à une route, une petite route et ensuite un carrefour qui mène à une route plus grande. C'est là que nous allons.

Elle dit que j'écris mal mais j'écris bien. J'écris comme je veux. Elle croit qu'elle y connaît quelque chose. J'ai douze ans, Manu aussi, nous sommes nés le même jour et nous avons la même mère mais je ne suis pas sûre que ce soit une mère, celle-là. Ça me fait du bien de penser que je ne la verrai plus. Il faut marcher vite, aller sur la route tant qu'il fait nuit et que personne ne nous voit. Après c'est le village, je connais les rues discrètes, je sais ce qu'il faut faire.

Manu dit toujours oui. En réalité ça ne veut pas dire oui, ça veut juste dire débrouillez-vous. Il accepte à peu près tout parce que ça n'a pas d'importance, ça ne veut rien dire pour lui. Je ne suis pas comme ça.

Nous suivons la piste cyclable à côté de la route, avec la haie personne ne peut nous voir, les voitures passent à toute vitesse pleins phares. Manu m'a lâché la main, nous marchons vite, j'entends ma respiration.

Maman, c'est Barbe-Bleue. Elle ne les égorge pas pour les suspendre et les laisser s'égoutter dans un placard secret, mais il faut voir dans quel état ils repartent. Elle collectionne les hommes et les robes de mariée. Sans rire. Elle en a au moins trente. Elle les achète dans des brocantes, des solderies, des vide-greniers et de temps à autre avec son amie Malika elles attendent d'être seules pour les enfiler, elles font des manières devant le grand miroir du grenier en buvant du cointreau, je les ai surprises un jour. Je crois qu'elle est amoureuse de son père, elle peut toujours faire défiler les fiancés, aucun n'arrivera à la cheville de son papa. D'autant plus qu'il est mort et enterré, il est hors concours. Les fiancés, on en a vu partir beaucoup la queue entre les jambes. Ils pleuraient devant nous, souvent. Merci pour le spectacle. Ou ils buvaient et ils nous faisaient peur, ils se cognaient la tête contre le mur de la cuisine, ou ils menaçaient de se jeter par la fenêtre. Certains se la pétaient, vantards, genre « même pas mal », trop drôles. Il fallait voir dans quel état elle les réduisait.

Mais le pire, c'est celui-là. Olivier. Parce qu'il ne se décide pas à dégager. Il s'incruste, et elle ne le chasse pas. Il se lève à midi, vide le frigo sans se soucier de ce qui restera pour nous, part écrire dans le cabanon au fond du jardin, celui auquel j'ai mis le feu. Monsieur est écrivain. Et le soir il nous fait la lecture en buvant du porto. Manu fait semblant de s'intéresser, je sais parfaitement qu'il n'en a rien à faire. Moi je pense à autre chose et je m'en fiche que ça se voie, au contraire, alors Olivier se vexe et c'est maman qui prend. Elle n'a qu'à mieux les choisir.

Elle est fière d'avoir un écrivain dans le cabanon du jardin, elle le regarde avec des grands yeux quand il nous fait la lecture, elle le nourrit comme un chien de luxe, elle est aux petits soins. Il ne fait rien, il ne rapporte rien, ses histoires je ne les comprends pas et il n'est même pas beau.

Pour le feu, Manu n'était pas d'accord, mais je dis qu'il nous a trop énervés avec ses manuscrits, cet Olivier. J'écris mieux que lui. Et maman avait besoin d'une leçon. Et puis ce cabanon était moche, mais alors moche. Avec sa petite planche sur tréteaux qui servait de bureau à l'écrivain, son petit ordinateur, ses piles de feuilles imprimées. Ils auront la surprise au réveil. La maison est tellement éloignée de la route et en pleine forêt que personne ne s'en apercevra avant eux, personne n'appellera les pompiers. Qui se soucie d'un cabanon d'écrivain acheté chez Leroy Merlin, de toute façon.

Elle a voulu s'installer dans cette saloperie de clairière, c'était du temps où elle était avec une espèce de bûcheron qui n'a pas duré, il nous a plantés là. Hier avec Manu nous avons pris les billets de train. Facile. Maman et son écrivain devaient faire un aller-retour ce week-end à Paris. Ils comptaient nous laisser tout seuls encore une fois, alors que nous ne sommes que des enfants, quand même. Quand ils ne s'envoient pas des insultes à la figure, ils jouent aux amoureux, c'est PARFAITEMENT *ridicule. Nous sommes allés sur le site de la SNCF, nous avons tous les codes y compris celui de la carte bleue, elle les a copiés dans l'agenda qui est sur son bureau sans doute pour faciliter le travail des cambrioleurs. J'ai changé les billets pour une autre destination, nous les avons imprimés et voilà. Nous devons passer par Paris et changer de gare, ensuite prendre un bus pour Varlanges. Nos billets ont coûté plus cher que les siens, bien sûr, et puis il y a l'argent que nous allons prendre au distributeur de la gare tout à l'heure avec sa carte bleue, c'est que nous avons des frais, mais pour une fois qu'elle dépense un peu pour ses enfants, elle ne va pas en mourir.*

Plusieurs fois Olivier a essayé de me gifler, il m'attrapait par les bras, me secouait dans tous les sens. Manu, il lui donnait plutôt des coups de pied. Heureusement il s'essouffle vite, il se lasse. Si notre père était là il n'en ferait qu'une bouchée, mais il n'a pas souvent été là. Papa s'appelle Stanko, il vit à Varlanges, il est serbe et maman ne veut pas qu'on le voie, elle dit que c'est dangereux. Je ne vois pas pourquoi. La guerre est finie, non ? Je lui écris souvent, et il me répond de temps en temps. Il aimerait que Manu fasse pareil, mais Manu lui en veut trop de ne pas être avec nous. La semaine dernière il m'a écrit pour nous demander de venir. Il disait que nous lui manquions et qu'il avait des choses très importantes à nous dire. Il avait souligné « très importantes ». Mais nous ne devions le répéter à personne, maman nous aurait empêchés de partir. Je pense que papa veut que nous habitions avec lui.

Il n'y a pas beaucoup de voitures sur la route. Il paraît qu'il y a une grève. Il ne manquerait plus que ça. S'il n'y a pas de train, nous partirons en stop, je montrerai mes jambes. J'écris tout ça au présent mais c'est du passé, bien sûr. C'est plus vivant, le présent. Ce bouffon d'Olivier n'a pas encore compris ça. S'il devait raconter notre histoire elle serait pleine de « ils furent », « ils allèrent », « nous découvrâmes », comme dans ses romans qu'il écrit pour les vieux et que les vieux ne lisent même pas, et qu'ils liront encore moins maintenant avec l'incendie.

Une fois au village, nous prenons les petites rues jusqu'à la gare. Pas question de nous faire repérer et ramener à la maison par le premier charitable venu. Avec les adultes c'est toujours la même chose : quand on veut qu'ils s'occupent de nous il n'y a personne, mais si on n'a surtout pas besoin d'eux on peut être sûrs qu'ils rappliquent.

Nous sommes très en avance à la gare pour avoir le premier train. Nous nous asseyons sur un banc, Manu joue aux échecs et j'écris, comme d'habitude. Nous ne levons surtout pas les yeux pour ne pas croiser le regard de quelqu'un qui pourrait poser des questions. Des panneaux annoncent la grève, les retards prévus, mais finalement le train arrive. Nous n'avons presque pas de bagages, juste un sac à dos. Nous avons tiré de l'argent au distributeur, trois cents euros tant qu'à faire, de toute façon c'est le maximum, maman a une carte de pauvre.

À Paris il faut changer de gare pour aller à Varlanges. D'abord prendre un train, et ensuite un bus. Quand nous arrivons il y a des manifestations, des embouteillages, les bouches de métro sont fermées, un vrai pandémonium comme écrirait Olivier. (J'ai lu ce mot dans L'écume des jours, *il me plaît, je l'utilise dès que je peux, par exemple quand maman constate que ma chambre est tellement en désordre qu'on ne peut pas poser un pied sur la moquette. « Oui, je sais, c'est un vrai pandémonium. » Et ma chambre n'est pas plus en désordre que les pauvres romans de son pauvre écrivain, qu'il faudrait lire trois fois pour en comprendre l'histoire, mais qui aurait le courage de lire ça trois fois ?)*

Nous montons dans le train bondé. Inutile de chercher une place assise. Nous nous installons dans le couloir, les gens sont obligés de nous enjamber. Ça ne m'empêche pas d'écrire sur mon cahier, ni Manu de continuer sa partie d'échecs. Il est très fort, personne ne l'a jamais battu, il faut dire qu'il ne joue plus avec personne. Quand nous étions en ville il s'était fait remarquer par son prof de maths qui animait le club d'échecs du collège, il avait dit que ce garçon irait loin, très loin, pour peu que bien jouer aux échecs puisse mener loin, en tout cas il le regardait comme si c'était Matt Damon dans Will Hunting. *Maintenant Manu ne joue plus avec d'autres, il enchaîne les parties en solitaire, ou il résout des problèmes qu'il cherche sur Internet. Dans le fin fond de la forêt où maman nous laisse moisir, va trouver un joueur d'échecs. N'empêche, les rares fois où il a affronté un adulte, il l'a écrabouillé. Quand nous vivrons avec notre père, Manu pourra aller dans un club et monter en grade.*

Dans aucun des deux trains que nous avons pris aujourd'hui le contrôleur n'est passé. Nous avons acheté les billets pour rien, c'est bien dommage, nous aurions pu faire faire des économies à notre mère. J'espère qu'elle pourra quand même continuer de remplir le frigo de Knackis, de bières et de Nutella pour son écrivain, il en raffole, d'ailleurs ça se voit.

Une heure de retard, le train a fini par partir. Nous roulons au ralenti dans une campagne affreuse, pour le peu que j'en vois. Manu est tout pâle. Il ne se sent pas à l'aise dès qu'il quitte sa chambre, pourtant dans sa chambre il fait exactement la même chose que dans le train, il joue aux échecs. J'ai peur que la police nous retrouve avant que nous ayons rejoint papa. Une fois avec lui, je me dis que nous ne craindrons plus rien, on ne va tout de même pas arracher des enfants à leur père. Un juge décidera de nous laisser à Varlanges, et alors là, elle en fera une tête, l'autre. Des enfants, Olivier n'aura qu'à lui en inventer, des enfants en papier qui seront moins pénibles que nous.

Nous voilà enfin dans le bus pour Varlanges. Le paysage est de plus en plus laid, il fait des petits plis comme la peau de vache mitée posée sur le parquet chez notre tante à Salbris. Les gens sont énervés, ils parlent de la grève. Manu s'est endormi. De l'autre côté de l'allée, une femme me regarde, elle est belle. On dirait qu'elle est faite avec du brouillard. Son mari dort, la tête contre la vitre. Ou peut-être son fils, il est bien plus jeune qu'elle. Je lui adresse un sourire, elle me le rend et détourne la tête. J'aimerais lui ressembler un jour, mais ce sera un gros travail. Je pose la main sur la cuisse de Manu et la tête sur son épaule, j'essaie de dormir moi aussi.

13

Parfois ta main s'agite brièvement sur le drap, on dirait qu'elle me fait signe, qu'elle réclame attention. Je comprends son langage. Je me penche pour y poser mes lèvres. Ce n'est pas la main que je connaissais, elle est plus froide, plus lisse, plus pâle, presque cireuse. Cette main m'a caressé, griffé, elle s'est posée sur mon épaule comme un duvet. Lorsque nous étions au lit, j'aimais cette sensation au point que souvent je te suppliais de l'y laisser longtemps, sur mon épaule, ta main, infiniment, je cherchais l'immobilité des plantes. Une sève se répandait en moi. Fermer les yeux, être une herbe, se sentir aussitôt balancé par la brise tranquille de l'indestructible amour. Tu souris ? Quel poète, oui, d'accord. Pourtant ce ne sont pas que des mots, Julia. Ce n'était pas une illusion. Regarde, je suis là. Nous y sommes, à jamais, pris dans le filet des lignes vertes qui dansent sur les écrans. Ensemble, à jamais, tu n'y peux plus rien.

Ghita m'a annoncé ce soir qu'elle notait des signes d'amélioration de ton état. Des signes remarquables. Les médecins à qui elle en a fait part sont surpris. Il n'est pas impossible que tu sois en train de remonter à la surface. Ou peut-être depuis le début fais-tu semblant de dormir, rien que pour m'écouter raconter mes sornettes? Ce serait bien de toi.

Tu disparaissais. Oh, tes silences. Ton mari t'emmenait souvent pour quelque voyage dans l'un de ses petits avions rutilants réservés aux fameux et aux importants. En allant visiter le site Internet de sa compagnie j'avais plus d'une fois contemplé ces libellules imbéciles alignées sur le tarmac. Petite flotte frappée du sigle cher aux happy few, un scarabée d'or joliment stylisé, dessiné par la main même de l'homme de ta vie officielle qui avait décidément tous les talents. Entrepreneur surdoué, pianiste de qualité, joueur d'échecs hors pair, beau garçon cela va sans dire, à se demander ce qui t'a attirée chez un vieux tromblon erratique et vociférant comme moi.

De cette vie tu ne me disais pas grand-chose. Je ne disposais que de l'arme réparatrice de la mauvaise foi pour dénigrer l'amour du luxe et de la richesse dont tu faisais étalage lors de nos rencontres. Car tu ne m'épargnais aucun détail sur tes cent quatre-vingts paires de chaussures hors de prix dignes de la collection d'Imelda Marcos, sur les restaurants courus et les palaces en vogue que tu adorais fréquenter dans tes séjours lointains, le tourisme des riches ayant ceci de commun avec celui des masses qu'il se concentre sur des lieux de référence convoités par l'ensemble de la caste : la seule différence réside dans la taille des établissements, l'allure des clients, l'habillement du personnel et la modestie ou l'obscénité des tarifs. Sans doute voulais-tu par là m'assigner à résidence, me rappeler que notre relation était vouée à rester confinée au secret, que tu veillais à l'étanchéité des cloisons et que jamais je ne pénétrerais avec toi dans le cénacle merveilleux de ceux qui se déplacent en jet, laissent tomber négligemment la clé de leur automobile dans la main du voiturier quand ils arrivent à l'hôtel et ne mangent que dans des établissements où les prix des plats ne sont pas affichés sur les menus des dames. Le tartare-salade du Caminito suffisait à mon bonheur, à vrai dire, ainsi que la guimbarde que j'utilisais pour mes rares déplacements; je n'avais aucun goût pour les sacs cousus main, les stylos pesant une livre ou les lieux de privilégiature fréquentés par l'élite autoproclamée de la planète, et pourtant je souffrais de ce cloisonnement entre ta vie et la mienne, je souffrais de connaître l'existence de territoires où nous n'irions jamais ensemble, où notre amour jamais n'aurait droit de cité.

Tes silences, Julia. Les journées que nous passions ensemble n'étaient pas si fréquentes, et les nuits encore moins. Le téléphone portable et l'ordinateur étaient les vecteurs inépuisables de notre liaison. Dix fois, vingt fois nous pouvions nous joindre dans la même journée par le biais des messageries électroniques, faute de pouvoir nous toucher ou nous parler. Toute interruption du flux me plongeait dans l'effroi. Soudain, tu disparaissais. Le silence s'installait, tout d'abord doucereux, puis de plus en plus âpre, bientôt rugissant. Je consultais mon appareil toutes les trente secondes, de peur de n'avoir pas entendu un bip ou senti une vibration dans ma poche, mais rien. Ton nom ne s'affichait plus sur l'écran en lettres colorées, tu avais plongé sous la couverture radar et, les heures passant, je sentais monter en moi l'angoisse de la perte.

Forcément, tu étais perdue. Tu avais décidé de te taire à jamais, le mensonge de ta double vie t'était apparu soudain dans son immense horreur, tu t'étais arrachée à nous. Il ne pouvait pas en être autrement, sinon tu m'aurais envoyé un signe, un mot, tu aurais forcément trouvé un moment pour t'écarter afin d'écrire un message, toi qui étais incapable comme la plupart des femmes de ta génération de passer plus d'une minute sans saisir le téléphone dans ton sac et tapoter l'écran à la vitesse d'un bec de passereau. Ton silence n'était pas fortuit, il était le fruit d'une décision dont les conséquences ne pouvaient qu'être mortelles pour nous.

Une boule se formait au niveau de mon plexus, dure et brûlante, je perdais le souffle, mon cœur se mettait à battre irrégulièrement. J'arpentais les quinze mètres carrés de mon bureau, sortais marcher dans la rue à grands pas, main serrée sur le petit appareil dans l'attente d'un signe. Je dégringolais dans le trou noir de ton absence. Tu pouvais te taire durant des jours entiers – sans parler des nuits, les horribles nuits. Je ne savais rien alors de ce que tu vivais, de ce que tu ressentais, des gens avec qui peut-être tu riais ou partageais des moments importants, des paysages que tu contemplais. Étais-tu chez toi avec les jumeaux, ou les avais-tu confiés comme souvent à des mains mercenaires, le temps d'un aller-retour au fin fond de l'Espagne pour y déguster le dernier menu d'un pontife de la gastronomie moléculaire, ou de visiter en avant-première sur une des îles Lofoten le musée d'Art postmoderne inauguré par un financier international reconverti dans le mécénat chic ? Ou tout simplement étais-tu en train de faire l'amour avec ton beau mari ? Je n'en savais rien, et il me devenait de plus en plus difficile d'enchaîner deux actions sensées ou d'écrire.

J'ai toujours eu un certain talent pour imaginer notre fin. Ton silence était un pays glacial, une toundra de nuit et de vent où mon imagination roulait et sautait comme une boule de chardons sur la plaine du Baragan. Je l'explorais en gémissant, incapable de faire sortir de vraies phrases de ma gorge gelée, incapable de me rendre à la raison, laissant monter en moi le désespoir et la furie plutôt que d'écouter la voix qui me disait : non, elle ne t'a pas abandonné, elle ne t'oublie pas, elle est là, elle se tait pour vous préserver, pour faire une pause dans le flux obsédant des messages, pour ne pas que ton angoisse rompe les digues et emporte tout. J'arpentais ton silence, Julia, découvrant à chaque pas l'étendue de ma solitude.

Et puis tu revenais sans crier gare. Ton nom réapparaissait sur l'écran un matin, accompagné de quelques mots désinvoltes : « Oui, je sais, c'était un long silence », sans excuses ni explications. Fin de l'apnée. L'histoire reprenait son cours, la belle histoire, comme si de rien n'était ou presque, chaque épisode laissant malgré tout une cicatrice supplémentaire.

Il m'arrivait de faire des tentatives pour me taire, moi aussi, dans l'espoir que tu fasses à ton tour l'expérience dévastatrice du silence, mais je ne tenais jamais bien longtemps et finissais, piteux, par rendre les armes au bout de quelques heures en t'envoyant des phrases dégoulinantes de tendresse. Le plus souvent tu semblais d'ailleurs n'avoir même pas remarqué que je m'étais absenté de notre échange.

La belle histoire, c'est celle de nos histoires, celles que

nous nous racontions à nuits perdues, celles que je continue de dévider pour toi. Je sais, ce n'est pas pareil. Ce n'est plus cet échange excité, je suis seul à parler dans une chambre mortuaire. Tu n'as qu'à te réveiller, Julia. J'y arriverai. Tu vas revenir.

Tu entretenais avec la vérité des relations de politesse dédaigneuse : tu la connaissais, mais la fréquentais peu. Tu trompais ton mari avec une détermination qui n'excluait pas les précautions, et ne manquais jamais de l'appeler à toute heure pour lui donner de fausses nouvelles et l'assurer de ton affection. Le mensonge est le meilleur ami de l'amour, car il permet d'éviter les blessures. Tu mentais avec sincérité. Le sentiment de tricher ne t'effleurait pas, pour toi mentir n'était rien, la vérité n'existait pas. C'est du moins ce que je me racontais, dans mon délire. J'avoue m'être demandé parfois si tu me trompais, moi aussi. Ce n'était pas impossible. J'étais sûr de ton amour, pourtant, de sa puissance, de son intégrité.

La sombre histoire, ma Barbe-Bleue, c'est celle de ton couple. Enfumée de mystère, elle déroulait ses longs silences et ses obscurités, peuplait mes nuits solitaires, taraudante, insidieuse, interminable. Qui était-il vraiment, ton mari, ce héros fascinant, ce guerrier d'amour qui avait remporté la plus dure des batailles et investi la place forte, ce conquérant flamboyant et pourtant malavisé puisqu'il était incapable d'assurer le contrôle de la citadelle une fois maître des lieux, ivre de victoire au point de ne pas voir qu'une porte était restée ouverte dans les remparts ? À quoi ressemblait-il ?

Parfois tu laissais échapper un détail dont je m'emparais aussitôt pour compléter le portrait que je n'en finissais pas de retoucher : des cheveux plutôt longs, une barbe de deux jours, une passion pour les chaussures italiennes, les restaurants japonais et les voitures allemandes. Je récoltais des bribes mais jamais, presque jamais ce que j'aurais voulu connaître : la nature de votre amour, les gestes de votre amour, les raisons, les tristesses, les plaisirs, les silences, les mensonges de votre amour. Des jumeaux tu parlais souvent, cependant les photos que tu montrais sur ton téléphone étaient toujours les mêmes. Quel père était-il ? Comment se comportait-il avec vos enfants ? Ces deux-là étaient très présents dans mes interrogations. J'aurais voulu les voir, te comprendre à travers eux. Impossible. Tu restais très évasive, voire contradictoire dans tes réponses à leur sujet. Je savais que je n'aurais jamais accès à ce trésor. Je n'avais pas le droit de savoir dans quelle école ils étaient scolarisés, ni même de connaître leurs prénoms.

— Il en mourrait, répétais-tu quand je proposais de sortir de notre souterrain.

— Il en mourrait ? Mais voyons, Julia, on ne meurt plus d'amour, c'est totalement démodé. Il serait libéré de toi et de tes secrets. Il ne peut pas ignorer que tu le trompes. Il le sait sans le savoir. En avouant, tu lui donnerais enfin la possibilité de te haïr, ça lui ferait un bien fou, comme à tout un chacun. Il se remettrait en mouvement. Il connaîtrait de nouveau l'excitation de l'inconnu, le plancher qui tangue, le cœur qui cogne. Tu lui fais perdre son temps.

Mes fanfaronnades ne t'amusaient pas, ne te faisaient pas dévier d'un iota de ton axe. *Jamais je ne le quitterai.* Votre lien était indestructible. Cependant tu m'aimais, Julia, tu m'aimais plus que personne au monde, tu me désirais plus que personne au monde et tu me le prouvais. Notre amour était voué à rester à jamais enfoui dans le souterrain, et pourtant il fallait le voir, plein d'une vigueur paradoxale, celle que lui insufflaient nos histoires ; tous les soleils circulaient dans nos veines.

Souvent l'histoire arrivait aussitôt après le premier baiser. Il pouvait se faire que nous différions un peu, par exemple quand nous nous donnions rendez-vous dans un cinéma. Il fallait alors attendre la fin de la projection et le ralliement d'un bistrot proche pour que l'écheveau de nos fictions commence à se dévider. Un jour toi, et moi la fois suivante. Nous n'avons jamais dérogé, si ce n'est moi, une fois, à la toute fin, pour mon malheur. Tu tapotais du plat de la main sur la table, je m'exécutais. Ou c'est moi qui faisais un petit signe du menton, les yeux rivés dans les tiens, et tu commençais à raconter. Histoires d'amour, presque toujours, mais il n'y en a pas d'autres. Histoires de couples malmenés, d'amours éventrées, de passions déraillées.

Par exemple celle-ci, et je ne peux plus me souvenir de qui elle vient, de toi ou de moi.

Quand il vit Emma le matin, debout devant la Sankt Jakobus Kirche, si gracile et si pâle avec son regard de fontaine, Jean hésita à lui avouer que durant la nuit il avait massacré quatre biches à la mitrailleuse.

Ça, c'est plutôt une phrase de moi. À l'époque j'aimais les départs en fanfare. Cela m'a passé. Mais sait-on jamais ? Tu avais parfois envie de me surprendre, de travailler dans l'inattendu. Bref, voilà ce que cela donnait, j'ai retrouvé le fichier dans le dossier « Notre maison » de mon disque dur, il a migré d'ordinateur en ordinateur au fil des ans. La littérature, oui, sans elle nous serions morts tout de suite et sans laisser de traces. Elle nous embellissait, elle justifiait les mensonges et les trahisons, elle était notre demeure, notre refuge pour espèce menacée, notre cabane, notre ciel de lit.

C'était un passe-temps de la fin d'été. Le père de Jean comme celui de son meilleur ami, Joseph, faisaient partie des forces françaises d'occupation à Coblence. Les vacances s'étiraient interminablement entre les excursions en forêt et les baignades dans le Rhin ou à la piscine. La colonie française était nombreuse, et les adolescents traînaient par groupes. Emma avait dix-sept ans, elle était originaire de Metz. Jean, d'un an plus âgé, venait de Limoges, où son père avait pris une part active dans l'organisation du premier maquis limousin. Les forces d'occupation avaient établi une véritable ville française dans la ville allemande, avec ses magasins, ses noms de rue, ses bars et son cinéma. Jean et sa famille habitaient une grande villa de fonction sur les hauteurs, à la lisière de la forêt. Joseph, fils de mécanicien, vivait à l'intérieur même du casernement. Son père gérait la maintenance de l'importante flotte de véhicules militaires, garés dans une série de hangars peu surveillés auxquels Joseph avait facilement accès.

C'est ainsi que les deux garçons empruntèrent un soir un VBL équipé d'une mitrailleuse 7,62 pour partir en forêt. La pleine lune éclairait les allées où traînaient des chiffons de brume. Quand ils virent le cerf dressé dans la lumière des phares ils ne pensèrent même pas à utiliser leur arme. C'était un dix-cors au pelage sombre, il se tenait immobile face à eux au milieu de l'allée forestière, la tête empanachée de buée. Ils restèrent un long moment à le contempler dans le ronron paisible du moteur. Enfin l'animal détourna la tête et partit au petit trot dans les fourrés.

Ils prirent l'habitude d'aller se promener au milieu de la nuit. Jean quittait la maison discrètement, descendait vers la caserne où Joseph l'attendait près du hangar. Ils ne revirent jamais le grand cerf, mais à plusieurs reprises des hardes de biches avec leurs faons. Effarouchées, elles disparaissaient en bondissant par-dessus les fossés. Parfois un daguet restait paralysé dans le faisceau des phares, et les garçons lui fonçaient dessus, évitant le choc au dernier moment. Ils s'amusaient à traquer les bêtes en coupant dans les sous-bois, suivant les sentiers forestiers. Une nuit, l'idée leur vint d'utiliser la mitrailleuse. Ils profitèrent d'une négligence, des bandes de munitions ayant été oubliées dans leur coffre de rangement à l'arrière du véhicule.

Tu te souviens, Julia ? Nous n'étions pas d'accord. C'est toi qui as voulu les massacrer, ces pauvres bêtes. Je n'en voyais pas l'utilité, il me semblait plus judicieux de suggérer le désir de meurtre des garçons, une scène un peu trouble dans la nuit humide du palatinat, mais non, tu voulais tirer à tout prix, il te fallait du sang sur la mousse et des adolescents en rut. Tu as toujours été beaucoup plus virile que moi. J'exagère peut-être. À moins que je n'inverse carrément les rôles, c'est possible aussi. Toujours est-il que cette scène ne constitue que l'ouverture du roman. Par la suite l'intrigue se resserre sur l'histoire de Jean et d'Emma. Joseph, sans doute jaloux, a trouvé un prétexte pour se brouiller avec son ami. Il faut dire qu'Emma est un personnage.

Jean la regardait, et il sentait rouler dans sa poitrine les galops du tonnerre. Elle ne faisait rien de particulier pour attirer les garçons mais il se dégageait d'elle une aura de sexualité pure, et dès qu'elle sortait de chez elle ils arrivaient, ils étaient là. Jean venait plutôt seul rôder en début d'après-midi aux alentours du jardin où elle prenait le soleil en lisant après le déjeuner, bavardant avec ses sœurs ou jouant à la balançoire comme une enfant. Elle avait quand elle se balançait un rire clair comme un chant d'oiseau, trois notes limpides du grave à l'aigu, et sa queue-de-cheval fouettait ses épaules dans un va-et-vient entêtant. De temps à autre elle venait voir Jean à la grille, lui faisait l'aumône d'une conversation et d'un sourire avant de retourner à sa lecture. À force d'obstination il obtint de l'emmener en promenade au bord du fleuve. Il s'était préparé à en demander formellement l'autorisation aux parents d'Emma, mais ceux-ci ne semblaient pas veiller avec beaucoup d'attention sur l'emploi du temps de leurs filles, qui faisaient en ville l'objet de rumeurs excitantes.

Elle lui raconta qu'elle sortait quand et avec qui elle voulait, ce qui le rendit fébrile. Elle était rêveuse et brutale, pouvait montrer des pudeurs incompréhensibles et, aussitôt après, lancer des saillies graveleuses dont Jean se demandait si elles révélaient une expérience précoce ou de la vantardise. La seconde hypothèse avait de loin sa préférence, mais peu avant la rentrée des classes, quand enfin un soir elle lui montra pour la première fois son corps nu, quand elle le prit dans ses bras et le guida vers la jouissance, ce fut avec une délicatesse si experte qu'il dut se rendre à l'évidence que la première hypothèse était la bonne.

Ma belle endormie, je me demande sincèrement qui a pu écrire ça. Tu as une idée ? On trouve à cet endroit du texte une description assez longue, et assez réussie, de cette première nuit. Tu étais plus à l'aise que moi dans les scènes érotiques, ce qui tendrait à prouver que le roman est bien de toi, hormis la première phrase que j'ai dû te glisser après coup. Aucun doute ne serait permis si le roman avait été publié, bien sûr, mais il est resté avec tant d'autres œuvres inachevées à l'abri dans le dossier de l'ordinateur où gisent nos brouillons. Suivent quelques pages sur la consolidation de cette jolie histoire d'amour, jusqu'à la découverte de la grossesse d'Emma. Dix-sept ans ! Je te résume : panique à bord, les parents sont prévenus, Jean accepte sans hésiter de réparer sa faute, on entame les formalités de mariage. Les semaines passent, Jean flotte dans un état de bonheur confus bien qu'on ne lui laisse rencontrer Emma que rarement et en présence de tiers – comme s'il pouvait lui faire un enfant supplémentaire. Le roman se poursuit à l'hôpital de Coblence, où Jean est hospitalisé d'urgence pour une appendicite.

Quand il se réveilla, la tête cotonneuse, les poumons et la gorge encore pleins des vapeurs de l'anesthésie, le ventre douloureux, Jean fut intimidé par son voisin de chambre, Stéphane, un garçon taciturne, plus âgé que lui. Le passage de l'infirmière rousse venue leur prodiguer des soins fit l'effet d'un brise-glace. Elle laissait derrière elle un sillage d'eau de Cologne et de pensées tièdes. Dès qu'elle fut partie ils eurent soudain des commentaires à faire, et beaucoup de choses à se dire. Ils avaient connu des enfances semblables durant la guerre, qu'ils avaient passée chez leurs grands-parents à la campagne. À la Libération, les familles s'étaient transférées dans le brouillard allemand, ce qui n'avait pas réjoui la jeunesse. Ils avaient en tête d'autres occupations que l'Occupation, qui les avait déjà privés de quelques plaisirs simples.

Insensiblement, la conversation dériva vers les parages de l'amour. Ils avaient chacun une amie, une belle amie, une amie de cœur. Ils en parlèrent longuement, échangèrent des avis sur les femmes et sur la vie, dont ils pensaient avoir percé les secrets. Chacun écoutait l'autre patiemment, un peu dédaigneux, attendant de pouvoir étaler la supériorité de son aimée. Difficile de les départager, cependant : toutes deux étaient belles, intelligentes, vives, elles faisaient magnifiquement l'amour, elles seraient des mères idéales, des amantes dévouées et fidèles, des modèles d'épouses, chacune incarnait l'idéal de la conjugalité réussie. Elles avaient par coïncidence toutes les deux des yeux célestes, des cheveux blonds, des robes à carreaux vichy bleu et blanc, elles avaient le même âge, leurs pères travaillaient tous les deux pour la France dans l'armée d'occupation. Et, comble du hasard, elles s'appelaient toutes les deux Emma.

— Emma ?

Eh bien oui, Emma.

Et voilà. Je vois bien que tu n'as pas oublié, Julia, il me semble t'avoir vue sourire. Ils aimaient la même fille. Le roman ne s'arrête pas là, bien sûr. Jean, désespéré, à peine remis de son opération décide de regagner la France. La majorité alors est à vingt et un ans, il fait une fugue, est pourchassé par la police, et jette la honte sur sa famille et sur celle d'Emma qui ignorent les raisons de son geste. Pour se faire émanciper il devance l'appel du service militaire. À sa libération il rejoint des cercles anarchistes, vit d'expédients et nous perdons sa trace. Emma de son côté se retrouve fille mère, comme on disait à l'époque, abandonnée par l'un et par l'autre. Elle accouche d'une Sophie qui passera sa vie à rechercher son père. C'est en réalité l'histoire de Sophie que raconte le roman.

Il faut bien admettre que c'était ton roman, Julia. S'il avait été le mien, je l'aurais achevé à toute allure comme toujours, et il aurait eu le succès, grand ou petit, que le tien n'a pas eu. Il aurait un numéro d'enregistrement à la Bibliothèque nationale, une rubrique dans un catalogue d'éditeur, au lieu de quoi il dort sous une petite pierre tombale au fond d'un disque dur.

14

Nora a composé le numéro d'Alice, elle a entendu une voix inconnue sur le répondeur. Les gens changent de numéro, ils disparaissent dans la nuit numérique. Le monde est peuplé de fantômes, d'ombres qui passent, de feux follets. Où s'en vont-ils tous ? Qui existe vraiment ? Il ne lui reste plus qu'à pousser jusqu'à la rue des Boulets. Après tout elle n'a peut-être pas changé d'adresse. Nora se raccroche follement à ce souvenir, elle ne voit rien d'autre. Pendant ce temps Romain les cherche, sans doute est-il déjà à Paris.

Elle n'a nulle part où aller. Elle sait bien qu'Alice ne sera pas là, et de toute façon en quoi pourrait-elle l'aider ? Même si tout cela est absurde, elle n'a simplement aucune autre solution, son esprit est incapable d'enchaîner deux pensées logiques. Porte d'Italie, porte Dorée, avenue Daumesnil, Général-Michel-Bizot, rue de Picpus, les noms défilent, et les images, il lui semble avoir laissé des souvenirs dans chaque endroit de cette ville, des morceaux d'elle-même, des lambeaux d'histoire, des joies et des plaisirs qui se sont envolés comme des feuilles mortes.

Lorsqu'elle s'engage dans la rue de Picpus, le moteur se met à tousser, elle se souvient qu'elle n'a pas pris d'essence sur l'autoroute. Elle tombe en panne in extremis en arrivant rue des Boulets, et un passant l'aide à pousser la voiture pour dégager la chaussée. Elle empiète sur une sortie de garage, mais c'est le dernier de ses soucis.

Elle fait sortir Marie et Noé dans le froid. Ils sont exténués, traînent les pieds, réclament à manger. Ils veulent savoir où leur mère les emmène.

Pour l'instant, elle les installe dans un café pour se restaurer et se réchauffer. Ils reprennent des couleurs devant leurs bols de chocolat et leurs tartines. Une fois rassasiée, Marie pose sa tête sur le bras de son frère. Nora pense à sa vie saccagée, à l'homme qui la poursuit, elle sait qu'elle ne lui échappera pas. Un réflexe enfantin tout à l'heure lui a fait mettre dans son sac à main le couteau Laguiole qu'elle gardait dans le vide-poches de la voiture pour les pique-niques. Tôt ou tard Romain les retrouvera. Elle ne sait pas comment protéger ses enfants, elle n'a jamais su, elle voit le visage tuméfié dans le reflet de la vitrine, sur les couverts en inox, dans les miroirs, elle revoit les paysages gris et mouillés qu'elle a traversés, elle sait qu'elle aurait pu suivre n'importe quelle direction, rien ne l'aurait sauvée, rien ne l'aurait empêchée d'arriver tôt ou tard à l'endroit précis où tout se termine. Elle aurait dû frapper plus fort, plus fort, elle entend le gong de la pelle sur le crâne de Romain, elle revoit le message s'afficher sur son téléphone, *Ils sont à moi*, elle entend son souffle court quand il la frappait, le verre de Martini roulant sur la table basse. Le destin a ce visage, ces yeux fous, il frappe, frappe, sans jamais s'arrêter.

Et maintenant? Elle veut se rendre à l'ancienne adresse d'Alice, au moins vérifier les noms sur les boîtes aux lettres. Nora décide d'y aller seule. Elle va laisser les enfants dans ce bar, signaler à la patronne qu'elle s'absente pour quelques minutes, inutile de les traîner avec elle. Elle n'en a de toute façon pas pour longtemps

Marie s'est endormie sur la banquette de moleskine, bercée par les pépiements lancinants du jeu électronique de Noé. Nora remonte la rue des Boulets. Où était-ce, déjà? Une autre vie. Pourtant elle retrouve sans mal la porte couleur bordeaux à la peinture écaillée, le couloir sombre, l'escalier de bois lessivé, la rampe branlante dont l'aide était précieuse pour monter les cinq étages, la rangée de boîtes aux lettres cabossées. Nora s'aide de son briquet pour déchiffrer les noms. Quand elle lit celui d'Alice, elle se sent partagée entre réconfort et méfiance, comme si le sort était en train de se moquer d'elle.

Cinq étages montés à toute vitesse, c'est ce qu'elle faisait toujours, avant. Elle est tout de même plus essoufflée qu'autrefois quand elle arrive devant la porte.

Rien n'a changé, peut-être. C'est la vie qui reprend, Alice va ouvrir la porte, elle aura le grand rire niais que j'aimais quand elle me reconnaîtra, ce hennissement interminable, ce sera bon.

Nora appuie sur le bouton de la sonnette, apparemment en panne, tambourine sur la porte, en vain. Alice n'est pas là. Inutile de rester sur ce palier, elle réfléchira en allant retrouver ses enfants.

En redescendant, elle reçoit un appel de Rosine, la sœur de Romain.

— Fou furieux. Jamais vu comme ça. Fais attention aux enfants. Une tête affreuse, il a dû se battre… Où es-tu ?

Nora ne répond pas à la question. Rosine est bavarde et peureuse, elle ne résisterait pas à un interrogatoire du fou furieux.

Les enfants poussent un cri de joie en voyant revenir leur mère.

— Ils étaient inquiets, dit la patronne, qui les a fait patienter comme elle le pouvait.

Que faire, maintenant ? Elle ne peut pas rester dans ce bar tout l'après-midi. Alice travaille sans doute, elle reviendra chez elle en début de soirée. En attendant elle peut les emmener au cinéma. Elle regarde sur son téléphone les horaires, il y a une salle du côté de Nation qui passe un film sur un dauphin qui ne veut pas changer d'aquarium. On y va, les enfants.

En sortant du bar, elle voit à trois cents mètres un poids lourd qui obstrue la rue. Deux hommes finissent de hisser une automobile sur le plateau. La fourrière. C'est sa voiture, ils sont en train de l'embarquer ! Nora se met à courir en criant, mais il est trop tard, les employés sont remontés dans leur cabine et le camion démarre. Les enfants se mettent à pleurer, une fois de plus. Elle ne va pas renoncer pour autant au cinéma. Elle les prend par la main, et en avant vers le métro. Toutes les affaires sont restées dans la voiture, elle n'a que son sac à main, elle ne sait pas où dormir ce soir. Elle aurait presque envie de rire.

La salle est tiède, aux trois quarts vide. En attendant la séance elle a acheté des glaces. À peine le film commencé, elle s'endort, Marie à sa gauche, Noé à sa droite, leurs mains encore poisseuses serrées dans les siennes. Le petit dauphin a l'air bien malheureux, mais elle n'est pas inquiète, elle ne doute pas que lui au moins s'en sortira.

Il fait nuit quand ils reviennent rue des Boulets. Le film a rendu les enfants bavards, ils ne tarissent pas de commentaires. Évidemment, le dauphin s'en est sorti. Ces bestioles sont plus intelligentes que nous.

Alice n'est toujours pas rentrée. Ils s'assoient sur les marches, tous les trois. Noé joue à son jeu électronique, il a confié à sa sœur la mission de rallumer la minuterie dès que la lumière s'éteint, et elle s'en acquitte avec enthousiasme.

Si Alice ne rentre pas, ou si elle ne peut pas les héberger, il reste la solution de l'hôtel, au moins pour cette nuit. Elle a sa carte bleue, un peu de liquide. Il faudrait aussi envisager de dîner, ils ne vont pas tarder à avoir faim. Des habitants de l'immeuble sont passés sans rien dire, un jeune qui grimpait quatre à quatre et une petite vieille qui habite l'étage au-dessus et montait péniblement avec son sac à provisions.

Des amoureux, elle en a eu, elle a attiré des regards, suscité des envies, vécu des aventures. Pour ne pas parler des étoiles filantes, la petite cohorte des décevants et des lourdauds d'un jour ou d'une nuit, ou des amusants vers qui l'ivresse la poussait parfois à la sortie des fêtes. Pas si nombreux, finalement, pour une belle fille comme elle. Même très peu, si l'on ne compte que les vrais. Combien ? Trois ou quatre avec qui elle a pu croire un moment que la vie prenait des couleurs nouvelles, qu'Amour arrivait au galop sur son cheval immaculé pour la prendre en croupe en l'enveloppant dans sa grande cape. C'étaient eux, en réalité, les vrais décevants. Elle prononce leurs prénoms à voix basse, compte sur ses doigts. Perdus de vue, perdus dans la vaste mer de l'oubli, qui certains soirs donne la nausée avec ses balancements incessants, son écume noire, ses parfums suffocants, ses phosphorescences glauques.

Pas tous perdus, cependant. L'un d'entre eux a survécu, un écrivain, Marc. Ils échangent des messages de temps à autre, une conversation mélancolique au téléphone, ils entretiennent leur lien ancien comme on fleurit une tombe. Mais pour rien au monde elle ne lui demanderait secours. Il est beaucoup plus âgé qu'elle et il a toujours professé à l'égard des enfants un dédain mêlé de dégoût, sans doute pour se donner un genre, mais tout de même.

Romain fut un amant magnifique. Jamais elle n'avait rencontré d'homme aussi attentionné, jamais non plus elle n'avait éprouvé une telle sensation de plénitude physique. Il savait la regarder, il savait la toucher comme personne, entre ses mains elle existait soudain. Elle pouvait passer des heures les yeux plongés dans les siens après l'amour, à se perdre dans l'immensité du mystère, sans bouger, une main simplement sur son épaule.

Que s'est-il passé ? Cette question elle se l'est posée mille fois, dix mille, dans les nuits solitaires, dans la douleur des coups. On est heureux dans la maison, rien ne permet de déceler les ravages des insectes qui dévorent les poutres. Un morceau du plafond tombe un soir, puis un autre, bientôt le bâtiment s'effondre.

Nora décide de descendre avec les enfants faire quelques courses dans la petite supérette qu'elle a vue tout à l'heure. Elle achètera de ces choses malsaines et délicieuses qu'ils adorent, tout ce qu'ils voudront : chips en polystyrène, saucisses en plastique, croquettes à base d'os de poulet et de parfums synthétiques. Tous ces aliments formellement proscrits par Romain du temps où l'autorité paternelle n'était pas exercée par un fou démoniaque, du temps où les parents de ces pauvres gosses n'étaient pas encore devenus des assassins en puissance.

Les revoilà au cinquième étage avec leurs provisions. Nora leur a promis un gentil pique-nique sur le palier. Il lui semble entendre des voix derrière le battant de bois. On dirait qu'Alice est arrivée pendant que Nora faisait les courses. Elle frappe, la porte s'ouvre.

Alice est là, dans l'encadrement. Elle ne pousse pas son grand rire niais, celui du bonheur enfui. D'abord elle reste interloquée, sans comprendre qui se trouve en face d'elle dans la pénombre. Elle met un long moment à la reconnaître, et secoue la tête d'un air excédé, comme si une calamité supplémentaire venait de s'abattre sur elle.

— Nora ? Nora… Qu'est-ce que tu fais là ?

— Laisse-moi entrer, je ne vais pas t'embêter longtemps.

Nora pénètre dans l'appartement, Alice écarquille les yeux en voyant les petits. Un homme est assis dans un fauteuil, regard sombre, visage fermé. Alice donne son prénom, Étienne. Il ne dit pas bonjour, il ne dit rien, il garde les mains croisées sur ses genoux, doigts entrelacés serrés à faire blanchir les jointures. Sans doute un karatéka du club, vu la carrure, catégorie poids lourds. Alice se tourne alternativement vers lui et vers Nora, indécise, et finit par la présenter et lui indiquer le canapé pour qu'elle s'y assoie avec ses enfants. Au moment où Nora s'exécute, Étienne se lève, prend son manteau dans l'entrée et sort sans un mot. Alice ferme les yeux et reste immobile un instant.

Deux heures plus tard, les enfants dorment dans le canapé, et les deux femmes dans la cuisine vident leur sac ainsi qu'une bouteille de rhum. Elles en ont à se raconter ! Elles parlent à toute vitesse, s'esclaffent et pleurent en se donnant des nouvelles. Alice est en train de quitter Étienne. Une de ces ruptures hoquetantes, avec départs rageurs et soudains retours de flamme, injures mortelles suivies de consolations lubriques. Les fatigues de l'amour, Nora en a son compte.

Du moins peut-elle souffler ce soir, retrouver un peu de chaleur même si Alice lui a expliqué qu'elle ne pourrait pas l'héberger plus d'une nuit, elle est *sûre* qu'Étienne va revenir demain et elle n'est *pas sûre* de ne pas en avoir envie. Elle aura besoin d'intimité pour gratter plus profondément la plaie qui se creuse semaine après semaine dans sa poitrine.

Tu fais bien de reprendre ton souffle, Nora. Tu ne peux pas savoir, tandis que tu écluses le quatrième verre de rhum (en faisant remarquer avec un rire légèrement hystérique que ton mari n'aimerait pas ça *du tout*), tu ne peux pas savoir que tout à l'heure l'employé de la fourrière, un brave type récemment divorcé, a vu les deux sièges d'enfant à l'arrière de la voiture, tu ne peux pas savoir qu'il a découvert le sac débordant d'habits et de jouets, et qu'il a été pris d'une compassion soudaine. Il a pensé au désarroi des parents, il a décidé de les aider, et cette décision a fait monter en flèche le degré d'estime de soi qui chez lui était au plus bas. Au lieu de laisser le processus administratif se dérouler normalement, il a cherché à prévenir sans tarder le propriétaire du véhicule afin qu'il puisse récupérer dès que possible les affaires des petits. L'employé aimerait tellement pouvoir s'occuper de ses propres enfants dont il n'a pas la garde. Aucune difficulté pour retrouver le nom du propriétaire grâce aux papiers qui sont dans le vide-poches. Il lui a suffi d'appeler un ami à la préfecture, puis de prévenir l'assurance afin qu'elle fasse le nécessaire auprès de son client.

Les papiers sont au nom de Romain. C'est ainsi que le hasard et le destin parfois se donnent la main pour compliquer la vie des gens.

Quand il reçoit l'appel, Romain s'enquiert immédiatement de l'endroit où le véhicule a été enlevé.

Il arrive rue des Boulets alors que Nora et les enfants viennent de s'engouffrer dans l'immeuble d'Alice avec leurs provisions. Il s'en est fallu d'une minute qu'il ne les voie. Il arpente le trottoir, guette des indices, réfléchit. Un bar est en train de fermer, un peu plus bas. Il interroge la patronne. Elle a bien reçu une femme et deux enfants, oui, ils sont restés un bon moment, apparemment ils attendaient le retour de quelqu'un. Elle l'a vue entrer dans un immeuble, là-bas, en face du pressing. La patronne regrette aussitôt ses confidences, cet homme au visage abîmé ne lui inspire pas confiance, mais il est trop tard.

Les enfants s'endorment tête-bêche sur le canapé, sans savoir que leur père fait les cent pas sur le trottoir en bas. Il ne sait pas où les trouver, il ne peut pas frapper à toutes les portes, il ignore dans quel immeuble exactement ils sont. Il va rentrer chez lui et reviendra tôt demain matin pour ne pas les rater quand ils sortiront.

Nora et Alice se couchent ensemble dans le grand lit, et la conversation continue dans le noir, de plus en plus incontrôlée, ponctuée de ricanements féroces qui parfois se transforment inopinément en sanglots : il est beaucoup question des hommes. De Romain, et d'Étienne qui est jaloux. Il a réussi à se persuader qu'il est arrivé à Alice de le tromper. Elle se demande comment il l'a su, d'ailleurs ce n'était rien, presque rien. Ils sont pénibles, avec ça. Le lendemain matin, quand Nora se réveille Alice a disparu. Elle a posé un mot sur la table de la cuisine. Elle ne laisse pas de clé, il suffira de tirer la porte. Nora attend que les petits se réveillent. Elle se prépare un café, qu'elle laisse refroidir dans la tasse sans le boire, les yeux fixés sur le mur beige. Elle manipule son téléphone, se demande qui appeler. Que sa vie soit à ce point vide la déroute. Elle ne s'en était pas aperçue, un vent sournois a soufflé, a tout emporté. Elle entend la respiration des enfants dans le salon, leurs petits geignements quand ils bougent. Ils ne vont pas tarder à se réveiller, et elle ne sait toujours pas où les emmener. Il lui faut un moment pour réaliser que le téléphone qu'elle faisait tourner sur la table comme une toupie est en train de vibrer. Un message. Elle n'ose pas regarder l'écran, elle sait ce qui l'attend. C'est lui. C'est forcément lui.

Tu devrais regarder dans la rue.

15

Arrête de parler, Julia, tu me casses les oreilles. C'est ce que je te disais quand tu te taisais pendant trop longtemps, quand tu restais les yeux dans le vague, les yeux au plafond, les yeux dans ton bol de thé ou dans ton verre de vin, perdue dans des pensées dont j'étais jaloux. Tu me casses les oreilles. Alors tu tournais vers moi ton visage, oh ton visage. Chaque nuit, à l'hôpital, j'attends que le miracle se reproduise. Chaque nuit je me concentre, je te fixe intensément afin que la puissance irrésistible de mon appel te force à écarter les paupières. Tu ouvres les yeux, la blancheur du plafond t'éblouit, et très lentement tu tournes vers moi ton regard étonné. *Tu es là.* Fais-le, Julia, s'il te plaît, le moment est venu, je commence à fatiguer. Reviens.

Bon. Continue de faire semblant. Tu crois que je ne t'ai pas vue tressaillir ? Elles t'excitent, mes histoires, allons, ne nie pas. Elles te font frissonner, elles font passer en toi la haute tension du récit, je le sens, je le vois, qu'est-ce que tu crois, que je suis devenu aveugle et sourd ? Je sais de quoi je parle, c'est mon métier, l'électricité. Hier, pendant que je te racontais la cavale de Nora, quelque chose a bougé. Un frisson a couru le long de ton bras, une fois de plus je l'ai vu. Sur l'écran les courbes vertes se sont affolées lorsque le méchant mari a retrouvé sa voiture et sa femme, elles se sont hérissées comme le dos d'un chat furieux. Non ? Allez, Julia, avoue.

Ainsi naissaient nos romans, les quelques romans que nous avons vus éclore de notre vivant. Mes histoires ne sont que les échos de nos histoires. Elles venaient de partout, elles traversaient notre espace dans un crépitement de phrases. Il suffisait de les cueillir quand elles passaient à proximité, il y en avait tant, ce n'était pas difficile. Dans les journaux, dans la rue, dans les conversations, au bar, partout, des histoires qui fourmillent, qui s'offrent. On en attrape une, on la nourrit, on la laisse prospérer : par la grâce d'enchaînements hasardeux ou forcés, la plus chétive des anecdotes peut engendrer un roman-fleuve, une brève de trois lignes accouche de *Madame Bovary*. Inutile même d'aller chercher à l'extérieur, le magma de nos intimités recèle suffisamment de trésors bien violents et bien sales : pépites névrotiques exploitables jusqu'au trognon, cimetières aux dalles disjointes dont s'échappent des remugles entêtants et des cadavres intranquilles, chambres à coucher encore vibrantes de cris, de gémissements, de fausses promesses, d'illusions chavirantes et de débandades, la matière ne manque pas. Je ne suis pas allé chercher bien loin pour te régaler. Tous ces découplements ne sont que des échos du nôtre. Tu as bien vu combien l'histoire de Louise et Paul frôle notre histoire, comme cette femme te ressemble par certains traits et comme le jeune Paul évoque parfois le vieux Marc. Les rêves de Paul sont mon cadeau à ton sommeil. Je détestais les récits de rêves, selon moi ils n'ont pas leur place dans un roman qui se respecte, alors que tu t'en délectais, tu en plaçais un peu partout à la moindre occasion, juste pour le plaisir peut-être d'observer ma tête quand tu m'en ferais la lecture. Alors je t'en ai mis, des rêves. Tu es contente ? Tu as ta ration. On s'amuse, que veux-tu. Et puis des personnages changent d'histoire comme dans les films d'aventures où le héros saute d'un train dans un autre, tous deux lancés à une vitesse folle. Ce sont nos fêtes, à nous autres, nos petits plaisirs, nos innocentes vengeances contre le réel.

Tu avais peu d'amis. Tellement peu que je finissais par être jaloux aussi de ta solitude. Nous devions nous contenter des miens, un beau catalogue de trognes abîmées, de gamins exaltés, de poètes subliminaux, de pochards désarticulés, de traîne-savates érudits et de sans-le-sou ravagés par la mélancolie. Tu avais quand même Alice, bien sûr. Ton amie de combat. Mais oui, la revoilà. Tu ne bouges pas ? Il me semble t'avoir vue bouger. Il a suffi que je prononce son prénom. Le drap s'est mis à onduler, comme soulevé par une brise. Je n'y peux rien, si elle se promène en toute liberté à travers mes histoires, ta karatéka. Il ne manquerait plus qu'on la voie débarquer dans le bus où Louise arbore sa transparence avantageuse. Mais non, ce ne sera pas elle. Ce sera Selma, figure-toi.

Tu t'étonnes de la façon dont j'écris le roman de notre vie, pas vrai ? Tu te demandes ce que je trafique. Tu n'avais qu'à être là. Tu te réveillerais, tu t'emparerais de l'ordinateur avec un soupir faussement excédé, tu regarderais ce fatras qui prétend être nous, tu me traiterais de petit bricoleur, tu retaperais le scénario avec la sûreté dont tu savais faire preuve quand tu te mettais en chantier et nous serions beaux, tout simplement. Mais voilà, tu dors, alors ne te plains pas.

Alice a partagé beaucoup de nos soirées. Clandestines, certes, mais nombreuses, puisque ton mari avait le bon goût d'être très occupé par ses lointains voyages. Parfois tu refusais cependant de passer la nuit avec moi, afin de rejoindre tes enfants. Ils avaient une nounou, les petits chéris, qui vivait un esclavage en or : royalement payée mais corvéable à merci, ainsi le voulait ton homme, l'Autre, qui exigeait toujours le meilleur pour sa progéniture. Certains jours, plutôt que de rester avec moi à jouir de ma présence, tu éprouvais soudain des scrupules à avoir laissé tes enfants, tu cédais à ton instinct de louve et retournais ventre à terre vers ta luxueuse tanière. Je ricane, tu as remarqué, dès qu'il est question de ton mari et de ta vie sans moi. C'est très déplaisant, j'en conviens. Je continue. Les soirs où tu n'étais pas au club avec elle à tabasser des agresseurs imaginaires, Alice nous rejoignait un peu tard, après avoir donné ses cours de savate. Elle nous trouvait face à face assis à la table de la cuisine, chez moi : feuilles éparses griffonnées en tous sens, cendrier plein, verres vides. Nous avions bien travaillé, bien malaxé la pâte de nos rêves. De nos pages montait un murmure, une rumeur, une houle. Nos personnages s'agitaient, bavardaient, prenaient leurs aises, se permettaient des gestes inattendus et déplacés, s'amusaient à nous inquiéter, nous faisaient rire, tentaient de nous échapper, y parvenaient parfois.

Alice ne les entendait pas, elle n'avait que peu de considération pour nos créatures. Elle débarquait auréolée de la fraîcheur du dehors, claquait dans ses mains, on y va, on y va, et on y allait. Il lui fallait de la musique, et si possible trouver un homme pour la vie. Elle semblait persuadée que l'homme en question l'attendait accoudé au bar d'une boîte de jazz ou de blues, et c'est là que nous nous retrouvions immanquablement, dans une salle emplie de bruits, de fumée, de lumières. Alice se jetait aussitôt dans la mêlée, sur la piste où des corps scintillants se convulsaient en rythme, elle plongeait là-dedans comme dans un bain et son corps ondulant faisait plaisir à voir, il faut bien l'avouer. (Elle était belle, oui, pardonne-moi de te le dire, à toi qui ne supportais pas ma tendance pavlovienne à bêtifier devant la beauté des femmes et prenais un plaisir rageur à imiter mes intonations quand je m'extasiais : « Elle est d'une bôôôté... mais d'une bôôôté ! » : j'avais soudain devant moi en un cruel miroir l'image du ravi de la crèche rattrapé par sa libido.)

Une fois vidée de son excès d'énergie, Alice se dirigeait vers le bar pour entamer sérieusement l'exploration. Était-ce lui, enfin lui, là, ce type mal rasé, aux cheveux mi-longs et à la gueule burinée, absorbé dans la contemplation des reflets sur le métal doré d'un saxophone ? Elle voulait y croire, et entamait aussitôt les manœuvres d'approche que nous observions de loin en sirotant un gin-fizz et en reprenant notre dialogue interrompu. C'était notre vie, notre vie clandestine et heureuse. Alice dansait, finissait par ramener à notre table le type que nous jaugions rapidement. Nous avions des éléments de comparaison. Celui-là ne ferait pas la semaine. Tel autre, en revanche, semblait taillé pour tenir quelque temps, pour peu qu'on ne lui décèle pas dans l'heure une tare rédhibitoire. La radinerie en était une aux yeux de notre amie. Il valait mieux que l'impétrant ne tarde pas trop à sortir ses billets au moment de l'addition (Alice détestait les radins mais ne réglait jamais ses consommations). Ensuite venaient les épreuves probatoires, nettement plus ardues. Au lit, Alice était à la fois très pudique et très exigeante, ne me demande pas comment je le sais. Elle aimait l'amour à la loyale, la virilité franche, un peu brutale, sans exclamations salaces, gestes douteux ni extravagances lubriques. Pas question non plus de s'éterniser en préliminaires ou en dégoulinades romantiques. L'amour avec elle était clair et net, réglé comme un assaut de boxe française, deux ou trois rounds et direction la douche. Tu veux vraiment savoir ? Eh bien oui. Moi aussi. J'étais inconsolable, que veux-tu, tu m'avais quitté, j'avais vu apparaître sur mon téléphone ce message atroce, *Ne viens pas*, tu t'en souviens je suppose, qui m'avait transpercé le cœur – je sais, je sais, oh la pitoyable métaphore –, Alice était là, secourable. Je n'aurais pas dû ? C'est ce que tu penses ? Ton amie, ta meilleure amie, ta seule amie ? Possible. Je n'aurais pas dû. Elle était d'une bôôôté, avoue.

Je doute qu'Alice ait enfin trouvé l'homme. Dieu sait où elle est actuellement, toujours rue des Boulets s'il faut croire les histoires qui courent.

Nous ne passions pas toutes nos soirées avec elle, loin de là. Je partageais volontiers mes amis avec toi, j'étais même fier de m'afficher en ta compagnie dans les petits groupes hétéroclites où j'avais mes habitudes. – David, je te présente Julia, elle écrit, et même elle publie, figure-toi. – Mélanie, Julia ; Julia, Mélanie. – Jean-Paul, je t'ai déjà parlé de Julia, elle avait hâte de te connaître. – Sophie, qui a lu ton dernier roman et l'a beaucoup aimé, voilà, c'est elle. – Gérard, tu ne pourras plus prétendre que je te la cache, voici Julia.

Je guettais leur premier regard sur toi : intrigué, étonné, ironique, sceptique, envieux. Tu étais si jeune, et moi... Moi, j'étais jeune de nos vingt-huit ans d'écart. Le spectacle de l'amour est insupportable. On préfère avoir des raisons de plaindre les gens plutôt que de contempler leur bonheur.

Ces chaudes soirées, tu te souviens ? Et parfois de si belles nuits, quand nous en avions la possibilité, quand tu n'étais pas requise par ta vie réelle. Le plus souvent tu t'en allais au bout de quelques heures. Le moment de ton départ arrivait comme un cauchemar récurrent. Soudain tu te redressais dans le lit, tu regardais les chiffres lumineux du réveil : je dois rentrer chez moi. Toujours j'avais le sentiment que tu me prenais par surprise. Je tentais de te retenir, allons deux minutes, allons, reste un peu. Je t'étreignais, t'empêchais de te rhabiller, un instant s'il te plaît, mais tu souriais à peine de mes gamineries, tu ne jouais plus. Tu enfilais tes bas, intraitable, agrafais ton soutien-gorge, déjà tu étais absente, mes mains cherchaient sur ton corps la combinaison secrète, coffre fermé, mes mains couraient, se posaient aux emplacements justes, en vain, et je me retrouvais comme un imbécile nu ou en caleçon devant la porte qui se refermait, j'entendais tes pas agiles danser sur les marches, je courais à la fenêtre pour te voir sortir de l'immeuble, je me penchais malgré le froid afin de suivre le plus longtemps possible ta marche rapide sur le trottoir, ton geste instinctif pour sortir le téléphone de ton sac, et cette allure légèrement déhanchée calculée pour me rendre fou sans aucun doute, jusqu'au dernier moment, celui où tu disparaissais au coin et où je me retrouvais seul pour de bon, enveloppé d'odeurs, d'images et de regrets. Où allais-tu ? Où allais-tu, Julia ? Où était-ce, chez toi ? Quelle était cette vie où tu prétendais exister sans moi ? Tu m'en racontais si peu. J'essayais de t'imaginer avec tes jumeaux, leur lisant des livres que je t'avais offerts à leur intention – car je t'offrais des livres pour tes petits, des jouets, des boîtes à musique, des kaléidoscopes que tu enfournais dans ton sac, attendrie et comme gênée par mes prévenances. Tu étais ailleurs, près d'eux sans doute mais comment en être certain ? Et je restais hébété de solitude, à manger des biscuits ou du pain et à boire des fonds de bouteille.

Entre notre rencontre et notre fin, plusieurs romans publiés, à nous deux, beaucoup d'autres mis en chantier et laissés sans suite. Nous crachions nos œufs dans l'eau comme des hippocampes.

Parfois nous partions. Tu trouvais moyen de faire garder les enfants, et nous profitions d'un voyage de ton mari pour nous évader pendant deux jours, jamais davantage. Le luxe de tes précautions me laissait songeur. Tu ne devais rien payer par carte bleue car le compte pouvait être surveillé par Monsieur. Tu t'écartais souvent pour lui téléphoner, où qu'il fût dans le monde, ou pour appeler la nounou, en veillant à ce que rien dans tes propos ni surtout dans les bruits alentour ne vienne te trahir. Les taxis ne te déposaient jamais juste devant chez moi, mais dans des rues voisines qui variaient chaque fois. Tu effaçais l'historique de nos conversations par textos au fur et à mesure. Sur ton ordinateur portable, mes courriers électroniques étaient automatiquement archivés dans un dossier caché au fin fond du disque dur et protégé par de multiples cadenas virtuels. Nous devions éviter les villes où ton mari avait des habitudes ou des connaissances, or ce grand voyageur avait des habitudes et des connaissances dans la plupart des villes dignes d'intérêt et dans presque tous les sites qui auraient pu nous faire envie. Nous sommes tout de même allés ensemble dans bien des endroits. La première fois, à Blaye. Tu avais choisi la destination. Je me souviens de notre arrivée dans la chambre, au début de l'hiver, la télévision allumée sur l'écran de laquelle un message de la direction nous attendait : « Bienvenue, madame et monsieur Gévaudan. » Ainsi tu portais mon nom car j'avais réservé comme si nous étions mariés. Tu es restée en arrêt devant le message, pétrifiée, et il a fallu que je te prenne par l'épaule pour te sortir de ton hébétude – allons, tu pourrais sourire, Julia Gévaudan. N'aie pas peur, je ne vais pas demander ta main. Tu as souri, enfin, mais visiblement l'idée de porter mon nom ne te remplissait pas d'une joie simple. Tu as voulu sortir, aller contempler l'eau limoneuse de l'estuaire. L'hôtel était au bord des remparts. Le temps n'incitait pas à la promenade, il tombait une poudre de pluie comme au premier jour de notre rencontre, et la citadelle s'était vidée de ses touristes. Nous avons marché en nous donnant la main, sans parler ou presque, comme si cette première évasion loin de nos vies, loin de Paris, donnait à notre amour une gravité nouvelle, et à ces instants une solennité nuptiale. Nous avons mangé des huîtres sauvages et de la lamproie, bu du reuilly, puis nous sommes remontés dans notre chambre pour y prolonger la cérémonie. On ne voyait plus l'estuaire, on entendait à peine la pluie gifler le double vitrage, la nuit autour de nous avait tout dévoré, seules les loupiotes d'un chalutier se balançaient au loin dans le noir. Je t'ai déshabillée, et pour la première fois j'ai vu sur ta peau, en divers endroits de ton corps, des fleurs bleues.

16

La bouche d'Alexandra a un goût de réglisse et de tabac, ses cheveux sentent la fougère, une odeur un peu amère et tendre. Ils se sont écartés dans la pièce sombre où tout à l'heure Louise a surpris Reine et son frère. C'est Alexandra qui a entraîné Paul, elle l'a pris par la main sans prévenir, alors qu'il rêvassait dans la cour, et l'a emmené ici. Ses bras se sont refermés sur lui, il a senti sur sa nuque la main qui attirait son visage vers le sien, il est entré dans son haleine comme dans une eau tiède.

Il ne comprend pas ce qui lui arrive. Ils font l'amour très vite sur les matelas de mousse, Alexandra est un jeune animal emporté par l'urgence, elle a faim. Ils ne se déshabillent pas, elle a des gestes brusques et hâtifs, elle lui fait un peu mal en saisissant sa verge et en la guidant brutalement en elle, elle a les yeux fixes, embués, la bouche entrouverte, on dirait qu'il y va de sa vie. Bientôt elle pousse de petits cris plaintifs de jouissance, le supplie de ne pas s'arrêter. Quelques minutes plus tard tout est fini. Paul n'est pas certain d'avoir joui, il reste sur le dos, essoufflé, tandis qu'Alexandra se rajuste et quitte la pièce en courant.

Dans la cour, un attroupement s'est formé autour de madame le maire qui fait un compte rendu de l'actualité. Grève générale illimitée. Tout est paralysé, seuls les ambulances et les convois militaires circulent encore. Nous disposons de provisions en suffisance, dit-elle, la saison par bonheur permet aux jardins de donner à plein rendement. Nous avons un stock de bouteilles de gaz, la supérette a été réquisitionnée, et des hommes du village sont partis à vélo à la ville voisine pour rapporter ce qui manque.

Louise a remarqué l'absence de Danilo, et celle des deux enfants. Elle le cherche des yeux, sort de la cour en direction du bus. En longeant la rangée de tilleuls, elle voit une femme qu'elle reconnaît immédiatement, en conversation avec le chauffeur. Ils se tiennent dans un recoin formé par un appentis contre le pignon de l'école. Selma Pasić, dont la photo agrandie circule dans le service. Selma, dont la famille a été massacrée pendant le conflit, et qui s'est radicalisée au contact de groupes islamistes, pour devenir une activiste redoutable.

— Tu es certaine de l'avoir reconnue ?

La voix de son chef est sèche.

— C'est elle.

— Bien. J'ai des nouvelles pour toi. Nous savons qui sont les deux gosses.

Elle apprend ce que nous savons déjà, ma Julia : que Reine et Emmanuel sont les enfants de Stanko Milenković, qu'elle connaît puisque le dossier de sa mission donne sur lui un certain nombre de renseignements.

Toutes les pièces s'ajustent : elle sait désormais que le message du père dont parlait le journal de Reine, qui incitait ses enfants à venir le rejoindre, était un faux. Elle comprend que Selma compte utiliser les enfants pour atteindre leur père grâce à la complicité de Danilo. Ce que Louise et ses collègues ignorent encore, c'est le plan précis de Selma. Ils imaginent une tentative d'agression contre Stanko à Varlanges, mais restent incertains sur la façon dont Reine et Emmanuel seront impliqués dans le projet.

— J'interviens ?

— Seule ? Pas question. Tu attends les consignes. Quand vous serez à Varlanges tu recevras du renfort. Pour l'instant les gamins ne risquent rien.

Paul ferme les yeux. Sous son poids le matelas de mousse se creuse et l'engloutit. La surface se referme au-dessus de lui comme une eau, il sombre avec lenteur vers une masse mouvante de varechs dans laquelle est tracé un chemin sinueux. Il le suit. Chacun de ses pas soulève un nuage de sable scintillant, des bandes de poissons colorés vont et viennent.

Après avoir téléphoné Louise est montée dans les classes, elle l'a trouvé là, endormi, elle s'est allongée contre lui. Elle rêve qu'elle tient un enfant dans ses bras. Elle le presse doucement contre sa poitrine, ce n'est pas un enfant, c'est une note de musique. Elle se doutait qu'elle trouverait Paul ici, dans cette pièce sombre où elle a surpris les deux adolescents un peu plus tôt.

C'était bien sûr une proposition absurde et malsaine. Elle a sincèrement pensé que Paul pourrait accepter de lui faire un enfant qu'elle élèverait avec son mari. C'était hausser la tromperie à un niveau criminel, sans doute, mais elle ne le concevait pas ainsi. Elle le voulait, elle voulait tellement sentir en elle cette vie venue de Paul, comme un prolongement organique de leur amour. Quant à son mari, ignorant la vérité il n'en aurait pas souffert, et aurait consacré avec joie son peu de temps libre à l'éducation du petit. Il adorait les enfants et le refus de Louise de lui en donner un lui faisait mal.

Elle voudrait ne rien perdre, ne rien sacrifier. Elle aime son mari d'un amour docile, un amour de chienne à collier. Il est celui que la vie lui a apporté, tout simplement, et cela lui a longtemps suffi. Et puis Paul est arrivé. Amour. Ce mot, Louise se le répète, elle le fait rouler dans sa bouche comme un bonbon, elle en est si heureuse. A-t-elle vraiment connu l'amour, avant Paul, en dehors de son mari ? Elle a rencontré des hommes, elle a cherché, elle ne veut pas se souvenir. Elle ne peut rien laisser. Elle ne peut pas choisir. Elle aime contempler sa garde-robe débordante, elle aime la vie bourgeoise, le grand appartement, la maison de campagne, comme elle aime par contraste son métier qui la plonge dans une réalité distincte, la compagnie brutale de ses collègues et le contact des êtres dangereux.

Mais Paul. Mais l'enfant qu'elle désire, qui l'appelle du fond de son ventre.

Cette fille, Alexandra, qu'elle a vue sortir en courant tout à l'heure, elle tourne autour de Paul depuis hier. Louise décide que cela n'a pas d'importance. Elle n'a pas le temps d'être jalouse. Elle passe la main sous la chemise de Paul. La douceur de sa peau lui donne envie de pleurer. Sa peau est élastique et tiède, elle sent le lait, la sueur, la prairie. Il ouvre les yeux, la regarde un moment, sourit enfin.

— Je sais, murmure-t-elle. Tu ne veux pas d'enfant.

Elle pose la tête sur sa poitrine, écoute le cœur qui bat, ferme les yeux. Tu es à moi.

Paul ne le sait pas, mais il l'a comprise. Il ne connaît pourtant pas les violences qu'elle a endurées, la sauvagerie des savanes d'enfance. Il entre en elle comme dans un moulin, se promène dans le jardin, cueille des fleurs, n'abîme rien. Il fait l'amour délicatement, comme on pèle un fruit. Elle préférerait parfois qu'il la maltraite, mais il n'est pas assez amoureux pour cela, ou il n'en est simplement pas capable. Certaines personnes ne sont pas douées pour le théâtre. Louise continue de caresser la poitrine de Paul, qui a refermé les yeux. Elle défait calmement sa ceinture, ouvre le pantalon, glisse sa main. Il a le sexe encore poisseux, plein de l'odeur d'une autre. Elle prend plaisir à le sentir gonfler dans sa bouche.

Paul est redescendu dans la cour, Louise l'a suivi peu après. Elle garde son goût sur sa langue, qui est le goût de l'incertain. Quand il lui donnait des leçons de piano elle sentait sa présence derrière elle comme un souffle frais qui la faisait frissonner. Jamais elle ne pourra vivre sans lui, il s'est gravé en elle. Personne ne semble voir à quel point il est beau, elle en est bouleversée, elle se sent folle à lier. Comment faire tenir ensemble tous les morceaux de sa vie ? Comment a-t-elle pu lui faire cette proposition ? Elle ne veut pas le perdre et pourtant elle sent qu'elle le perd. Il a été effrayé par sa demande insistante, il la prend pour une femme frivole, inconséquente, égocentrique. Tout cela est faux. Si tu pouvais savoir à quel point c'est faux, à quel point mon amour est vrai, pur, flambant, juste. J'essaie d'être une personne, de me réunir, c'est aussi pour cela que je ne peux renoncer à rien de ce qui me constitue. Je suis éparpillée, la vie m'a déchirée, émiettée, je dois recueillir les lambeaux de moi-même, c'est un travail lent et patient et douloureux, si tu savais. Si Paul pouvait savoir ce qu'elle est réellement, ce qu'elle a été, il ne lui en voudrait pas autant. Car il lui en veut, elle le sent, il est plein d'une rage sourde qu'il ne sait pas reconnaître. Cette fille, tout à l'heure, c'était une vengeance. Une façon de se prouver qu'il existe, lui aussi, qu'il peut respirer loin d'elle.

Louise rejoint Paul, glisse sa main dans la sienne. Il se tourne vers elle. Il a les yeux rougis de larmes. Dans la cour les gens discutent bruyamment, certains ont obtenu des nouvelles, des rumeurs de guerre civile circulent. Son cœur se met à cogner quand elle entend quelqu'un dire qu'on a vu les deux gamins partir en courant à travers le champ voisin pour rejoindre la grand-route. Ils étaient sous sa garde, elle les a perdus.

17

Avant de redonner la parole à la petite Reine et à son cahier, je te dois quelques explications supplémentaires sur Stanko et Selma. Je vois bien que tu trouves cette histoire pénible, je t'ai nettement entendue gémir. Selma qui utilise les enfants et les sacrifie pour se venger du père, voilà un scénario qui n'aurait pas franchi la barre, de notre temps. Pas d'enfants morts, *Verboten !* Et pas de rebondissements rocambolesques, par pitié, mon tigre, me suppliais-tu avec une mine désolée. J'ai une tendance coupable à la péripétie, c'est vrai. Mais dans le cas présent je ne peux rien faire, la machine est lancée. Clic, clic. Et puis Selma fut ma compagne pendant deux ans, ne l'oublie pas, je sais beaucoup d'elle.

Il faut imaginer ce qu'elle éprouve de retour dans son pays en guerre, dans sa ville assiégée, peuplée de silhouettes silencieuses qui courent en traversant les carrefours pour éviter les tirs. Plus de circulation, plus d'embouteillages, plus de klaxons, plus de terrasses bruyantes, plus de marchés animés, plus de processions de jeunes filles rieuses sur Ferhadija : les habitants ne sortent de chez eux que pour aller en tremblant aux points d'eau, les seuls véhicules encore ravitaillés en carburant sont les blindés et les ambulances des Nations unies, et les Mercedes des mafieux. La ville est encaissée entre des collines abruptes, et de temps à autre un baril chargé d'explosifs et de clous lâché depuis les hauteurs dévale une rue en pente. La détonation fait trembler tous les murs, emporte les vitres, des gens hurlent, puis de nouveau le silence. Selma ne reconnaît rien. Beaucoup d'amis ont fui, elle a juste retrouvé quelques connaissances qui passent leur temps à écouter, hébétées, Radovan Karadžić plastronner et enchaîner ses diatribes sur la chaîne bosno-serbe de Pale, aux rares moments où l'électricité revient. Les renseignements qu'elle recueille sur la disparition de sa famille sont de plus en plus précis. Stanko faisait bien partie du groupe de miliciens qui a investi le village où ses parents et ses frères s'étaient réfugiés. Il en était même le chef. Ils sont arrivés un soir, ont vidé les maisons une par une. Les hommes ont été abattus après avoir été torturés sous les yeux de leurs femmes et de leurs enfants. Ensuite les soldats ivres se sont amusés. Il y avait là les parents de Selma, trois de ses frères et sœurs, des oncles et tantes, des cousins.

Est-ce que je rêve, ou as-tu vraiment ouvert les yeux une seconde ? J'ai senti sur moi ton regard de reproche. J'ai même entendu ta voix. « Tu veux vraiment m'imposer cette histoire ? Alors raconte ! Raconte pour de bon, Marco ! Prends le risque du romanesque, c'est-à-dire du concret ! Tu as choisi d'évoquer cette scène, alors vas-y, plonge. Je veux entendre les cris et les gémissements, sentir l'odeur de la sueur, l'odeur aigre de la peur, je veux entendre le bruit mou des corps qui s'effondrent, je veux voir le sang gicler sur les murs, je veux voir ces jeunes hommes aux yeux rougis par la fatigue et la slivovitz tirer sur un fuyard ou donner des coups de pied dans un cadavre en riant, je veux que ça hurle, que ça saigne, que ça fasse mal, je veux que les lignes se convulsent comme des serpents furieux ! »

Je sais. Je sais bien. Tu me voles mes répliques. Combien de fois t'ai-je lancé ce genre d'injonction ? Combien de fois t'ai-je invitée à être concrète, directe, à te heurter aux objets, aux détails, à ne pas te contenter de te prélasser sur l'édredon des mots, à risquer tes mains sur la râpe du réel ? Mais ce serait un autre roman, Julia. Les heures passent, j'ai dû m'assoupir. Il faudra bientôt que je parte. Je dois donner la parole à Reine, revenir vers Louise, je n'ai pas le temps de m'attarder à Goražde, tu comprends ? Je suis un vieux tigre en papier, fatigué de la guerre et de l'action. J'ai hâte de recommencer à parler d'amour, vois à quel point j'en suis. Laisse-moi continuer.

La haine de Selma se cristallise sur Stanko, le traître par excellence. Elle décide qu'il paiera tôt ou tard, elle se jure d'y consacrer tout son temps et toutes ses forces. Bien qu'elle n'ait jamais été croyante, elle s'engage auprès des moudjahidine, les seuls selon elle à défendre un pays que la corruption et les déchirements politiciens détruisent aussi sûrement que la guerre. Après Dayton, son réseau continue de bénéficier de financements étrangers. Elle monte une cellule qui se donne pour mission de repérer et d'exécuter les criminels de guerre serbes ou croates, nombre d'entre eux ayant échappé à la justice internationale. Elle va mettre des années à retrouver la trace de Stanko.

Elle ignore que le jour du massacre Stanko a tenté de s'opposer aux exactions. Il avait ordre de faire prisonniers les hommes du village et de les conduire en zone serbe. En arrivant, il est tombé sur les parents de Selma, qui l'ont reconnu. Il a voulu arrêter ses hommes, il a essayé de les raisonner, de les calmer, mais ils étaient ivres, furieux, épuisés. Ils l'ont maîtrisé et enfermé dans un garage à double tour, comme si c'était lui le forcené.

— Mais alors, me dis-tu, Stanko n'y est pour rien ! Imagine que Selma apprenne la vérité, n'abandonnerait-elle pas son projet sanglant ?

— Non. Je pourrais faire en sorte qu'elle l'apprenne, mais elle a consacré trop de temps à cette traque, elle en a fait une raison de vivre. On pourrait lui en montrer les preuves, elle ne les croirait pas et ne dévierait pas de sa trajectoire : plus rien ne peut l'arrêter.

En 1994, Stanko déserte. Il traverse les lignes, se livre aux forces internationales et dès lors collabore avec les ennemis de son propre camp. Il continuera après la guerre à travailler épisodiquement avec les services spéciaux dans le cadre de la lutte contre le terrorisme islamiste. À la suite d'une opération ratée, il est contraint de changer d'identité et de s'installer dans une petite ville de province, Varlanges, où il est placé sous protection : les agents savent que Selma est à sa poursuite, ils ne le lui ont pas dit.

Stanko aimerait voir ses enfants, cela fait si longtemps. Les conversations téléphoniques sont toujours frustrantes, il ne trouve de réconfort que dans sa correspondance avec Reine, mais il ne lui écrit pas assez souvent, il est complexé par son orthographe défaillante. Emmanuel reste très distant et secret.

Voilà, ma renarde, tu sais à peu près tout, je vais pouvoir reprendre. Une dernière chose : quand Reine et Manu se sont enfuis à travers champs, inutile de te dire que Danilo et Louise ont été dans tous leurs états, pour des raisons différentes. Le chauffeur a pressé tout le monde de monter dans le bus, il espérait retrouver les enfants sur la route de Varlanges, c'était sa seule chance. Louise était affolée. Elle a tenté en vain de joindre ses supérieurs. Elle ne pouvait rien confier à Paul.

Tu t'inquiètes ? Tu penses qu'il peut leur arriver quelque chose de grave ? Je ne suis pas très optimiste, moi non plus.

Le cahier, donc.

*

Il a fallu que j'achète un autre cahier, j'ai laissé l'autre là-bas. Je recopierai tout sur le nouveau cahier dès que possible, je me souviens de tout, de chaque mot, pas comme ce pauvre Olivier qui cherche les siens tout le temps.

On a dû partir, quitter cette école, tous ces vieux. J'ai pris peur à cause de Louise. C'est son prénom, à la belle femme de l'autobus, j'ai entendu son mari l'appeler hier soir. Je ne sais pas si c'est son mari. Elle est toujours à l'affût, elle regarde autour d'elle comme si elle s'attendait à ce que quelqu'un l'attaque, elle observe les gens, et pourtant je la sens dans le fond perdue dans ses pensées, elle a l'air si triste, je crois que les gens l'intéressent moins que ses rêves.

Elle ne rêvait pas quand elle est entrée dans la pièce. J'étais avec Manu, pas la peine de faire un dessin. On sait qu'on n'a pas le droit, on le sait parfaitement, et qu'est-ce que ça peut nous faire ? On ne se quittera jamais, il me le dit souvent et il prend alors son air farouche, celui que j'aime, son air de bataille. Personne ne peut comprendre. Elle n'aurait peut-être rien dit, Louise, j'aimais comme elle me regardait, mais on ne sait jamais, on ne la connaît pas. Manu a pris peur, il a voulu partir tout de suite. Ils sont tellement bêtes. Ils nous sépareraient, et si on nous sépare on meurt. Nous avons détalé comme des lapins, dans la course j'ai laissé mon cahier. J'ai trouvé un autre cahier à l'épicerie du village, tous les rayons de nourriture étaient vides, mais il restait des objets à vendre. Les gens sont fous. On dirait la guerre. La guerre, la grève, est-ce que c'est pareil ? En tout cas c'est très calme, nous avons marché sur la route longtemps, personne ne nous prenait en stop, je n'ai pas montré mes jambes, de toute façon il n'y avait pas de voitures. C'est un petit cahier bleu à carreaux, je l'aime bien même si je préférais l'autre.

La peau de Manu sent la vieille paille du grenier, la vanille et le riz au lait, la terre sèche, l'écorce d'orange, le cuir, le chat. J'aime l'odeur de la paume de ses mains, celle de ses cheveux quand il transpire et que je sens la chaleur qui monte de son crâne. J'aime les poils blonds sur ses bras, je pourrais les regarder pendant des heures, quelque chose se serre dans mon ventre quand je passe ma main dessus. On se colle l'un contre l'autre, on ne risque plus rien. La première fois c'est lui qui m'a embrassée. Il y avait une mante religieuse sur le tronc du tilleul, je la faisais grimper sur ma main, elle était verte et magnifique, je lui parlais doucement. Je n'ai pas entendu mon frère approcher. Il m'a retournée d'un seul coup et il m'a embrassée, j'ai senti sa langue dans ma bouche, le goût de sa salive. J'ai essayé de me dégager, on s'est battus, on a roulé par terre. Je me suis relevée et j'ai commencé à courir mais il m'a rattrapée et nous avons encore roulé sur l'herbe. Il a mis sa main entre mes jambes. Un jour il voudra qu'on fasse l'amour. Je le sais. Je ne crois pas que j'en aie envie, mais je ne le quitterai jamais. Personne d'autre ne m'intéresse, il n'y a que lui, il n'y aura que lui. Je raconterai tout, j'écrirai notre histoire. Je n'ai pas besoin d'inventer.

Et puis finalement il y a eu les camions. Nous marchions depuis si longtemps sur cette route, j'avais les pieds brûlants, les jambes en bois, Manu marchait devant en me donnant la main, il ne voulait pas ralentir. Il est toujours sûr de lui, comme si la vie était un jeu d'échecs, il peut prévoir plusieurs coups à l'avance. On les a entendus bien avant de les voir, un grondement qui faisait trembler l'air, nous avons fini par nous retourner. Ils étaient toute une file, des camions militaires, ils fonçaient sur la route droite. Ils nous ont dépassés, Manu a levé la main, je ne sais pas si c'était pour les saluer ou leur demander de nous emmener jusqu'à la ville. Le dernier camion de la file a ralenti, les freins ont fait un bruit d'enfant qui hurle. Il s'est arrêté, Manu m'a entraînée en courant, j'avais peur. Les soldats nous ont fait monter avec eux.

Nous étions serrés sur un banc. Ils avaient l'air tellement fatigués, tous. Nous avons roulé, roulé. Personne ne parlait, les soldats ne nous regardaient pas, ils dormaient la tête en arrière ou sur leurs bras posés sur les fusils. J'étais inquiète, je serrais la main de Manu qui ne disait rien lui non plus, il avait les yeux fixés devant lui. J'avais peur qu'ils nous obligent à retourner chez notre mère. Je ne veux pas retourner chez elle, avec son bouffon, ou alors juste pour le voir les yeux écarquillés tourner en rond au milieu des cendres de son petit cabanon à la con, l'écrivain.

On est arrivés en ville, mais ce n'est pas encore Varlanges, c'est au moins cent kilomètres avant. Le camion s'est arrêté sur une grande place, avec les autres camions, ils sont tous descendus, ça courait dans tous les sens, ils criaient, on est descendus avec eux. Une femme est arrivée, elle ne portait pas d'uniforme, elle nous a dit de la suivre. Sévère comme cette maîtresse de CM2 qui sentait la chèvre. Elle voulait nous caresser avec ses mots mais ses mots étaient doux comme une râpe à fromage. Olivier râpe toujours du fromage sur ses nouilles, c'est italien, un jour il s'est fait saigner les doigts, j'étais contente. De temps en temps l'écrivain me coince dans les coins, il me touche, il a les yeux qui mouillent. C'est loin derrière.

Elle nous a emmenés dans un immeuble, elle nous a fait suivre des couloirs et des couloirs, elle parlait, elle parlait. À un moment on a vu l'escalier, c'est Manu qui a décidé d'un coup, il m'a tirée, on l'a descendu en courant. D'autres couloirs, des portes, quelques marches, la cour. On s'est retrouvés dans une rue, on a couru sans s'arrêter jusqu'à ce qu'on ne respire plus. Sauvés. On a ri.

Beaucoup de magasins fermés, beaucoup de gens dans les avenues, ils parlent en groupes, on dirait qu'ils attendent quelque chose. Notre père, je ne sais pas comment nous allons le rejoindre. Pour l'instant nous sommes devant la gare, on nous avait dit qu'il y aurait des bus pour Varlanges, mais il n'y a rien. Nous attendons sur un banc, quelqu'un nous a donné à manger, des biscottes et du lait concentré. J'écris, Manu fait une partie d'échecs.

Notre père, je ne sais pas ce qu'il fait comme métier maintenant. Il change tout le temps. Notre mère dit toujours que ce n'était pas vivable, qu'on ne savait jamais s'il rapporterait de l'argent à la fin du mois. Son écrivain lui en rapporte beaucoup, sans doute, elle a le nez pour les repérer. J'écris à mon père souvent depuis que je sais écrire et que je peux utiliser l'ordinateur.

Il répond quand il peut. Il fait beaucoup de fautes, c'est normal le pauvre, il n'est pas français. Quand ça lui prend, il téléphone à la maison, le temps de se disputer avec ma mère pour les histoires de pension, elle finit toujours par nous le passer en soupirant et en levant les yeux au ciel. Il me tarde de le revoir, je suis si contente qu'il nous ait demandé de venir.

La première fois c'est Manu qui m'a rejointe dans mon lit. Il s'est glissé sous les couvertures. Je n'ai pas bougé. Il a pris ma main. Il tremblait, il gémissait. Je me suis retournée et je l'ai pris dans mes bras. Il s'est mis à trembler plus fort, à me donner des coups de genou, des coups de coude. Il me faisait mal mais je n'ai pas lâché prise jusqu'à ce qu'il se calme. Ça a duré longtemps, longtemps. J'aime bien respirer le même air que lui. S'il n'existait pas je ne sais pas ce que je deviendrais. Je voudrais jouer aux échecs avec lui mais je suis trop nulle.

Il y a eu des gens partout, d'un seul coup, ils venaient de toutes les rues qui donnent sur la place de la gare, ils criaient, ils avaient des pancartes, ils chantaient aussi. Les camions de policiers sont arrivés, ils se sont rangés à la queue leu leu, ils sont descendus avec leurs casques et leurs boucliers, ils nous ont fait dégager. Nous voilà sur la grande avenue, il y a beaucoup de monde, ils vont tous vers la gare. Manu dit qu'il faut quitter la ville, suivre les pancartes vers Varlanges, on verra bien. Et c'est ce qu'on fait, il faut marcher. On dirait que Manu n'est jamais fatigué.

Sur la route, pas de voitures, juste des camions bleus de policiers ou des camions militaires qui foncent vers la ville. J'ai soif. Manu marche un mètre devant moi, il ne m'attend pas même quand je me plains. J'ai faim, aussi, mais il n'y a plus rien à manger. À un moment je m'arrête, je m'assois sur une borne, je le laisse continuer tout seul. Il met un bout de temps à s'en apercevoir. Il fait demi-tour, revient vers moi, il ne dit rien, il s'assoit dans l'herbe et sort son échiquier. Sa peau brille, je vois les petites gouttes de transpiration sur son cou, je voudrais les boire.

Je suis en train d'écrire tout ça dans mon cahier, et c'est là que le bus arrive.

Notre bus, celui de l'école. Ils ont dû nous repérer de loin, c'est le bruit des freins qui me fait lever la tête. Il s'arrête à notre hauteur, je reconnais le chauffeur tout de suite, il a l'air complètement fou, les yeux lui sortent de la tête, il est rouge, sa chemise est trempée. Il descend en courant vers nous, il dit qu'ils nous ont cherchés partout, qu'ils étaient inquiets. Il nous fait monter, Manu résiste un peu mais moi je n'ai pas envie de continuer à pied, tant pis. Il monte avec moi, bien sûr. Tout de suite je vois Louise, elle est assise au fond, elle nous fait un signe de la main et nous regarde avec un sourire, elle aussi a l'air soulagée. Je préfère me mettre à l'avant, le plus loin possible d'elle, j'ai honte qu'elle nous ait vus, Manu et moi, dans l'école.

18

Comme tout le monde j'ai passé ma vie à chercher ma demeure. Je tournais en rond dans la nuit, guettant une lumière, une fenêtre allumée. J'entrais alors, mais ce n'était jamais le bon endroit. Tout ce que j'ai vécu, chaque amour, chaque épreuve, chaque expérience, me conduisait vers toi. J'ai cru l'avoir enfin trouvée, cette demeure. Il était si tard, Julia, j'avais marché si longtemps, j'y suis entré heureux, délivré. Je n'ai pas pu y rester. Aujourd'hui la maison n'est plus qu'un nom de dossier dans la pagaille arborescente de mon ordinateur, quand on pousse la porte on tombe sur un grand cimetière où dorment tous nos enfants mort-nés.

L'autre matin, en quittant ta chambre, je me suis retrouvé seul dans cette cour d'hôpital. L'aube accrochait des linges blafards aux branches déplumées, il faisait si froid, l'univers était d'une telle laideur ! J'ai voulu revenir près de toi, mais on m'a chassé au prétexte qu'il y a des heures pour les visites. Ma bonne fée rousse avait quitté le service, sans doute, en tout cas je n'ai pas pu remonter jusqu'à elle, plus personne pour me protéger, pour m'offrir un répit. Il a fallu affronter l'hiver, plonger dans la ville. J'ai traîné sur le boulevard, en long, en large, et la première bouche de métro m'a avalé. Je ne savais pas où aller, je suis monté dans une rame qui passait en direction de n'importe où, et c'est là figure-toi que je l'ai retrouvée, Ghita, notre fée, notre lutin bienfaisant. Elle avait dû prendre du retard en quittant son travail, bavarder avec l'équipe montante, partager un café. Toute cette vie qui continue sans nous, Julia. Si je te le raconte, c'est parce que ce fut un étrange instant. J'ai tout de suite reconnu sa chevelure, les inoffensifs petits serpents cuivrés qui jouaient sur ses épaules au rythme des cahots. Elle me tournait le dos, assise à quelques mètres. En m'approchant, j'ai vu ce qu'elle lisait, tu auras du mal à le croire. *Nous voulons voyager.* Ton premier roman.

Quelque chose nous reliait donc, et c'était toi. Ton premier roman, celui qui avait inauguré notre histoire à la vie à la mort, voilà qu'il apparaissait sans crier gare dans une rame de métro au petit matin. J'ai eu envie de me jeter sur Ghita pour l'embrasser. (C'est une façon de parler, Julia, bien sûr.) J'étais tellement plein de gratitude, m'arracher à toi m'avait fait si mal, un peu plus tôt : soudain la gentille infirmière descendait du ciel pour me raccommoder et remettre en place les organes vitaux. Je me suis assis en face d'elle, j'ai attendu qu'elle lève les yeux. Elle m'a souri, elle a tranquillement fermé le livre. C'était un sourire grave, plutôt triste. Je ne crache pas sur un peu de commisération de temps à autre, on n'est pas de bois.

Elle s'était donné du mal pour le trouver, ce livre, c'est ce qu'elle m'a raconté plus tard chez elle. Car oui, je suis allé chez elle sur son invitation, elle a préparé du thé et tiens-toi bien, j'en ai bu, j'ai même apprécié cette boisson si exotique, elle me paraissait convenir à merveille à la légèreté du moment.

Je me suis mis à parler. En me racontant si souvent sa vie et ses amours, dans les cafés où nous nous retrouvions après mes visites elle avait préparé le terrain de la confidence, j'étais mûr pour tout déballer. Le thé sans doute m'a fait perdre ma réserve légendaire, il me montait à la tête. Ghita n'est pas le genre de personne chez qui l'on peut déboucher une bouteille de sauvignon à sept heures du matin. C'est joli, chez elle. Un appartement coloré, plein de photos d'Asie où elle se rend régulièrement en mission humanitaire, d'objets charmants qui lui ressemblent. Elle m'a montré un petit autel aux ancêtres sur lequel elle entasse de minuscules souvenirs, des petites boîtes remplies d'épaves infimes, des traces de sa vie passée, quelques cailloux, une fleur en papier, un éventail, un stylo cassé, une clé, une chaîne en or. L'autel est éclairé par une bougie qu'elle a allumée dès notre arrivée. Ghita est l'unique représentante d'une religion discrète, syncrétique, aux préceptes brumeux et variables, dans laquelle elle trouve du réconfort. Quand elle rentre seule du travail, elle s'assoit devant son autel et sourit longuement au passé. Du haut de ses trente-trois ans elle m'a dit un jour qu'elle ne regrettait rien, que sa vie a été belle, qu'elle pourrait bien mourir maintenant. Elle souriait.

Tout déballer, n'exagérons rien. Je ne suis pas entré dans les détails, elle ne me le demandait d'ailleurs pas. Elle se contentait de m'écouter en fixant sur moi ses yeux kaki et en trempant de temps à autre ses lèvres dans la tasse de thé qu'elle reposait sans un bruit sur sa soucoupe. Étonnant, une telle sérénité, quand on pense au petit elfe que je vois bondir dans les couloirs de l'hôpital.

Tu l'intéresses. Nous l'intéressons. L'amour l'intéresse. C'est la raison pour laquelle elle a voulu lire un livre de toi et, tant qu'à faire, elle a commencé par le premier. Elle est intriguée de me voir venir chaque soir dans ta chambre, mon ordinateur à la main, hagard et les cheveux en bataille. Et je vois bien que je ne lui fais pas pitié : je lui fais envie.

J'ai donc contenté sa curiosité, dans la mesure du possible. Ressasser me fait un bien fou, sans doute un effet de l'âge. J'admets avoir un peu brodé, c'était aussi pour lui faire plaisir. Cependant je m'en suis tenu aux premiers mois, à la description du triomphe de l'amour naissant, au pacte des histoires. Je n'allais pas m'étendre sur le manque, sur la frustration, sur les silences, sur les tristes secrets, sur ce qui nous a tués. Ghita est une fille sensible. Je n'allais pas lui parler de Blaye, de la découverte des fleurs bleues sur ta peau, non plus, mais voilà, c'est elle qui m'en a parlé : elle m'a raconté que tu étais couverte de bleus ce matin-là quand on t'a trouvée devant l'hôpital, comme jetée d'une voiture.

Nous avons terminé le thé, devisé un peu, puis je l'ai quittée après qu'elle se fut hissée sur la pointe des pieds pour déposer un baiser tout frais sur ma joue. J'ai retrouvé les rues pour y marcher sans but, comme ceux qui n'ont pas d'autre maison que la pluie.

Nous voulons voyager. D'où vient que certains textes pénètrent en vous avec évidence, comme si une place leur était réservée de toute éternité ? Hélène était une femme qui s'adressait à un homme allongé près d'elle dans un appartement aux volets clos. Mort, absent, parti. C'était un roman sur la trahison, sur l'inévitable et nécessaire part de trahison que contient tout amour. Hélène et Pierre. Il avait déserté. Elle l'avait trahi, elle aussi, elle l'avait trahi souvent, avec joie, avec rage, sans pouvoir s'en empêcher, sans parvenir à le regretter. Et clairement son amour était cent fois plus fort que celui de l'homme sans espoir.

Je t'avais lue d'une traite, cette nuit-là, avec encore dans les yeux l'image de l'arrivée du vaisseau dans la rade, tu sais, ton faux pas et ta main pour la première fois posée sur moi, je t'avais découverte, empli de la folle certitude que quelque chose d'essentiel commençait, un vrai grand désastre salutaire.

Un soir, nous sommes allés fêter l'anniversaire d'une romancière qui remboursait ses séances de psychanalyse en les racontant dans ses romans, non sans finesse ni férocité. Elle avait été une des premières à s'inscrire au catalogue de Fulmen peu de temps après moi, et une fidèle camaraderie la liait à Cyril – pour autant que la fidélité soit envisageable dans ce type de relations : il est plus facile, a dit un écrivain, de suivre Jésus marchant sur les eaux que de traverser la vie sans changer d'éditeur. Je suis une exception, en l'occurrence. Cela se passait dans un grand jardin, du côté de Malakoff. Des groupes s'étaient formés autour du buffet où l'on venait s'approvisionner en japonaiseries – sushis, bière et saké obligatoires, va savoir pourquoi. Tandis que tu papillonnais à ton habitude, je m'étais posté près de la grille donnant sur la rue, une canette de Sapporo à la main, dans la pose du guetteur mélancolique. J'ai vu arriver de loin Cyril, notre éditeur. Double surprise : sa femme l'accompagnait, et il marchait avec des béquilles. Elle avait le visage fermé, elle a à peine pris le temps de m'embrasser rapidement et de m'envelopper d'un halo de tabac brun, puis elle a filé vers les bouteilles en me laissant en tête à tête avec lui. Je ne l'avais pas vu depuis un moment. J'ai plaisanté à propos de ses béquilles, mal m'en a pris. Je n'avais pas identifié tout de suite l'expression inhabituelle de son regard, mais quelques secondes ont suffi : la peur. Il était tout simplement terrifié. Depuis quelques jours il souffrait de douleurs ambulantes en divers endroits de sa carcasse, et s'était résigné à consulter. Il avait eu les résultats le matin même : cancer à tous les étages, dans les poumons, dans le foie, dans les os. Le crabe était entré en tapinois, lui avait grignoté l'intérieur sans éveiller le moindre soupçon. Quelques semaines plus tard nous menions Cyril au cimetière du Montparnasse. Des amis musiciens de toutes obédiences avaient formé une fanfare hétéroclite qui a joué sous le soleil éclatant, puis nous nous sommes rapatriés dans l'arrière-salle du Caminito où nous avons honteusement plaisanté sur les défauts du disparu, chacun s'employant à épaissir autant que possible l'édredon de fumée qui remplissait la pièce, brûlait les yeux et les poumons et rendait les visages méconnaissables au-delà de deux mètres de distance, comme un hommage au grand tabagique qu'il avait été.

Tu semblais déchirée. Tu l'aimais vraiment beaucoup. Qui te soutiendrait, désormais ? Moi, bien sûr, mais je n'avais ni la stature ni le pouvoir de l'éditeur, et ma relative notoriété ne te serait d'aucune utilité auprès de tes soutiens habituels de la critique, bien au contraire : je n'étais pas le bienvenu dans leurs sacristies. J'avais pensé que pour l'occasion j'allais faire la connaissance de ton mari, mais même le jour de son enterrement Cyril n'aura pas eu le droit de connaître le grand homme. « Non », m'as-tu simplement répondu quand je t'ai demandé s'il viendrait. Et tu n'as même pas fini cette soirée avec moi, car il y avait un problème avec la nounou.

Mais je me suis égaré en parlant de Cyril. Nous n'en étions pas encore là. Nous étions à Blaye, souviens-toi, où j'ai vu un bouquet de fleurs bleues. Il est vrai que ta peau marquait facilement. J'avais noté que lorsque nous faisions l'amour de façon un peu trop enthousiaste, le lendemain voyait apparaître des séquelles mauves sur tes genoux, sur tes bras, sur tes hanches. J'avais honte de m'être montré si brutal sans m'en apercevoir, mais tu me rassurais, je ne l'avais pas été. Les traces de Blaye étaient plus sombres, plus intenses, d'un bleu ultramarine cerné d'indigo et de jaune. Je n'y étais pour rien : nous ne nous étions pas vus depuis plus d'une semaine. Je me suis rappelé alors la façon inhabituelle dont tu t'étais jetée dans mes bras à la gare Montparnasse quelques heures plus tôt, dont tu m'avais serré contre toi longuement, sans rien dire. J'avais essayé en vain de te détacher de moi pour te regarder, et je m'étais abandonné, troublé et ravi, à cet accès de tendresse furieuse.

Je sais, tu n'aimes pas que j'en parle, de ces fleurs bleues. Tu n'as pas aimé non plus que je te pose des questions, à Blaye.

— Ce n'est rien. Viens.

Et tu as couru éteindre toutes les lumières, tu m'as attiré sur le lit. Tu avais les moyens de me faire taire.

J'ai malgré tout recommencé, un peu plus tard, à t'interroger.

— Rien, je te dis. Arrête.

Quelque chose s'était passé. Ton beau mari, ton doux et riche mari, celui que tu ne quitterais jamais, l'auteur des deux enfants, prunelles de tes yeux… Je ne supportais pas l'idée que quelqu'un puisse te faire souffrir, fût-il un conquistador céleste, un condottiere des temps modernes. On ne lève pas la main sur ma renarde.

— Tais-toi. Tu es idiot.

Et tu as pleuré en me faisant l'amour plus doucement et plus lentement que jamais. C'est là que m'est venue pour la première fois l'idée de te prendre en filature.

19

Nora laisse l'écran du téléphone s'éteindre. Un calme glacial l'envahit. Elle n'ira pas regarder à la fenêtre, à quoi bon ? Elle sait qu'il est en bas. Quoi qu'elle fasse, où qu'elle aille, il la rattrapera. Elle aimerait s'enfoncer dans le mur, n'être plus qu'une tache sur la peinture beige. Elle reste un long moment sans bouger, le regard fixe. C'est la vibration du mobile qui la sort de sa torpeur. Elle le met hors service sans vérifier d'où vient l'appel. Marie vient de se matérialiser près de la table, elle ne l'avait pas vue venir avec son petit visage chiffonné, son nez qui coule, ses gestes gourds et sa chevelure emmêlée. Elle recommence à sucer son pouce, et serre contre sa poitrine la peluche sale et mitée qui ne la quitte jamais. On dirait que la vie continue, c'est une illusion, Nora le sait bien. La vie s'est arrêtée, elle court encore un peu comme un canard décapité, c'est l'affaire de quelques heures, quelques minutes peut-être. Elle prend sa fille sur ses genoux, la berce un moment. Noé arrive à son tour, il n'a pas plus fière mine que sa sœur. Il va falloir les nourrir.

Pas grand-chose dans les placards. Alice a toujours suivi des régimes implacables dont elle ruine consciencieusement les effets en s'empiffrant de nuggets ou de brownies achetés à toute heure et sans y penser à l'échoppe voisine du club, mais chez elle en rentrant le soir elle dîne d'une feuille de salade et d'un yaourt maigre. Inutile de chercher du beurre, de la confiture ou du chocolat, Nora est déjà soulagée de dégoter des galettes de riz. Il va falloir vous contenter de ça, les enfants. Non, il n'y a pas de lait. Nora voudrait avoir l'énergie de chercher une solution. Elle s'agite devant les placards, ouvre les portes, les referme, soupire, tremble, tourne sur elle-même. Et l'autre, en bas, qui attend, transformé en bête mauvaise, la gueule cabossée mais l'œil vif, la poigne solide. De solution, il n'y en a pas. Si elle appelle la police les enfants seront placés, Romain saura démontrer que leur mère est alcoolique, violente au point d'avoir essayé de le tuer, il aura accumulé des preuves, des témoignages. Il est patient, efficace et rusé. Et une fois placés les enfants seront irrécupérables avant des mois, des années peut-être, ils l'oublieront, ils la détesteront de les avoir abandonnés, elle sera définitivement seule. Elle est face à une muraille noire, elle cherche une brèche, une fissure.

Attendre. Que faire d'autre ? Il ne se lassera pas, mais il sera bien obligé de se nourrir, à un moment ou à un autre, ou avec un peu de chance il finira par croire qu'elle n'est pas ici et elle pourra s'enfuir. Pour aller où ? Aucune idée. Depuis hier elle ne se vit plus que dans la fuite. Inutile de chercher un havre, un endroit où trouver la paix, tout juste peut-elle rejoindre des abris précaires où reprendre son souffle, elle est condamnée à courir, à se terrer, à courir, indéfiniment.

Elle s'approche de la fenêtre. Elle ne doit pas se faire voir, pas montrer son visage. Personne sur le trottoir d'en face, personne en tout cas qui ressemble à son mari. Son mari. Le mot la fait frissonner. Peut-être est-il tout simplement au pied de l'immeuble, à guetter les entrées et les sorties. Elle n'ose pas se pencher. Comment a-t-il fait pour nous retrouver ?

Après avoir pleurniché un moment, les enfants se sont résolus à avaler leurs galettes de riz soufflé, sur lesquelles ils ont tartiné du ketchup trouvé dans le frigo. Maintenant ils sont devant la télévision. Nora ouvre la fenêtre de la cuisine. Elle sort très lentement sa tête jusqu'à apercevoir le trottoir en dessous. Elle ne distingue rien, pas de silhouette inquiétante.

Romain est en bas, pourtant, elle ne le voit pas car un auvent le dissimule. Il a examiné un par un les quatre halls d'immeubles qui pourraient correspondre aux indications de la patronne du bar. Les noms sur les boîtes aux lettres ne lui ont rien rappelé, il n'a pas connu Alice. Chez qui Nora peut-elle s'être réfugiée ? Et comment être certain qu'elle est toujours là ? Il est arrivé très tôt ce matin et, à moins qu'elle n'ait fait lever les enfants en pleine nuit, il ne peut pas l'avoir manquée. Où irait-elle, d'ailleurs ? Il ne lui connaît pas d'amis à Paris susceptibles de l'héberger, à part Rosine, qui ne s'y risquera pas. Il peut y avoir quelqu'un d'autre, cependant, elle a connu des gens avant lui, elle a bien trouvé à se cacher rue des Boulets. Adossé à un mur, Romain tape des pieds sur le trottoir. Avec ses habits sales, sa tête abîmée, son air ivre, les passants doivent le prendre pour un clochard. Qu'espère-t-elle ? Qu'il abandonne ? Qu'il renonce à ses enfants ? Il ne les laissera pas. C'est une femme dangereuse, imprévisible. Il a le temps. Elle ne gagnera pas.

Nora s'est refait du café. La télévision répand les bruits excités des Looney Tunes dans l'appartement. Les enfants sont calmes, elle se dit qu'elle pourrait aller en bas vérifier que la voie est libre. Elle prend le Laguiole dans son sac, le range dans la poche revolver de son jean, ouvre sans bruit la porte d'entrée et la referme derrière elle sans la tirer complètement. À chaque demi-étage, une fenêtre permet d'observer la rue, mais sa vue est limitée à la chaussée et au trottoir d'en face. Elle descend lentement, marche après marche, craignant de le voir jaillir comme un diable, bondir dans l'escalier à la façon dont il bondissait en grimpant le long des pentes de montagne sans effort apparent. Elle le regardait du chalet, contemplait son corps luisant de transpiration dans le soleil, un dieu échappé de l'Olympe dans sa carapace d'argent, et elle en était éblouie, la pauvre. Plus elle se rapproche du rez-de-chaussée, plus les bruits de la rue se font présents, et plus elle redoute la rencontre avec le réel. *Tengo miedo del encuentro con el pasado que vuelve.* À une époque elle a dansé le tango. Elle a fait tant de choses quand elle était vivante. Elle dansait ! Mais sur quelle planète respirait-elle alors ? Un monde assez différent de celui-ci, il faut croire, on y entendait la voix de Carlos Gardel dont les chansons tristes la rendaient joyeuse. *J'ai peur de la rencontre avec le passé qui revient.* La voilà arrivée au niveau de l'entrée, le niveau du monde des vivants, à travers la porte vitrée elle aperçoit des voitures qui passent, des camionnettes de livraison, des piétons pressés. Elle s'approche de la vitre, lentement.

Ce n'est pas le passé qu'elle voit. Ce n'est pas le jeune dieu scintillant qui bondissait vers les sommets et la faisait rêver. C'est le présent, c'est son mari, le presque tué, ce cadavre qu'elle porte en elle. Elle le voit pour de bon, dans le grand miroir de la vitrine du pressing en face, elle voit du moins son reflet, c'est bien lui. Elle reconnaît sa veste canadienne, sa silhouette mince. Il est appuyé au mur juste à gauche de l'entrée, à un mètre d'elle. Si elle ouvrait la porte et se penchait elle pourrait le toucher. S'il l'apercevait lui aussi dans le reflet d'en face, il lui suffirait d'un pas pour être sur elle. Nora, tremblante, recule jusqu'à l'escalier, remonte les marches quatre à quatre, arrive essoufflée à l'appartement, referme la porte en hâte, tourne le verrou, met la chaîne de sécurité. Les enfants sont toujours devant la télévision. Le canari vient encore une fois d'échapper au chat maladroit après une poursuite échevelée sur un tempo d'enfer, mais contrairement à leur habitude Marie et Noé ne rient pas aux éclats. Nora adore le rire de ses enfants quand il coule en fontaine dans les moments heureux. Ils sont prostrés devant le poste, sur le canapé, les yeux éteints. Elle s'installe entre eux, les serre contre ses flancs. Elle sent que Noé pleure doucement. Le sommeil la gagne.

La sonnerie du téléphone de l'appartement la fait sursauter, un air de pipeau électronique. Nora ne répond pas, elle n'est pas chez elle, après tout. Nouvelle sonnerie. Elle finit par se lever, décroche. Alice.

— Tu es encore là ! Nora, je t'avais demandé de partir…

— Je ne peux pas. Il est en bas.

Elle explique la situation à voix basse. Alice est désemparée. Elle a besoin de son appartement. Elle a donné rendez-vous à Étienne.

— Oui, je sais, c'est stupide. À se taper la tête contre les murs. Mais il *faut* que je le revoie. Tu n'as vraiment nulle part où aller ?

Elles cherchent ensemble. Il y a bien cet ancien amoureux de Nora, Marc. Elle a vécu un temps avec lui, avant de rencontrer Romain. C'était une liaison calme, routinière : elle était accaparée par son travail, lui passait son temps dans les livres. Ils se sont écrit quelques fois, et Alice l'a fréquenté amicalement plus tard. Un solitaire, pire : un écrivain, incapable de retenir une femme.

— C'est vrai, dit Alice. Et il ne supportait pas la vue d'un enfant. Je me souviens.

Nora ne dit plus rien. Elle laisse son amie parler, puis elle finit par raccrocher sans un mot. Elle retourne auprès des enfants. Ils lui posent des questions sur leur père, sur ce qui va se passer, elle tente des réponses rassurantes, reste évasive, ils n'insistent pas. Noé s'est mis à zapper frénétiquement, sa sœur proteste à chaque changement de chaîne, ils vont commencer à se disputer. Ils ont faim. Pour les calmer, Nora propose de commander une pizza comme elle le faisait de temps à autre quand ils habitaient tous ensemble, sur l'autre planète. Elle connaît encore le numéro par cœur, elle sait quel modèle et quelle taille commander, avec des desserts insipides et trop sucrés. Le livreur sera là dans une demi-heure. Il apportera aussi à boire, du coca pour les enfants, boisson prohibée du temps de Romain.

Quand Romain voit arriver le livreur, il se décolle du mur. Le garçon descend de son scooter, prend la marchandise dans le coffre. Romain s'approche de lui, lui dit qu'il l'attendait et sort des billets. L'autre regarde sa fiche, vérifie qu'il s'agit bien de la commande pour Mme Ermanno, cinquième gauche, Romain approuve, le livreur encaisse et s'en va. Direction le cinquième gauche. Si ce n'est pas Nora qui a commandé, il aura juste été livreur de pizza une fois dans sa vie.

Arrivé sur le palier, en collant son oreille à la porte il n'entend que le son de la télévision. Par chance, il n'y a pas de judas. Un coup de sonnette.

Nora est en train de mettre le couvert dans la cuisine quand elle entend sonner. Elle va à la porte, ouvre prudemment sans retirer la chaîne. Elle voit d'un même coup d'œil le carton à pizza et le visage de Romain. Aussitôt il tente de faire sauter la chaîne, mais elle est plus rapide et réussit à refermer, tourne les deux verrous, fait un bond en arrière et reste face à la porte, cœur en bataille. De l'autre côté Romain secoue la poignée, tambourine sur le panneau sans oser frapper trop fort. Il ne veut pas provoquer d'esclandre. Que personne n'appelle la police, c'est une histoire de famille. Nora, tu ouvres. Ouvre tout de suite. Nora. Dépêche-toi, je défonce la porte.

Marie et Noé ont rejoint leur mère, ils se serrent contre elle. Elle les raccompagne dans le salon, leur ordonne de mettre leurs manteaux, de s'asseoir sur le canapé et de ne plus bouger, nous allons bientôt partir. Puis elle retourne à la porte derrière laquelle Romain continue de s'agiter.

— J'aurais dû te tuer, dit-elle à voix basse. Tu entends ?

Je regrette, j'aurais dû frapper plus fort. Je voudrais que tu sois mort.

Aussitôt il arrête de secouer la porte.

Ils sont maintenant assis sur le sol, chacun de part et d'autre du panneau de la porte, dos contre dos, ils tournent la tête pour se parler sans hausser la voix.

Lui aussi voudrait qu'elle soit morte. Il ne peut pas rêver qu'elle n'ait jamais existé, car deux enfants sont là, ils font partie de lui. Mais elle. Morte. Il la voudrait torturée dans toutes les parties de son corps, il voudrait qu'elle endure les tourments de la perte irrémédiable et du deuil sans remède, il la voudrait âme errante inconsolable dans la nuit éternelle, que pas un instant de sa chair ne soit épargné par la souffrance.

Ne jamais t'avoir rencontré. Ne jamais t'avoir cru. N'avoir jamais cru mon cœur imbécile qui te faisait confiance. Tu es une brute, un bourreau, un loup. Une larve. Une pourriture. Ton rêve est réalisé, il y a longtemps que je suis morte.

Rends-moi les enfants. Ils sont à moi. Tu n'es pas une mère, tu n'es pas une femme, tu n'es rien. Ouvre la porte, je ne te toucherai pas. Je ne te verrai même pas, tu n'existes pas.

Même morte j'existe encore pour t'empêcher de les prendre. En les regardant tu les salis. Je serai toujours entre eux et toi. N'espère pas.

Ainsi va le dialogue murmuré de part et d'autre de la porte. L'amour accomplit de ces prodiges quand il se décompose. Maintenant Romain use d'un autre ton. Il a entendu les enfants qui réclament à manger. Il veut convaincre Nora d'entrouvrir la porte pour qu'il puisse faire passer la nourriture. Il est persuadé qu'il arrivera à ses fins sans avoir à user de violence. Tôt ou tard il emmènera ses enfants à la maison, où est leur place, il les protégera d'elle. Il ne sait pas encore comment, mais il y parviendra. Nora est longue à persuader. Elle finit pourtant par entrouvrir la porte un instant, au terme d'une négociation serrée, juste le temps pour Romain de glisser le carton plat et les boissons, et elle referme violemment, remet les verrous, replie le Laguiole qu'elle avait sorti de sa poche pour parer à toute éventualité. Elle pose le carton ouvert devant Marie et Noé. Ils sont livides. Mangez, allez, c'est votre pizza préférée, n'ayez pas peur, tout va bien se passer. Elle ouvre les canettes de coca, remplit leurs deux verres, retourne à la porte après avoir pris un verre de rhum.

Où s'en va l'amour, quand il ne reste plus rien ? Où s'en vont le parfum des nuits, la sensation des lèvres posées à cet endroit précis du corps, les frissons que provoquait la voix de l'autre au téléphone ou la simple contemplation de sa démarche dans la rue ? Où s'en vont les rêves, les attendrissements inopinés, les désirs foudroyants, la plénitude, la certitude du temps aboli, le printemps de l'âme, les cris de jouissance, le grand rire du corps ? Ici il y avait un jardin luxuriant, regorgeant de fleurs et de plantes aux larges feuilles qu'une brise balançait, on ne voit plus qu'un désert balayé par le vent. Que s'est-il passé ? Ce n'était pas un mirage, pourtant. Cela a bel et bien existé. Le charme s'est brisé on ne sait comment, un désenchanteur est passé, on se retrouve adossé à une porte froide. Le rêve d'un seul coup a perdu ses couleurs.

Nora doit partir. Elle va laisser la place à Alice, pour qui l'amour est encore plein de couleurs. Alice veut y croire, elle a le droit, depuis le temps qu'elle cherche. Après tout, le monde s'est bâti sur ce genre d'illusions.

Pour l'immédiat, la solution existe. Elle est même très proche, elle est en train de monter l'escalier, elle s'appelle Étienne.

Étienne est persuadé qu'Alice le trompe. Il n'a pas tout à fait tort, bien qu'Alice récuse l'usage du verbe « tromper » : elle le trouve vulgaire. Elle se laisse parfois distraire, voilà, elle est distraite, elle s'évade sans crier gare, et sans jamais aller bien loin. Un amour ne chasse pas l'autre, elle veut juste vérifier qu'elle a bien trouvé l'homme de sa vie. Si elle s'éloigne furtivement d'Étienne, parfois, c'est pour revenir très vite vers lui avec la conviction qu'elle a bien fait de le choisir. Il devrait s'en trouver heureux, or pas du tout. Autrefois, elle avouait avec candeur ses incartades à son partenaire du moment. Elle a fini par comprendre que les hommes sont rigides et sans hauteur de vue. Mais elle ne peut pas s'empêcher de semer des indices troublants, de lâcher des phrases équivoques, elle ne se surveille pas assez. C'est ce qui rend fou Étienne, très gentil garçon, par ailleurs excellent karatéka et fort comme deux Turcs. Et cela explique aussi sa réaction lorsqu'il trouve un homme en train de parler à la porte d'Alice. Une réaction spontanée et brutale.

En entendant le vacarme, Nora entrouvre la porte, reconnaît le nouvel arrivant et comprend aussitôt qu'elle va pouvoir recommencer à courir. Romain est en mauvaise posture, immobilisé sous le poids du colosse qui le maintient au sol tout en tordant son bras à la limite de la rupture. Elle explique la situation à Étienne, le supplie de retenir Romain le plus longtemps possible, de ne surtout pas appeler la police. Elle prend son sac, son manteau, ses enfants et dévale l'escalier.

La rue hostile, le monde vide, il suffit maintenant de décider s'il vaut mieux prendre à droite ou à gauche.

20

Je t'ai suivie, Julia. Tu pressais le pas jusqu'à la rue Champollion. Je t'ai suivie, comme Romain a suivi Nora, et comme lui j'étais incapable d'imaginer ce que j'allais perdre.

La belle histoire de nos histoires. Nous étions tellement abrutis de fictions, il ne faut pas s'étonner aujourd'hui qu'elles débordent, qu'il y en ait partout. Les personnages s'évadent, ils vont là où bon leur semble, je ne les retiens plus, je n'ai plus la force ni l'envie de les contrôler. J'ai ouvert les grilles des cages. Ils se promènent d'une histoire à l'autre sans aucun respect pour les murs d'enceinte.

Notre amour s'est fondé sur ces bizarreries, ces inquiétudes réjouissantes. Fidèles au pacte, passé les premiers mots de bonjour et d'accueil – et une fois accomplies les formalités imposées par le grand lit blanc – nous partions. Au bout de quelques heures de cavale nous ne savions plus qui était qui, nous galopions dans nos contrées sauvages, nous rampions dans des galeries noires, nous construisions des cathédrales, nous fabriquions des ruines. Enfin nous émergions, ivres de mots, dans les draps qui étaient notre camp de base. Et nous faisions une dernière fois l'amour – deux minutes, s'il te plaît –, tu jouais souvent à te faire prier, tu devais rentrer, tu n'avais pas le temps, le taxi t'attendait quelques rues plus loin... Et finalement tu n'étais pas si hostile à la proposition, les bons jours. C'est ainsi qu'un soir, après quelques heures de travail – un début de roman, une nouvelle, un conte, j'ai oublié –, nous sommes rentrés de l'expédition épuisés, saouls de métaphores et de ratures. Il était tard, le camp de base était accueillant, bien chauffé, allons, deux minutes, arrête, je dois partir, impossible de me souvenir si les minutes de prolongation ont été accordées ce soir-là, mais ce qui est certain c'est qu'à un moment tu as sauté dans ton jean, tu t'es rhabillée, tu as dévalé l'escalier. Et je t'ai suivie.

Ce n'était pas tout de suite après Blaye, non. Il m'a fallu du temps, beaucoup de temps pour en accepter l'idée. Je l'ai laissée germer pendant des mois. Entre-temps, nous avons vécu, écrit, aimé, pleuré un peu, entre autres. Et publié un ou deux livres chacun. Nous évitions de les faire paraître simultanément. Je ne voulais pas être considéré comme ton mentor, et de ton côté tu préférais limiter autant que possible nos apparitions ensemble. Peut-être ton mari surveillait-il de près la presse littéraire et les articles te concernant, plutôt rares pourtant. Quelques livres, donc. Ton deuxième roman, un recueil de nouvelles; de mon côté, je ne sais plus, j'ai trop écrit, je m'y perds. Il nous est arrivé tout de même d'aller ensemble à quelque salon du livre où Cyril nous envoyait en service commandé. Nous prenions soin de rester à distance, de nous regarder à peine, aussi bien durant les signatures qu'au moment des cocktails ou des repas, avant de nous rejoindre discrètement dans une chambre ou dans l'autre, une fois le devoir accompli.

J'observais à la dérobée tes sourires, la façon dont tu enclenchais d'instinct le dispositif de séduction dès qu'un homme s'approchait de toi, mécanique parfaitement rodée. Rien n'était appuyé, ni les regards ni les sourires, et cela pouvait durer longtemps, jusqu'au moment fatal où tu harponnais la proie; auparavant, rien de perceptible. Tout en toi laissait croire à une certaine indolence courtoise, presque une indifférence : sourires polis, regards flottants. Pourtant le moindre geste, le moindre mouvement des lèvres, de la main, des hanches ou des paupières était un appel vibrant, silencieux. Les pauvres, je les voyais faire de leur mieux pour se rendre intéressants, pour mettre en valeur leur charme et tenter d'attirer l'attention de la belle indifférente, sans comprendre que depuis la première seconde ils étaient le gibier. Et quand soudain tu plongeais en eux ton regard, quand soudain tu les incendiais de ton sourire, non plus le sourire mondain mais *l'autre* sourire, ils étaient perdus – ils auraient été perdus, du moins, si tu avais voulu faire quelque chose de leur dépouille, la ramener au terrier pour tranquillement la dévorer, mais notre amour t'avait rendue inoffensive, tu étais désormais une adepte du *no kill,* cette philosophie puritaine de la pêche à la ligne qui consiste à remettre vivant à l'eau le poisson une fois qu'on l'a pris. Parfois, quand nous en parlions, avec une candeur désarmante tu faisais mine de t'étonner du caractère immédiatement sexuel de l'attirance des hommes pour toi, comme si tu n'y avais aucune part. Était-ce de la pure mauvaise foi ? Je ne le crois pas. Tu avais bien conscience du jeu que tu jouais presque à ton corps défendant, mais tu n'avais pas envie d'être celle-là, tu aurais préféré parfois ne pas la connaître.

Julia, il ne se passe pas une heure sans que je me demande pourquoi nous n'avons pas été jusqu'au bout, pourquoi nous n'avons pas décidé de provoquer l'apocalypse pourtant inscrite dans le thème astral que nous avions fait faire un jour par une astrologue du côté de la rue Jacob. Est-ce par lâcheté ? À cause d'une faiblesse constitutive de notre lien ? Par bonté d'âme ? Pensais-tu vraiment que ton pauvre mari en mourrait ? Regarde ce qui nous arrive. Regarde le champ de bataille où tu gis sans conscience et où j'agonise. Ou peut-être étions-nous persuadés, sans nous le dire, que cet amour ne pouvait trouver sa force que dans la précarité, dans l'impossible, peut-être nos histoires ne pouvaient-elles naître que dans les anfractuosités du réel où nous nous cachions, comme ces plantes rudérales aux jolis noms, la cymbalaire, la renouée, la vergerette, l'ambroisie, la pariétaire, le lamier blanc, qui poussent dans les décombres et les friches, à proximité de la vie humaine mais sans contact avec elle ?

De mon côté, pas d'entrave conjugale. Et pourtant d'une certaine façon ton refus catégorique – *je ne le quitterai jamais* – me rassurait secrètement. J'aspirais à te posséder entière, à partager chaque jour, chaque heure, chaque seconde avec toi, mais en même temps je craignais l'apprivoisement du fauve. Je redoutais l'institué, le prévisible, le normal. Notre pacte et nos histoires y auraient-ils survécu ? Je repensais souvent à cette scène du

Roma de Fellini, dans laquelle les magnifiques fresques découvertes lors de la percée du métro, restées intactes pendant des siècles dans l'obscurité souterraine, s'effacent en quelques minutes au contact de la lumière.

Nous avons en tout cas souffert de la séparation. Moi surtout, soyons clairs. Tu trouvais des compensations du côté de ton homme d'affaires. Tu restais inflexible dans ton refus de te morfondre en attendant les moments trop rares de nos rencontres. Puisque nous étions condamnés au régime du découplement et de l'absence, tu avais décidé d'en faire une force supplémentaire, et de ne refuser aucune miette du bonheur qui t'était offert dans une vie comme dans l'autre. Je n'avais pas cette force de caractère, il faut croire. Et je devais affronter chaque jour le mystère effrayant de ton existence loin de moi, dont je ne savais presque rien. Tout juste laissais-tu de temps à autre filtrer quelques informations sur tes voyages avec lui, tes villégiatures dorées, tes enfants, tes fêtes, sans que jamais cela ne soit censé jeter le moindre doute sur l'amour absolu que tu me portais. Dès que tu t'en allais je plongeais dans l'eau noire de tes silences. J'essayais de travailler à mes romans mais sans toi il m'était devenu douloureux et vain d'écrire ; en ton absence plus rien, même l'essentiel, n'avait de signification.

Comment supporter ces fleurs bleues sur ta peau ? Elles sont apparues à deux ou trois reprises après Blaye, mais il était hors de question d'aborder le sujet, tu coupais court à toute question. Il fallait que je sache, Julia. Tu ne peux pas me reprocher d'avoir voulu avoir le fin mot de cette histoire-là. Dérouler des histoires, c'est ce qui a donné un sens à notre vie, j'ai cherché la vérité de celle que tu refusais de mettre au pot commun. Je t'ai donc suivie ce soir-là. Aggravons mon cas : j'avais prémédité la filature, et garé ma voiture en bas de chez moi depuis la veille. Quand tu es sortie je me suis habillé en vitesse. J'avais pris soin pour une fois de ne pas balancer mes vêtements aux quatre coins de la pièce dans l'enthousiasme des retrouvailles. En arrivant en bas je t'ai vue remonter à pas vifs vers le carrefour, où tu as tourné à droite. Sans doute ton chauffeur t'attendait-il plus loin, sur le boulevard ? Bizarrement, non, personne ne t'attendait sur le boulevard, ni plus loin. Tu continuais à marcher d'un pas déterminé. J'ai pensé que tu avais décidé de t'aérer, de faire un peu de cet exercice qui te manquait depuis que tu avais abandonné les cours d'arts martiaux. Je ne pouvais pas continuer à te suivre en roulant au pas, j'ai donc abandonné ma voiture le long d'un trottoir. Comme je le pressentais, tu as pris la direction du Sénat. Tu évoquais parfois la proximité du jardin du Luxembourg où tu emmenais tes enfants dès que possible. Nous avons marché longtemps, reliés par un fil invisible, à deux cents mètres l'un de l'autre. Je redoutais que tu te retournes, prêt à m'abriter sous un porche ou à m'accroupir entre deux voitures comme dans un mauvais film policier, mais tu ne t'es pas retournée, tu étais pressée de rentrer chez toi. Tu as remonté la rue de Vaugirard, traversé le boulevard Saint-Michel à la hauteur de la Sorbonne et pris à gauche dans la rue Champollion. Tu es entrée dans un immeuble récemment restauré. J'ai guetté une lumière, un signe de ton arrivée aux fenêtres noires, mais rien. Tout en haut, une terrasse était éclairée, courant sur la longueur du bâtiment, débordante de végétation. Était-ce là ton repaire, ma silencieuse? Ton mari ne pouvait avoir choisi qu'un appartement somptueux tel que celui-ci. Mais peut-être en existait-il d'autres, donnant sur la cour? Je suis resté un long moment à fumer en face de chez toi, plein encore de ton odeur et de tes rires, les mains tremblantes, conscient soudain d'avoir enfreint une loi secrète, d'avoir commis contre nous un crime passible d'un effroyable châtiment.

21

La rivière gelée charrie des morceaux de glace qui la heurtent et blessent le petit dont elle tient le cou entre ses mâchoires. Le renardeau se laisse porter, il parvient avec difficulté à recracher l'eau qui lui entre dans la gueule à chaque mouvement. Le courant gronde, échappé d'un étroit goulet en amont. L'eau forme des torsades d'écume, bondit par-dessus les obstacles, s'élance à l'assaut des grèves hérissées de rochers noirs aux arêtes tranchantes. Tournoyant dans le flot un tronc énorme arrive vers les deux animaux à toute vitesse. Il roule sur lui-même, cogne la tête de la renarde qui manque de lâcher le cou de son petit et tous deux se retrouvent engloutis dans un remous puissant. Quand elle revient à la surface, la berge s'est de nouveau éloignée. L'eau rugit contre les pierres, les glaçons craquent en se brisant, un vent furieux secoue les branches. De nouveau emportée, la mère lutte de plus belle. Plus loin en aval un grand mélèze est tombé en travers de la rivière, vers lequel le courant précipite les deux bêtes. La renarde, plaquée contre l'écorce, reste un moment étourdie, luttant pour ne pas passer sous le tronc et aller se fracasser contre une pierre. Revenue à elle, elle s'efforce de se déplacer par à-coups vers l'endroit où l'arbre plonge sous le niveau du courant; elle sait que si elle y parvient elle pourra monter sur le tronc et gagner la rive. Quand elle atteint enfin son but, le courant est si fort qu'il pourrait la faire passer par-dessus. Dans un réflexe désespéré elle s'agrippe des deux pattes à l'écorce, elle y enfonce ses griffes et centimètre par centimètre parvient à arracher leurs deux corps à l'attraction de l'eau, gémissant à chaque geste, à chaque parcelle de vie reconquise. Enfin la voici debout, grelottante dans la bise, avec son petit dans la gueule. Elle le traîne le long du tronc, peinant à contourner les branches qui forment des obstacles dangereux. Parvenue sur la rive, elle lèche longuement, désespérément son renardeau pour lui redonner vie. Le petit est tout tremblant, il a du mal à se dresser sur ses pattes. Elle le pousse du museau, le force à gravir la pente pour rejoindre la forêt, le salut. La pente est abrupte, souvent ils dérapent dans le cailloutis et retombent en arrière. Enfin arrivés au sommet du coteau, ils traversent le bois aussi vite qu'ils peuvent. Quand ils débouchent sur le champ d'herbes hautes, le soleil éclate à grands coups de cymbales.

Louise se réveille brusquement. Elle a le sentiment d'avoir déjà vu cette renarde, dans un autre rêve peut-être. Paul dort toujours, la tête appuyée contre son épaule. Ils sont installés à l'arrière du bus. Elle peut discerner, à quelques rangées devant elle, la tête d'Alexandra ballottée par les cahots.

Louise a été tellement soulagée quand le bus s'est arrêté pour faire monter Reine et son frère qu'elle s'est endormie quelques minutes plus tard. Elle ne pensait pas les revoir. Reine l'a aperçue en montant, mais elle a détourné le regard quand Louise lui a souri. Le frère et la sœur s'installent à l'avant. Le bus ne redémarre pas tout de suite : Danilo, qui s'est emparé du sac à dos de Reine, disparaît un long moment sous le couvercle de la soute. Il a annoncé qu'il devait mieux répartir les bagages. Il ouvre la boîte à outils, y prend la charge d'explosifs que Selma lui a donnée, l'installe au fond du sac, sous la sédimentation inextricable de sous-vêtements, de chaussettes, de tee-shirts, de pulls et d'objets divers que Reine a entassés au moment de quitter la maison. Aucun risque que l'un ou l'autre aille voir au fond du sac : ils ne se sont pas changés depuis leur départ, visiblement la garde-robe n'est pas leur souci.

À plusieurs reprises Alexandra s'est retournée pour observer Paul endormi. On dirait un enfant. Il est tellement plus jeune que Louise, la brumeuse, la transparente Louise, au regard vague, au sourire de Joconde. Le bus file dans la campagne noire. Un ciel fuligineux répand des flocons de suie sur les champs labourés.

Paul a le sommeil agité. Il tressaille, pousse de petits gémissements. Le bus roule lentement, tangue et grince, on dirait qu'il lutte contre un vent puissant sur cette route droite qui se déroule à l'infini dans un paysage sans arbres. Les passagers se taisent, ils ont les mains crispées sur les poignées ou sur les accoudoirs. À l'avant, Manu joue aux échecs, Reine à côté de lui tente d'écrire sur son cahier malgré les secousses.

Louise s'évapore dans un temps d'avant le temps. Elle sent qu'elle se détache, que son cœur se déchire. Son immense amour n'a plus de prise sur Paul, il a eu peur, il a été rattrapé par la vie ordinaire, par les désirs de son âge. Est-elle trop vieille pour lui, vraiment? L'argument lui paraît risible, et pourtant. Elle va le perdre, elle l'a perdu.

Il suffit d'attendre. Tout va s'éclaircir, tout va finir. Autre chose commencera. Elle fera un enfant avec son mari, elle courra avec son fils dans des prés d'herbes hautes. Elle sera plus légère de toute cette vie en allée, de l'amour arraché, des rêves évaporés.

On approche de Varlanges. Partout des constructions, des silos, des fermes grises, des hangars, des ronds-points, des zones artisanales et commerciales. Les grands supermarchés sont déserts, les parkings vides. Paul ne voit pas tout cela, il fait l'amour avec Alexandra dans un grand tas de cendres. Le bas du corps de la jeune femme est celui d'une bête sauvage, renarde ou lionne. Elle pousse des feulements effrayants, et de leurs mouvements déchaînés naissent des nuages de cendres qui s'envolent et obscurcissent le ciel. Le visage d'Alexandra est poudré de gris, comme le sien, comme leurs bras, leurs corps entiers. Ses yeux sont injectés, Paul sent ses griffes lui lacérer les jambes, et autour de lui de très jeunes animaux forment une farandole excitée, se rapprochant progressivement, attirés par le sang. Il s'enfonce peu à peu dans la cendre, bientôt il sent la première braise lui brûler le dos.

En ouvrant les yeux il voit le sourire de Louise. Elle passe la main sur son front, murmure des mots tendres. Le bus s'est engagé sur la grande descente qui plonge vers le centre de Varlanges, enserré entre deux rivières.

Le pont qui enjambe l'une d'entre elles est bloqué par un barrage, autour duquel une foule de grévistes agite des drapeaux. Des mégaphones déversent des chants, des slogans, des appels. Des banderoles ont été déployées, on fait griller de la viande sur des braseros improvisés, on distribue du café et du vin. Le barrage est formé d'un entassement de meubles, de matelas, de gravats, d'objets divers, avec au milieu une ouverture de trois mètres fermée par deux rangées de barrières métalliques. Furieux, Danilo est allé seul au-devant des émeutiers pour exiger qu'on dégage le passage. Un attroupement se forme, des cris fusent. Les passagers du bus descendent à leur tour. Il y a beaucoup de monde sur ce pont, des centaines de personnes, peut-être des milliers. Des bruits d'explosions parviennent du centre-ville, des clameurs. Alexandra est descendue. Bientôt Paul se lève lui aussi pour aller aux informations, et Louise se retrouve seule dans le bus, avec Reine et Manu qui paraissent inquiets des cris et des mouvements violents tout autour.

Elle fera un enfant. Deux, peut-être. Elle ne trompera plus personne. Il n'y aura plus de mensonges, plus de dissimulations, plus de faux-semblants, plus de manque, plus de tristesse, plus un seul de ces matins où elle voudrait s'anéantir, se fracasser la tête contre un mur, juste un brouillard doux et tiède. Ses enfants l'aimeront, cela lui suffira, elle n'attendra plus rien d'autre. Elle guérira de la perte de Paul. Elle a l'habitude de perdre. Cela remonte à loin. Elle revoit son enfance, une savane poissée de soleil, martelée par le pas d'un éléphant. Elle n'a peur de rien, même pas de cette nausée qu'elle sent monter en elle.

— Qu'est-ce qu'ils veulent, à la fin, qu'est-ce que vous voulez ? hurle Danilo en levant les bras en direction des gardiens du barrage tout en prenant à témoin ses passagers.

En face de lui, des visages fermés, menaçants. Des gens de tous âges, hommes, femmes. Ils ont les traits tirés, sans doute ont-ils passé la nuit précédente à surveiller l'accès à la ville. De nombreuses voitures encombrent les bas-côtés et les contre-allées avant le pont : ceux qui n'ont pas pu passer et ont continué à pied. Le chauffeur est sommé de faire demi-tour, de dégager le passage, et contre toute raison il s'obstine à exiger qu'on le laisse continuer sa route. Un des grévistes s'est approché et le prend par l'épaule.

— Faites ce qu'on vous demande, vous voyez bien qu'il n'y a pas moyen de passer !

L'intervention met Danilo dans un état de fureur spectaculaire. Sans cesser de hurler il commence à frapper l'autre de toutes ses forces, au point de l'envoyer au sol. Puis il se précipite sur le barrage afin de s'emparer d'une planche dont il compte visiblement se servir pour finir son travail. Des passagers interviennent, tentent de le retenir, d'autres prennent parti pour le chauffeur et s'attaquent aux grévistes. En quelques minutes, la situation devient incontrôlable.

Louise, du bus, assiste à la scène. Elle s'approche de Manu et Reine. Elle doit les éloigner d'ici. La consigne était de laisser Danilo les conduire jusqu'à leur père, mais la situation est en train de changer, le chauffeur semble en très mauvaise posture et ne pourra probablement pas réaliser son plan. C'est à elle de prendre l'initiative. Elle va profiter de la confusion pour les éloigner d'ici et les amener chez Stanko. Là-bas, les gardes pourront se charger des enfants et les protéger. Tant pis pour l'opération, il ne sera de toute façon pas possible d'appréhender Danilo en flagrant délit.

Paul marche plus loin, mains dans les poches. Depuis deux jours il a senti Louise glisser hors d'atteinte, comme un cosmonaute s'éloigne de la capsule, flottant dans le vide. Il ne pense pas avoir mérité d'être aimé à ce point. L'amour de cette femme est trop grand pour lui, il lui empoigne le ventre. Lui n'a pas accès à une telle beauté. Il se sent petit, égoïste, plein d'appétits prévisibles, ordinaires. Il revoit Louise assise sur le tabouret du piano quand il lui donnait ses premières leçons, quand il posait sa main au bas de son dos pour l'inciter à se tenir plus droite, son élégance de chevreuil, il sent encore son parfum léger et le frisson qui parcourt ses doigts. Les jours qu'ils ont vécus avaient les reflets irisés des bulles de savon, et le moment est venu où la bulle éclate. L'âge n'est pas la question. Il ne peut simplement pas vivre avec le fardeau oppressant de son histoire à elle, ce que Louise a souffert la rend inaccessible. Il a le sentiment que jamais il n'atteindra la profondeur ni la dureté de son expérience. Il est possible qu'il se trompe. Peut-être aurait-il dû accepter de lui faire un enfant. Jamais plus il ne lui sera offert ce qu'il est en train de refuser.

Il sent une main saisir la sienne. Il se retourne, c'est Alexandra. Il se dégage et revient en direction du bus. Sur le barrage, des projectiles sont jetés de part et d'autre, certains atteignent le bus, un piton d'acier vient faire voler le pare-brise en éclats.

Il semble que ce soit une boule de pétanque, lancée

on ne sait d'où, qui a atteint le chauffeur à la tempe. Il est allongé par terre dans le brouhaha, il faut un certain temps pour que de proche en proche la nouvelle de l'accident calme un peu la foule, avant qu'elle ne se remette en ébullition lorsque le bruit court que l'homme est mort.

Paul se met à courir vers le bus. Il y monte précipitamment, il veut retrouver Louise, il veut la serrer contre lui.

Mais le bus est vide.

22

Louise a réussi à convaincre Reine et Manu de la suivre. Elle a commencé par leur rendre le cahier, et leur a expliqué qu'elle allait les aider à trouver leur père. Ils ne pouvaient y aller seuls : trop dangereux. Elle marche entre eux et leur donne fermement la main pour traverser la foule. Reine a repris son sac à dos dans la soute à bagages, elle n'a pas remarqué la différence de poids. Elle l'a donné à Manu pour qu'il le mette sur ses épaules.

Des hommes se battent, l'un d'entre eux a le visage en sang. Danilo s'est fait ceinturer par plusieurs personnes, il hurle. Quand il aperçoit les deux enfants et Louise qui s'éloignent, il fait un effort brutal pour se dégager, et il y parvient. C'est à ce moment qu'il reçoit sur le crâne un objet métallique qui l'envoie au sol. Les hurlements redoublent autour de lui.

Pas question de traverser la rivière ici, l'attroupement est si compact qu'il est impossible de passer le pont. Louise entraîne les deux enfants par-derrière, à l'écart de l'échauffourée, et les fait descendre sur la berge aménagée. On voit un autre pont plus loin, il suffit de longer la promenade, ce sera sans doute plus facile de traverser là-bas. À un moment Louise regarde en arrière, mais elle ne voit pas Paul.

Il faut trouver la rue Lorpailleur, où habite Stanko. Elle n'est sans doute pas située dans le centre-ville : interrogés, les grévistes qui gardent le second pont ne savent pas répondre. Quelqu'un finit par leur indiquer que la rue est dans la banlieue sud. Il faut passer le pont, traverser la ville puis franchir l'autre rivière. On leur conseille de ne pas s'engager dans l'avenue principale à cause des barricades. On leur ouvre le barrage.

Manu s'est mis à marcher comme ce matin sur la route, le regard fixé droit devant lui, à toute vitesse, mains serrées sur les bretelles du sac à dos. On dirait qu'il sait où il va, et Louise et Reine ont du mal à le suivre. Beaucoup de bruit du côté de la mairie et de la cathédrale. Au moment où ils débouchent sur une grande place, des voitures bleu et blanc arrivent en faisant hurler les sirènes, les portes des fourgons s'ouvrent d'un coup et des policiers sortent pour se mettre en rang en travers des rues. Ils portent des casques, de grosses lunettes, des boucliers. Le trio est contraint de rebrousser chemin et de s'écarter du centre. Les passants sont rares, la plupart courent, des groupes d'émeutiers, visages dissimulés sous des foulards, se déplacent à toute vitesse.

Louise soudain entend des appels derrière elle. C'est Paul. Il arrive en courant, essoufflé. Elle lâche les mains des enfants. Il la serre contre lui, elle regarde le ciel.

Reine se dit que c'est dans cette ville qu'elle et son frère vont habiter désormais, elle est moche mais ce sera toujours mieux que la clairière avec Olivier et leur mère.

Ici il y a des cafés Internet, des boutiques, des gens, des vrais, toute l'agitation présente lui apparaît comme un immense jeu.

Ils sont de nouveau perdus, et personne à qui demander. Quelqu'un enfin leur indique que la rue passe sous le château d'eau, à flanc de coteau, il faut franchir la rivière qui n'est plus très loin. Louise essaie de garder le cap, mais les échangeurs et les immeubles cachent la vue. On entend une explosion du côté de la gare. Un nuage noir et gris monte au-dessus des toits, énorme, et peu de temps après trois hélicoptères les survolent, très bas. Un soldat là-haut, par la portière ouverte, fait de grands signes : il faut dégager, vite ! Paul et Louise entraînent les enfants au pas de course. Derrière eux, des grenades explosent.

Ils atteignent enfin la seconde rivière, non sans difficulté à cause de la rocade qui suit la berge en hauteur. Il a fallu faire de l'escalade, enjamber les rambardes. Maintenant ils marchent sur la rocade vide de voitures jusqu'au pont, longeant une colonne de tanks à l'arrêt. Ils gardent le château d'eau en point de mire.

Cela a fait un bruit sourd, effrayant, Danilo a été projeté au sol par l'impact. Impossible de savoir d'où venait la boule de pétanque. Danilo est allongé sur le bitume, et son immobilité soudaine crée un vide autour de lui. Les cris se sont tus. Durant quelques instants personne n'ose approcher, jusqu'à ce qu'une femme bouscule les spectateurs, se jette à genoux près du corps et le prenne dans ses bras en sanglotant. Elle l'enserre avec rage, ses mains le palpent comme pour s'assurer que la vie l'a vraiment quitté. Des hommes l'attrapent par les épaules, tentent de l'arracher au corps inerte, mais elle se débat furieusement. Personne n'a remarqué, dans la frénésie de ses gestes, que ses mains courent comme des furets, prospectent à toute vitesse, détectent les objets sous le tissu : ici des pièces de monnaie, là un stylo, un portefeuille. La main gauche, après avoir fait coulisser une fermeture éclair, s'introduit dans une poche du sweat-shirt, y trouve un téléphone, s'en empare, et la femme se laisse enfin arracher du corps du chauffeur que des hommes saisissent et emportent. Si Louise avait été encore là, elle aurait reconnu immédiatement Selma, malgré le bonnet qui dissimule sa chevelure.

Selma, qui disparaît en courant comme elle était venue. Elle a rangé le téléphone portable dans une poche de sa veste. C'est Danilo qui devait l'utiliser au dernier moment pour déclencher l'explosion, elle s'en chargera. Hier, après lui avoir remis le paquet afin qu'il le place dans le sac à dos des enfants, elle est partie pour Varlanges qu'elle a pu rejoindre sans difficulté, il restait suffisamment d'essence dans le réservoir. Elle connaît par cœur le plan de la ville – elle y a passé toute la semaine dernière, la plupart du temps dans une camionnette garée à cinquante mètres de chez Stanko. Il ne sort pas de chez lui. Une seule fois elle a pu l'apercevoir, il s'était avancé sur le seuil pour dire un mot à l'un de ses deux gardes du corps qui sans doute partait faire des courses. Elle a cherché en elle une trace de l'émotion qu'elle éprouvait autrefois en regardant cet homme, mais il ne restait rien. Elle a été simplement satisfaite de constater qu'il était à sa place, et qu'il allait bientôt payer. Elle espère qu'il aura le temps de voir ses enfants mourir avant d'être lui-même emporté par l'explosion.

Tandis que Louise, Reine et Manu se mettaient en route pour traverser la ville sans savoir que leur itinéraire les exposerait à quelques difficultés, Selma a emprunté la passerelle pour piétons, assez loin en aval, qui n'était pas bloquée par les grévistes, et de là a rejoint sa cache pour y attendre l'arrivée des enfants.

Paul et Louise se trompaient, ce n'est pas plus calme de l'autre côté. Le second pont est barré, Louise doit parlementer avec les insurgés, mentir en expliquant qu'elle accompagne ses enfants chez leur père. Si ces gens savaient qu'elle a une carte tricolore dans son sac... On finit par les laisser passer. Il faut ensuite suivre les rues en pente qui mènent au château d'eau, d'où dévalent des groupes armés. Beaucoup portent un brassard noir. Des camions militaires ont pris position le long de la rivière, des soldats en descendent, on entend des coups de feu. Louise, Paul et les deux enfants courent vers le château d'eau. Heureusement, les combats semblent se concentrer sur la levée qui borde la rivière ; en montant vers le sommet du coteau, le calme revient. Ils arrivent rue Lorpailleur. C'est une petite artère bordée de prunus très laids, de pavillons identiques datant de l'après-guerre. Stanko habite au numéro 51.

Selma est là depuis un quart d'heure. Elle a rejoint sa camionnette. Elle observe les silhouettes qui vont et viennent derrière les baies vitrées, probablement Stanko et les hommes de la sécurité. Elle est sûre que les enfants vont venir. D'après ce que lui a raconté Danilo, ils sont très débrouillards, la fille surtout n'a pas froid aux yeux. Ils se sont mis sous la protection d'une femme, elle les a vus tout à l'heure s'éloigner du bus quand Danilo a commencé à avoir des ennuis au barrage. Ils arriveront tôt ou tard, les grévistes ne les empêcheront pas de passer.

Ils sonneront au portail d'entrée, sans doute un policier viendra-t-il ouvrir. Selma attendra qu'ils entrent dans la maison pour déclencher l'explosion. Elle espère que Stanko lui-même apparaîtra sur le seuil pour accueillir ses enfants. Elle aimerait le voir une dernière fois.

Quelques minutes plus tard, elle les aperçoit qui arrivent au bout de la rue.

23

Je suis revenu souvent rue Champollion. Mon emploi du temps m'en laissait le loisir. J'y allais à mes heures perdues, pour rester planté devant l'immeuble. Le grand portail de bois était fermé par un code. Il m'arrivait aussi de te suivre, j'y prenais goût. Tu rentrais toujours à pied. Un jour de pluie je t'ai vue prendre un taxi, mais c'était un taxi tout ce qu'il y a de plus ordinaire, et non une limousine. Je me suis rendu compte ce jour-là que le fameux chauffeur, celui qui était censé t'attendre quand tu rentrais tard ou quand tu revenais de voyage, pareil à ceux qui attendent dans les aéroports ou les gares avec leurs petites pancartes l'arrivée d'un important personnage, n'existait pas.

Tu pénétrais dans l'immeuble de la rue Champollion, j'entendais de loin le lourd battant rouge sang se refermer sur toi, je restais un moment à penser aux fleurs bleues qui m'avaient conduit ici. Un jour, je suis entré à la suite d'une vieille dame, j'ai arboré mon air le plus assuré et le plus convenable et elle m'a fait un grand sourire. Je ne sais pas pourquoi j'ai toujours plu aux vieilles dames, elles me prennent visiblement pour celui que j'aurais pu être. Sur la rangée des boîtes aux lettres j'ai cherché ton nom, et je l'ai trouvé. Tu habitais bien au dernier étage, quatrième gauche, mais l'accès aux escaliers et à l'ascenseur était empêché par une porte vitrée protégée par un autre code, et je n'ai pas pu monter. Qu'aurais-je fait, d'ailleurs ? Sonner à ta porte et me retrouver enfin face à ton mari ? Pour lui dire quoi ? Lui mettre mon poing dans la figure comme dans une comédie à la française, où les deux rivaux finissent par se retrouver autour d'une bouteille posée sur la table de la cuisine et par se pleurnicher sur l'épaule en maudissant les femmes infidèles, pendant que l'épouse et amante, excédée, prépare sa valise ? Ou peut-être un des jumeaux m'aurait-il ouvert ? Ou toi ? J'ai imaginé le ridicule de la situation et j'ai rebroussé chemin en direction du Luxembourg, j'y ai traîné en espérant t'y croiser mais tu n'y étais pas. Je repense à ces mois, à ces années, Julia, où tu m'as habité jour et nuit, et à l'immense cohorte des gens qui n'ont jamais été abrutis d'amour, qui n'ont jamais connu ce ravage ni cette splendeur. Parfois je les envie, je dois te le dire ce soir en écrasant une dernière larme. Oui, je pleure encore, n'oublie pas que je suis un vieil homme, effrayé par le chemin qui reste à parcourir, puisque nous n'avons pas fini, pas encore, pas tout à fait.

J'ai sauvé la renarde, tu as vu ? Je ne peux pas passer mon temps à pendre des nouveau-nés. Elle a été rusée, comme il se doit, la jolie bestiole : elle a sauté de l'histoire de Nora dans celle de Louise, nettement plus floue, où elle avait plus de chances de survivre. Je suis content qu'elle s'en soit sortie. Toi aussi, ne le nie pas, j'ai constaté un changement dans les courbes vertes des écrans quand elle a hissé son petit hors de l'eau, les pics se sont arrondis soudain, le rythme des bips s'est adouci, il a pris un petit balancement de valse. Tu vas revenir, Julia. Tu reviens déjà. Ghita tout à l'heure m'a annoncé que tu avais ouvert les yeux, et prononcé quelques mots incompréhensibles, les médecins sont surpris et *raisonnablement optimistes.* Un matin j'arriverai et tu ne seras plus là.

J'ai tué le chauffeur, aussi, il fallait en finir avec ce type, non ? Quant aux deux gamins, je te sens inquiète, femme de peu de foi. Tu sais bien pourtant que nous ne manquons pas de ressources, nous autres, romanciers.

En attendant de t'en dire plus sur leur sort, je t'ai apporté quelque chose, ce soir. Un petit cadeau, une gourmandise. Une histoire retrouvée dans le dossier « Notre maison » de l'ordinateur. Une petite nouvelle dont tu es l'auteur. Il n'est pas impossible toutefois que j'y aie mis ma grosse patte çà et là.

Cette histoire tu me l'as lue un soir conformément au pacte, après la cérémonie inaugurale dans les draps blancs (avec rugissements d'amour afférents : la relative rareté de nos rencontres avait au moins pour avantage de maintenir notre désir à un niveau proche de l'insoutenable). Dans cette histoire je m'appelle Nicolas, j'aime bien. Mais ce n'est pas moi, bien sûr, c'est juste presque moi, un côté de moi, une émanation, de même que la narratrice est un dérivé sud-américain de ma Julia, une décoction, un extrait, un greffon. Penser que tu as pu écrire une histoire pareille, user d'une telle ironie, connaissant maintenant ta vérité... Je n'en reviens pas.

Toujours est-il que je te revois assise dans le lit blanc,

ouvrant ton ordinateur pour me donner ma pitance. Mange, mon tigre. C'est de la bonne histoire. J'entends ta voix, j'entends ton léger raclement de gorge avant la lecture, j'entends ta voix limpide et calme, et je pleure.

Excuse-moi, je me suis un peu laissé aller. De notre vivant, je n'ai pas abusé des larmes, avoue. Une fois il m'est arrivé de pleurer devant toi, dans un restaurant de la rue Mouffetard. De l'épave de mon Titanic intime j'avais remonté pour toi une vieille tristesse d'époque, recouverte d'algues et de coquillages, tu avais apprécié le cadeau, je m'en souviens, tu avais doucement recueilli une de mes larmes sur ton pouce et tu l'avais bue.

Assez de souvenirs, tu veux que je te lise l'histoire. D'accord. Juste un mot sur l'enfant, attends. L'enfant, celui que nous n'avons pas fait, celui qui peut-être nous aurait sauvés. Il nous a hantés. Je ne comprenais pas pourquoi tu en parlais sans cesse, tout en ne voulant pas qu'il existe. Tu avais les tiens, tes jumeaux, ceux de la fameuse photo sur ton téléphone que tu montrais toujours et qui ne changeaient jamais, et pour ma part je m'en étais jusque-là passé sans difficulté. Ajoutons que j'avais quelques années de plus que toi. Vingt-huit, oui, merci de la précision. Combien de fois me l'as-tu décrit ! Tu le voyais, il était là, entre nous, il jouait sur les draps pendant que tu me lisais un passage, il avait mes gestes maladroits, mon charme discutable, mon intelligence oblique, il avait ton intuition, ta grâce, ta volonté, ta brusquerie, ta vitalité, ton sourire, je finissais par le voir moi aussi, il était *vraiment* là. C'était un marrant, tu te souviens ?

Mais alors pourquoi ne sommes-nous pas allés au bout de ton envie, de ton besoin ? Je pose la question, tu connais la réponse. À l'époque, je pensais que nous aurions pu faire comme dans une de ces histoires tordues à la Louise, tu sais, où la femme propose à son amant de lui faire un enfant, il n'aura à s'occuper de rien sinon de le fabriquer, elle l'élèvera avec ce mari qu'elle ne veut pas quitter – sans que le pauvre type ait le moindre doute concernant sa paternité, bien sûr. Le jour où j'ai évoqué cette hypothèse, tu es entrée dans une colère noire, tu trouvais l'idée abjecte. Elle l'était, j'en conviens, mais à ma décharge je n'y ai pas cru une seconde. Je testais, j'essayais de comprendre. Il faut dire que je n'avais pas encore toutes les cartes en main, j'ignorais tant de choses sur toi. Je t'avais pénétrée, explorée en tous sens, mais il restait toujours des recoins cachés, j'errais en toi comme dans une enfilade de cavernes, je n'en finissais pas de découvrir des salles aux parois ornées de peintures d'une beauté sauvage, qui débouchaient sur d'autres salles toujours plus inquiétantes.

Ah oui, l'histoire, j'allais oublier. Je vais te la lire. Mais rappelle-toi : c'est bien toi qui es assise en tailleur au milieu du lit blanc, encore un peu essoufflée, échevelée, les yeux embués d'amour, tu as enfilé ma chemise bleue comme tu aimes le faire quand nos corps se séparent, tu ouvres ton ordinateur, cherches le bon fichier, et tu commences à lire à voix haute.

Par moments, je me dis que je vais le perdre. Je vois son regard glisser vers la baie vitrée, filer à la poursuite d'un oiseau, d'un avion, d'un nuage, j'aimerais le retenir mais il a décroché, déjà il est loin.

J'ai rencontré Nicolas trop tard – trop tard dans sa vie,

c'est du moins ce qu'il me répète comme si cette question de la différence d'âge avait la moindre importance pour moi. Quand je suis née, il avait déjà deux enfants et un divorce derrière lui. Vingt-huit ans d'écart. Il a fallu en attendre trente de plus pour qu'un ange gardien facétieux organise notre rencontre. Puis trois ans encore pour en arriver à aujourd'hui. Trois ans d'équivoques, de passion clandestine, de silences, de blessures inutiles et de joies incendiaires. Nicolas est marié, voyez-vous, et il ne veut pas quitter Madame pour ne pas lui faire de peine ; cette grandeur d'âme le remplit de satisfaction et lui permet de jouir de moi sans retenue ni remords. Tout cela est d'une originalité folle. Je me moque, mais je l'aime, mon Français, mon vieux tigre, j'aime sa voix, ses mains, je l'aime tout entier, je le veux absolument. J'ai peur d'être insistante, peur de l'effrayer malgré ces trois années qui déjà font de nous un vieux couple, peur que notre amour soit à la merci d'un courant d'air : avec les hommes, il suffit de si peu de choses.

Je vivais à Paris depuis quelques semaines quand je l'ai rencontré. Je débarquais de Colombie avec la ferme intention de ne plus jamais y mettre les pieds. Fini l'*ajiaco*, les *tamales*, les étalons arrogants persuadés de vous avoir appris la vie pour vous avoir fait une fois l'honneur de leur lit, les nuits interminables à l'*aguardiente*, la vie étriquée de Barranquilla, les matins poisseux au bord de l'estuaire : terminé. Moyennant quoi j'ai quand même organisé pour Nicolas ce voyage dans mon pays, un moyen, me disais-je, de rester intéressante à ses yeux, de maintenir en éveil le grand fauve. Et nous voilà coincés à Roissy en ce jour de neige et de verglas, attendant que l'Airbus à destination de Bogota puisse prendre son envol… Quatre heures de retard.

Au début, la moindre séparation le mettait dans un état de désespoir enfantin. L'amour, pour lui, était un miracle, un prodige peu vraisemblable, une incongruité éphémère.

Et puis, le temps aidant, il a eu moins de mal à me quitter, son regard a eu tendance à flâner au-delà de ma personne. À quoi pense-t-il, là, tout en tournant rêveusement sa cuillère dans la tasse ? Peut-être se récite-t-il un de ces interminables poèmes qu'il affectionne, avec lesquels il m'a conquise. Séduire une Colombienne dure à cuire en lui récitant in extenso *La chanson du mal-aimé* ou *La maison des morts* lors d'une première nuit, seul mon vieux tigre pouvait y parvenir. J'en suis tombée raide entre ses douces pattes, les yeux révulsés, livrée sans combat, sainte Thérèse transverbérée.

J'avise l'inscription sur la tasse. Cafés Richard. Un moyen peut-être d'attirer l'attention du grand reporter.

— Quelle histoire magnifique, cette famille Richard, non ?

Je ne suis pas certaine qu'il ait entendu. Il hoche la tête sans quitter des yeux le petit nuage anthracite qui se dandine au-dessus du tarmac gelé.

— En Colombie tout le monde la connaît. En France aussi, je suppose.

Il a tourné la tête vers moi. Le sourcil gauche se lève d'un millimètre.

— Ne me dis pas que tu ne la connais pas ? Toi, le grand journaliste ? Toi, mon tigre omniscient ?

J'en ai profité pour m'emparer de sa main. Il n'aime

pas être pris au dépourvu. Il se croit vraiment omniscient. Il ne connaît pas la merveilleuse histoire de la famille Richard.

— Alors je te raconte. L'histoire commence à la fin du XIXe siècle. Le fondateur de l'entreprise a loué un grand entrepôt à Clichy pour y stocker du vin. Il n'est pas question de café, alors. Le jaja est en train de supplanter les alcools forts aux comptoirs des bars parisiens. Le commerce prospère, les générations se succèdent. Après la Seconde Guerre, l'héritier Richard agrandit ses entrepôts de Clichy pour y installer des chaînes de mise en bouteilles. Il s'associe avec son frère, qui possède de grandes exploitations vinicoles en Algérie. Pendant vingt ans, la France populaire barbotera avec bonheur dans le sidi-brahim.

Ce n'est pas gagné. Nicolas reste distrait, il vérifie les cartes d'embarquement tout en m'écoutant plus ou moins. J'adore ses mains, nerveuses et sensuelles, vous ne pouvez pas savoir. Il va falloir passer à la vitesse supérieure, verser dans le sentimental. Les vieux félins ont un cœur aussi.

— Mais la vraie fortune des Richard, ils vont la devoir à un drame. Au début des années soixante-dix, Alexandre et Sarah Richard apprennent que leur fils unique, le petit Paul, est atteint d'une forme rarissime de leucémie. Ils sont riches, ils vont mettre tous les moyens en œuvre pour obtenir sa guérison. Après avoir écumé les services hospitaliers les mieux équipés, ils cherchent une solution à l'étranger. Ils vont consulter aux États-Unis, et même en URSS, en Chine, à Cuba, prêts à embrasser s'il le faut le socialisme réel qui a fait ses preuves au moins en matière de médecine de pointe. En vain. Le petit Paul dépérit, il devient blanc et translucide, le petit Paul va mourir

Ça y est. Il est accroché. Son regard s'est fixé sur moi.

— C'est alors que le hasard place sur leur route Consuelo Urrutia de Montejo. Elle est versée dans les médecines ancestrales pratiquées sur les hauts plateaux de Colombie. Elle leur assure que Paul n'est pas perdu, et leur propose de les emmener là-haut. Ils n'ont plus rien à perdre. Ils mettent leurs affaires en gérance, et les voilà partis confier leur enfant à une sorte de sorcier, qui entame un traitement au long cours à base de plantes de montagne et de champignons. Des journalistes ayant été alertés, le petit Paul devient une icône dans mon pays, un sujet d'inquiétude collective : va-t-il guérir ? Cependant, coincés pendant des mois avec leur fils sur les hauts plateaux, M. et Mme Richard, les grands pinardiers, vont découvrir le café.

Il est subjugué, mon tigre. Comme il est beau, quand il m'aime !

— Vraiment, tu ne connaissais pas cette histoire ?

Il brûle, le pauvre ! Il veut savoir la fin. Une vraie midinette. Il ne veut pas paraître trop captivé, mais pour finir ne résiste pas à me demander si le petit Paul a été sauvé. Tu es trop pressé, mon ami.

— Pendant que le guérisseur tente d'arracher leur fils à la mort, ses parents arpentent la région. Ils découvrent l'infinie variété des crus de café. Ils comprennent très vite que le salut de leur entreprise est là. En France les vins de comptoir périclitent. Les Richard se reconvertissent, investissent tout leur capital en Colombie, font des allers-retours, réaménagent leurs entrepôts de Clichy, et bientôt les voilà maîtres des percolateurs français. Je suis sidérée que tu n'aies rien lu là-dessus. Un conte de fées capitaliste, un classique des écoles de commerce, parfaitement véridique ! Enfin, Nicolas !

Je fais mine d'avoir terminé. Il ne pense qu'au petit Paul, bien sûr. Il est séché, mon tigre, torréfié. Il ne comprend pas mon silence. Il a peur pour l'enfant malade. C'est beau. Il ronge son frein. Il va parler. Il hésite, prend un air détaché.

— Et... le petit Paul ?

Ah, quand même ! J'attends encore quelques secondes, en affichant une mine grave, indéchiffrable. Allons, je ne suis pas si cruelle :

— À l'heure où je te parle, le petit Paul est à la tête des établissements Richard en Colombie. Dans mon pays, tout le monde l'appelle Pablito, le miraculé. Il a presque ton âge, tu sais. Vous pouvez être fiers de votre Sécurité sociale et de vos hôpitaux, mais nous avons les meilleurs sorciers.

Vous non plus, vous ne connaissiez pas l'édifiante histoire de la famille Richard ? On ne peut pas tout savoir.

Et nous, vieux tigre, quel sorcier nous sauvera ? Combien d'histoires faudra-t-il encore que j'invente de toutes pièces pour retenir ton attention et garder ton amour ?

24

La rue hostile, le monde vide, il suffit maintenant de décider s'il vaut mieux prendre à droite ou à gauche.

À gauche.

Nora essaie de courir en serrant fort les mains de ses enfants. Il tombe un crachin teigneux et glacial qui rend le trottoir glissant. Noé et Marie sont exténués, effrayés. Ils crient et refusent d'avancer. Ils veulent savoir où leur mère les emmène. L'esprit de Nora se raccroche follement à l'idée qu'ils seront sauvés s'ils parviennent à monter dans un bus.

Quand elle est passée à côté de Romain, maintenu au sol par Étienne, il a réussi un instant à se dégager de l'emprise de son adversaire, et il a presque réussi à attraper Noé. Nora le lui a arraché, elle répétait *Il veut me tuer! Il veut me tuer!* Étienne a de nouveau plaqué Romain au sol. Les voisins sortaient sur les paliers, quelqu'un a demandé qu'on appelle la police.

Encore une fois elle n'a nulle part où aller. Aucune idée de secours. Quand elle arrive à la station elle voit un bus partir sous son nez, il faut attendre le suivant, elle presse les enfants contre elle. Sous l'abribus, elle regarde le plan, les noms des stations, mais tout se brouille, elle ne voit qu'un grouillement de noms familiers. Toute sa vie est là, elle n'a presque jamais quitté Paris, chaque nom sonne comme un appel, Reuilly, Faidherbe, Charonne, Bréguet-Sabin, Montgallet, Daumesnil, Censier, Monge, tout ce qu'elle a quitté, ces mues successives qu'elle a abandonnées ici et là, ces arrachements, tout cela pour se retrouver démunie, terrifiée. Personne pour la recueillir, personne pour la sauver. Elle s'est coupée du monde.

Et Marc ? Cet ancien amant qui lui envoie de temps à autre des messages si beaux ? L'écrivain, Marc ? Marco... La vie avec lui était paisible, un vrai coma. Elle vivait avec cet homme une vie sans histoires, mais elle a fini par admettre qu'une vie sans histoires ce n'est pas la vie. Romain l'a réveillée. Romain est arrivé, il l'a touchée, il l'a rendue vivante. Elle est entrée dans le tourbillon. Elle a eu mal, elle a joui, elle a bougé, elle s'est arraché la peau et retourné le cœur. Jusque-là elle n'avait jamais trompé Marc ni personne. Elle n'était pas du genre à multiplier les amants et s'était toujours étonnée qu'on puisse dire qu'une femme est libre sous prétexte qu'elle a couché avec beaucoup d'hommes. Ils étaient arrivés presque malgré elle, peu nombreux et un peu par défaut : elle attendait de trouver le bon. Elle avait quitté Marco sans drame ni douleur, à peine avait-il levé le nez de ses livres. Marco n'était pourtant pas indifférent, il était doux, prévenant. Quand il partait en voyage il lui envoyait des lettres pleines de couleurs et de drôleries, comme si ses sentiments avaient besoin de la distance pour éclore. Il était beaucoup plus âgé qu'elle, cela n'avait jamais posé de problème. Rien n'avait posé de problème, d'ailleurs, hormis l'absence de problèmes. Ah si, tout de même : la simple idée d'avoir un enfant lui était insupportable. Elle avait abordé un jour le sujet sans y penser vraiment. Elle vivait depuis quelques mois avec lui dans un présent sans questions, une léthargie molle et douce qui empêchait l'émergence du moindre embryon de projet d'avenir. Son corps cependant lui envoyait des signes. Elle était encore jeune et sentait dans son ventre l'appel de la maternité, mais comment imaginer faire un enfant avec un homme qui avait le double de son âge ? Quand elle en avait parlé, sans doute après avoir bu quelques verres avec lui, il avait quitté l'appartement sans décrocher un mot.

À supposer qu'il n'ait pas changé d'adresse, il est hors de question qu'elle lui impose sa présence et celle des petits. Alors qui ? Son frère unique vit au Venezuela, elle n'a plus le moindre rapport avec sa mère, son père est mort, ses amis évanouis. À bien y réfléchir, elle n'a plus au monde que ses enfants. Elle guette l'entrée de la rue des Boulets, craignant de voir surgir Romain au pas de course, la fureur le rendra capable de tout, rien ne pourra s'y opposer. Marie pleure, le menton de Noé tremblote misérablement. Un taxi passe, Nora lui fait signe en criant comme une démente et court vers lui au risque de se faire écraser, ils y montent tous les trois précipitamment, s'affalent sur la banquette arrière, la voiture démarre.

Au bout d'une minute Marie cesse de pleurer. Elle ouvre de grands yeux, pose sa tête sur l'épaule de son frère. Nora se laisse envahir par les images d'autrefois, elle n'a plus rien d'autre, elle sait qu'il n'y a pas de salut pour elle ni pour ses petits. Dans la poche de son pantalon, le couteau pliant forme une bosse. Romain va les retrouver. Elle revoit la silhouette de cet homme dans le miroir de l'autre côté de la rue, cet étranger contre lequel elle ne sait pas lutter. Les façades défilent et elle pense qu'elle aurait pu monter dans n'importe quel bus, n'importe quel taxi, elle arrivera de toute façon à l'endroit où tout se termine. Il est là, elle le sent, il est derrière, il est tout près, il approche, il va arriver. Rien ne nous sauvera.

Elle demande au chauffeur de traverser la Seine, c'est la seule idée qui lui vient. De nouveau elle entend le gong de la pelle sur la tête de Romain, le bruit des pas dans la neige et sa respiration affolée, elle revoit les renards. Elle donne des coups de pelle, encore, encore, encore, il garde les yeux ouverts, il sourit, il n'a pas mal, son visage se couvre d'ecchymoses mais rien ne peut effacer ce sourire de triomphe. *Ils sont à moi.* Leur dialogue à travers la porte d'Alice, tout à l'heure, la façon dont il est parvenu à la lui faire ouvrir. Elle sent les coups sur son ventre, sur sa poitrine quand il était en rage, le verre de Martini qui roulait et tombait de la table basse, elle qui levait les mains pour implorer. Et les pleurs qu'il versait sur elle ensuite, ses caresses ignobles, son consentement à elle, plus ignoble encore.

Ne te retourne pas, Nora, car tu verrais ce que tu n'as pas envie de voir. Étienne, là-haut, s'est laissé déborder. Il tentait de maintenir Romain au sol, pesant de tout son poids sur ses épaules, mais l'autre se débattait comme une bête enragée, donnait des coups de tête et de genou. Dans un sursaut de tout son corps, accompagné d'un cri venu du ventre, il a réussi à se dégager, à déséquilibrer Étienne qui a vacillé et relâché sa prise une fraction de seconde, un instant de trop. Maintenant les mains de Romain se ferment sur son cou, elles projettent son crâne contre le chambranle puis le cognent sur l'angle d'une marche, à plusieurs reprises, jusqu'à ce qu'Étienne soit hors d'état de faire un geste. Il reste au sol, inanimé, et déjà Romain est sur le trottoir. Il regarde à droite, à gauche, rien. Elle ne doit pas être très loin, elle a les enfants à traîner. Droite, gauche, il faut parier. Elle a dû partir à gauche, vers la rue du Faubourg-Saint-Antoine. La voiture, vite. Il est allé la chercher hier soir à la fourrière, elle est garée à trois cents mètres, dans la rue Chevreul. Tout en courant, il sort la clé de sa poche, déclenche à distance l'ouverture des portes, s'engouffre dans l'habitacle, démarre en dérapant sur le bitume humide et heurte au passage un pare-chocs.

En débouchant sur la rue du Faubourg-Saint-Antoine il la voit, il voit Nora, elle est en train de monter dans un taxi, il pousse un cri de victoire. Cependant il ne peut pas avancer, une camionnette lui barre le chemin. Le taxi s'éloigne, il le perd un moment de vue, mais il se dirige vers la Bastille, il y a peu de chances qu'il prenne une rue adjacente. Impossible de réduire l'écart, Romain est cette fois bloqué par un feu rouge. Il garde les yeux fixés sur la voiture noire qui s'éloigne, là-bas, cet abri dérisoire où la femme qui lui a volé ses enfants se croit protégée.

Grand manège de la Bastille, des flots de voitures se déversent de toutes parts et tournent autour du Génie. Sans pouvoir l'approcher il ne perd pas de vue le taxi qui s'engage sur le boulevard Henri-IV. Que veut-elle, où va-t-elle ? Qui peut-elle connaître dans ces quartiers ?

Elle ne connaît personne. De temps à autre elle se retourne pour vérifier qu'ils ne sont pas suivis, mais elle ne distingue rien dans l'amoncellement des carrosseries mouillées. Le taxi s'engage sur le pont de Sully, Nora lui demande de tourner à droite sur l'île Saint-Louis par le quai d'Anjou, sans raison. Elle cherche partout un signe, une issue, elle ne voit rien. Rien sur cette île, il faut sortir d'ici, le chauffeur placide obtempère et prend à gauche au pont de la Tournelle. Ils montent vers la colline Sainte-Geneviève, se retrouvent rue Monge. Le conducteur ne fait aucun commentaire. Les enfants sont calmes, résignés. Elle connaît ce quartier, ces lieux. Elle venait parfois ici avec Marc. À la hauteur de la rue Lacépède, elle ordonne au chauffeur de prendre à droite vers la Contrescarpe.

En bas de la rue Monge, Romain se retrouve coincé derrière une voiture de police. Impossible de doubler, et il voit dans la montée le taxi noir qui s'éloigne, bénéficiant des feux verts en alignement tandis qu'il doit s'arrêter à tous les carrefours. Heureusement, les policiers prennent à gauche rue de Navarre, il accélère pour rattraper son retard, mais il ne voit plus le taxi noir. En dépassant la rue Lacépède il l'aperçoit sur la droite qui grimpe en direction de la Contrescarpe. Coup de frein violent, concert de klaxons, Romain parvient à faire une marche arrière pour s'engager à toute allure dans la rue étroite.

La place est pleine de monde. Dans ses souvenirs elle dégoulinait de soleil, aujourd'hui les passants se déplacent comme des poissons dans un aquarium, les imperméables et les parapluies leur font des écailles luisantes. Le chauffeur s'arrête dans la descente rue du Cardinal-Lemoine. Nora fait sortir Marie et Noé, reste un moment dans la voiture car elle ne trouve pas l'argent dans son sac, finit par payer le chauffeur et rejoint les enfants hébétés sur le pavé mouillé, au milieu de la chaussée.

Romain a vu le taxi disparaître là-haut et tourner à droite, impossible de deviner ensuite quelle sera sa direction. Il risque de le perdre dans le dédale des rues encombrées. Il appuie sur l'accélérateur, des passants crient au fou. Il arrive à pleine vitesse sur la place.

Elle ne sait pas comment cela s'est passé. Une sirène hurle, Noé hurle, des gens s'agitent en tous sens, des mains lui tiennent les épaules, on lui parle, on lui pose des questions. Elle revoit les enfants descendre du taxi tout à l'heure, elle était avec eux sur la place, Marie ne voulait pas recommencer à marcher.

Où est Marie ?

Nora se revoit lui prendre la main : elle la tire de force pour avancer et rejoindre le trottoir, la fillette résiste. À un moment la main de Marie glisse, elle n'est plus dans la sienne. Marie s'envole dans un cri, déstabilisée, sa main a échappé à celle de sa mère, Nora la revoit trébucher en arrière, elle revoit le corps de sa fille qui s'envole tandis que le taxi s'éloigne, ses cheveux blonds lui font une auréole, elle voit l'autre véhicule arriver à grande vitesse. Elle distingue le visage de Romain qui conduit, il a les yeux écarquillés, le visage pâle et blessé, Nora reconnaît la voiture qui glisse en chuintant sur le macadam.

La fillette vole vers son père, son crâne heurte la carrosserie, quelque chose se passe, Marie disparaît, Marie n'est plus là, on entend des cris, le monde s'enflamme. Nora tremble, elle ne voit rien, des lumières, des reflets, des sons incertains, les hurlements de son fils non loin. Elle serre le couteau dans sa poche de toutes ses forces. Romain est debout près de la portière ouverte, des gens le tiennent par les bras, on dirait qu'il hurle, lui aussi. Elle parvient à se dégager, elle s'approche, en un instant elle est face à lui, il la reconnaît et c'est la dernière chose qu'il voit avant qu'elle lui plonge son couteau dans l'œil droit.

25

Julia, je ne me souviens pas d'une vie où tu n'existais pas. Tu étais là, partout, à l'état de promesse, flottant comme une brume impalpable sur les cinquante-cinq premières années de ma vie, cinquante-cinq années de gestation obscure avant la mise au monde, un beau jour, dans cette soirée fameuse où tu as trébuché vers moi. Je peux te le dire maintenant, la personne que j'étais venu y rejoindre, moi qui fréquentais si rarement ce genre de festivités circulaires, cette personne qui a rendu le miracle possible en me faisant sortir de ma tanière et n'est pas venue au rendez-vous, tu te souviens ? C'était Nora. Mais oui, enfin Julia, ne fais pas ta pimbêche, laisse-la s'immiscer dans notre histoire, de toute façon tu as bien vu qu'on ne peut pas les tenir. Elle n'est pas venue ce soir-là, et bien lui en a pris, elle aurait assisté à ton arrivée dans ma vie, peut-être n'aurait-elle pas aimé, bien que nous fussions à l'époque séparés depuis un bail. Je restais en contact avec elle, je lui écrivais souvent. Elle était malheureuse, Nora, elle m'avait quitté quelques années plus tôt pour un homme beaucoup plus beau et plus jeune que moi prénommé Romain, elle croyait avoir découvert la vie, comme si un rideau soudain s'était déchiré : « C'était donc cela ! C'était donc possible ! » Tout cela parce qu'un beau menteur avait su l'embarquer dans une passion illusoire qui n'avait pas tardé à s'échouer contre le récif du réel, merci de m'autoriser l'image, ma chérie, tu es d'une indulgence rare, il fut une époque où ce genre de métaphore n'avait pas droit de cité.

Si vous craignez la solitude, ne vous mariez pas, disait Tchekhov que nous chérissions comme un grand frère, lui dont nous nous lisions inlassablement les nouvelles dans nos draps quand notre besace d'histoires avait été vidée, lui qui nous faisait rire et pleurer, qui nous faisait aimer l'humanité d'un amour enfantin et pur, c'est dire si nous étions beaux dans ces moments-là. Nora s'était mariée, ce qui lui avait permis de constater l'étendue de sa solitude. Elle et moi étions devenus amis après son départ, comme peuvent le devenir ceux qui ne se sont pas vraiment aimés. Franchement, Julia, tu nous vois devenir *amis* ?

Bref, je voulais la sortir un peu, lui faire rencontrer des gens amusants, puisque c'est à peu près la seule qualité qui distingue ceux de notre espèce. J'avais le secret espoir de la dévoyer, je l'avoue, de la faire sauter hors du cercle de flammes où la tenait captive l'homme de sa vie, de lui faire rencontrer quelque perruchon séduisant et gentil qui aurait rompu le maléfice. Elle avait d'abord renâclé, prétendant n'avoir rien à faire dans un monde qu'elle refusait déjà catégoriquement de fréquenter quand nous vivions ensemble, affirmant avec véhémence et un brin de dédain qu'elle était dans la réalité, elle qui labourait les zones abandonnées de la République tandis que nous nous en évadions sans le moindre risque en trafiquant nos petites fictions distinguées. Et puis finalement, fallait-il qu'elle soit vraiment à bout, elle s'était laissé convaincre. Il devait lui rester un peu de réserve, tout de même, puisque elle a renoncé, et qu'en lieu et place de ma pauvre amie cabossée tu es arrivée ce soir-là dans un déluge de grandes orgues.

Pauvre Nora. Tu trouves la fin de son histoire atroce, j'ai bien vu. Les courbes vertes se sont ramollies, les bips se sont espacés, tu as longuement soupiré, un effet de la désolation sans doute. Ce n'était pas du tout l'effet escompté. J'y suis allé un peu fort, c'est vrai, je voulais te secouer, je sentais bien que tu t'étais attachée à ces deux renardeaux et à leur mère. J'espérais que ton cœur allait se révolter devant la profanation du tabou, puisque dans nos histoires, tu fais bien de me le rappeler, on ne tue pas les enfants.

Alors laisse-moi une chance, mon endormie. Laisse-moi réparer la faute. J'ai menti, j'avais trop envie de te réveiller. En vérité l'histoire de Nora ne s'est pas terminée ainsi, pas du tout !

Écoute bien. Maintenant je te raconte ce qui s'est réellement passé

Souviens-toi : Nora sort de l'appartement avec Marie et Noé, Étienne maîtrise tant bien que mal le fou furieux sur le palier, elle dévale l'escalier, se retrouve dehors.

La rue hostile, le monde vide, il suffit maintenant de décider s'il vaut mieux prendre à droite ou à gauche.

À droite.

Nora saisit ses enfants par la main et court en direction

de l'arrêt de bus. Marie et Noé ont du mal à suivre, ils reniflent et pleurent, mais bientôt les voilà assis sur une banquette, ils peuvent enfin reprendre leur souffle et se serrer contre leur mère. Nora est montée dans le premier bus, elle ne sait pas où elle va. Une fois de plus elle passe en revue les possibilités qui s'offrent à elle. En réalité elle n'en voit aucune. Retour à la maison : impossible. Chez elle c'est la gueule du loup. Étienne ne pourra pas retenir longtemps Romain en otage. Rosine, la bienveillante Rosine ? La peureuse Rosine, celle qui n'a jamais tenu tête à son frère… Nora sait qu'elle ferait tout pour l'aider, mais ce n'est pas la bonne adresse. Autant rester dans ce bus indéfiniment avec ses enfants, tourner en boucle dans Paris et dormir sur la banquette en attendant qu'un sauveur providentiel prenne son problème en charge.

Mais elle n'a personne.

Personne, ce n'est pas tout à fait vrai : elle a une amie, elle devrait pourtant s'en souvenir, une amie retrouvée, Alice, celle-là même qui l'a recueillie avant-hier dans sa fuite, Alice qu'elle a mise en difficulté par sa simple présence, et dont le numéro de téléphone s'affiche en ce moment sur le portable qui est dans son sac, mais Nora ne sent pas l'appareil vibrer, elle est ailleurs, elle serre ses enfants contre elle sur la banquette de l'autobus qui les emporte vers un avenir douteux, elle regarde la Seine, la ville éblouissante, la merveilleuse vie des autres, les promeneurs sur les quais, les amoureux sur le pont. Pendant ce temps Alice laisse un message en parlant à toute vitesse, où il est question de l'autre personne qui existe encore dans la vie de Nora, pour son malheur.

Il est arrivé quelque chose à Romain.

Cela s'est passé quelques minutes après la fuite de Nora de l'immeuble, lorsqu'elle se retrouve sur le trottoir avec un enfant à chaque main. Pendant ce temps, là-haut, les deux hommes s'affrontent. Étienne a permis à Nora de s'enfuir avec ses enfants, il a compris que celui qu'il immobilise sur le sol n'est pas son rival, maintenant il se bat pour la défense du faible et de l'opprimé, ce qui est gratifiant d'un point de vue narcissique mais donne indéniablement moins de tonus que la jalousie, il ferait bien de se méfier. Romain, pour sa part, est aveuglé de fureur. Il pense que cet homme lui conteste ses droits sur Nora, c'est elle qu'il venait voir sans aucun doute, et l'instinct de propriété décuple ses forces. Étienne le maintient tant bien que mal, les mains serrées sur ses biceps, assis sur son ventre. Dès que Romain tente un sursaut, l'autre enfonce ses pouces à la base des muscles en écrasant les tendons, ce qui provoque une douleur insupportable. Il a beau donner des coups de genou dans le dos d'Étienne, se débattre avec une énergie désespérée, autant vouloir déplacer une enclume posée sur sa poitrine. La cage d'escalier résonne de ses ahanements saccadés, ses grognements de rage, ses battements de pieds sur le plancher.

Ces bruits, Alice les entend dès son arrivée dans le hall de l'immeuble. Elle se précipite dans les étages en appelant Étienne, qui se laisse distraire un instant. Romain en profite pour se dégager en partie. Il réussit à mordre jusqu'au sang la main qui enserre son biceps gauche. Surpris, l'autre pousse un hurlement et lâche prise. Dans un élan furieux, Romain le repousse violemment vers la balustrade et se relève d'un bond, dévale les marches tandis qu'Alice parvient à hauteur du premier étage. Étienne s'est lancé à sa poursuite. En entendant les pas de course, Alice se serre d'instinct contre le mur, tandis que Romain déboulant à toute vitesse se presse contre la rampe pour se frayer un passage dans l'escalier étroit. Étienne l'a presque rattrapé. Il tend la jambe tout en s'agrippant au garde-corps, parvient à accrocher la cuisse de son adversaire et à le faire trébucher au moment où il était sur le point de dépasser Alice. Romain, déséquilibré par l'attaque, voit sa trajectoire déviée brusquement vers la jeune femme contre laquelle il risque de s'écraser. Dans un réflexe venu de sa pratique des arts martiaux elle le saisit au col et utilise sa force pour le projeter loin d'elle. Le corps de Romain quitte le sol, s'élève au-dessus des marches, retombe lourdement sur la rampe qu'il fait vibrer, et se précipite dans le vide, cognant des rambardes au passage, jusqu'au choc sourd contre le carrelage du rez-de-chaussée, un étage plus bas, où il reste immobile.

— Il est à la Salpêtrière, dit la voix d'Alice sur le répondeur, il vient d'être transféré dans l'unité de traumatologie. J'ai donné ton numéro aux policiers, ils vont vouloir t'interroger.

Nora trouve le message alors que le bus arrive au terminus, porte d'Orléans. Une heure plus tard elle est au commissariat du passage Dallery. Un jeune type mal rasé lui pose des questions, il semble soucieux, donne de petits coups nerveux sur le bureau avec son bic tout en s'inquiétant des relations que Nora entretenait avec son mari, comme s'il était concerné. Une policière surveille les deux enfants dans un bureau voisin. Alice n'est pas très loin de là, Étienne non plus, ils ont été longuement interrogés, l'un après l'autre, sur l'enchaînement des faits qui ont conduit à l'accident.

Plus tard, beaucoup plus tard lui semble-t-il, Nora sort du commissariat du passage Dallery avec ses enfants, on la fait monter dans une voiture, deux policiers aimables la ramènent chez elle. Chez elle ! Elle pensait que ces mots n'avaient plus aucun sens. Romain est à l'hôpital, il est vivant, et même conscient, un vrai miracle. Multiples fractures, crâne fendu, le pronostic est flou, elle hésite à s'en réjouir. Elle n'arrive pas à croire qu'il est hors d'état de nuire. Elle le connaît, elle l'a vu depuis deux jours, insensible aux coups de pelle et aux pleurs des enfants, prêt à tout pour récupérer son bien. Même plâtré de la tête aux pieds il est capable de faire mal.

Demain, elle emmènera les enfants à l'école, et elle ira à la Salpêtrière.

En attendant, il faut les nourrir, elle ne sait plus l'heure qu'il est. Ils ont été si sages, les pauvres. Quand elle les a retrouvés après son interrogatoire au commissariat, on aurait dit deux petits vieux : teint gris, cernes mauves, regard éteint. Maintenant ils jouent sur le tapis du salon, ils ont retrouvé un peu d'entrain. Elle va leur préparer des crêpes et les coucher tôt, ils dormiront avec elle dans le grand lit.

Ils s'endorment comme des chiots, d'un seul coup, leurs corps sont figés, Marie sur le dos, les deux bras tendus en arrière, Noé la tête curieusement tournée sur le côté. Nora écoute leurs souffles, elle regarde le plafond strié de rais de lumière, elle y voit sa vie hachée.

Ils ne font pas de difficulté le lendemain matin pour

se lever, prendre leur déjeuner et aller à l'école. Nora fournit à la maîtresse quelques explications vagues sur leur absence et les regarde partir avec leurs camarades. Ils ont retrouvé leurs sourires, les renardeaux.

Un peu plus tard elle se perd dans le dédale de la Salpêtrière, mais finit par trouver le service. Une infirmière la guide jusqu'à la chambre de Romain.

Même immobilisé dans un corset qui lui enserre le torse et le cou, les jambes en extension prises dans le plâtre, il continue à lui faire peur. Il devrait être mort après une chute pareille, mais non, il a les yeux grands ouverts, fixés sur elle, comme s'il l'attendait.

Mais les temps ont changé. Elle s'approche de Romain, examine froidement son visage bouffi et multicolore.

— Qu'est-ce qui t'est arrivé ? Tu es tombé sur une pelle ?

Il s'agite, continue de la fixer, mais chaque mouvement semble le faire souffrir. Alors Nora s'assoit dans le fauteuil et se met à parler. Elle parle du passé, de ce qu'ils ont connu ensemble, de leur rencontre, des enfants. Elle lui fait remarquer qu'il a toujours été très peu bavard sur sa vie avant elle. Or quelqu'un lui en a parlé. Hier, au commissariat, un policier. — Quelqu'un m'a appris des choses sur toi, Romain. Il te connaissait mieux que moi. Il avait lu ton dossier. Car tu as un dossier, je ne vais pas te faire un dessin, tu sais ce qu'il contient, les violences répétées, les mises en demeure, les arrestations, les rixes. Les plaintes innombrables, le calvaire que tu as fait subir à tes parents, à ta sœur, aux voisins que tu harcelais.

Romain est de plus en plus agité. Son visage est violacé, son corps se tend dans des fureurs épileptiques, il pousse des gémissements de fond de gorge.

— Et ton mariage. Tu étais marié ! Voilà pourquoi tu ne voulais pas en entendre parler avec moi. Elle est partie loin, je suppose. À l'abri. Tout ce que j'ignorais de toi, après tant de vie commune ! Tu peux raconter ce que tu voudras aux services sociaux, tu ne récupéreras jamais la garde des enfants. J'ai les cartes en main, désormais. tu comprends ?

Elle se lève, s'apprête à quitter la chambre. Au moment où elle va franchir le seuil, elle entend la voix de Romain qui prononce son prénom. Une voix éraillée, chargée de violence impuissante. *Nora.*

Nora se retourne lentement. Il est tendu vers elle, on dirait qu'il va se lever.

— Ce n'est pas terminé, Nora. Dis-toi bien ça.

Nora revient vers lui, approche son visage du sien, les yeux dans ses yeux, elle pourrait lui cracher dessus mais elle laisse juste, lentement, monter un grand sourire à ses lèvres.

Elle va quitter cette chambre, cet hôpital, son ancienne vie va tomber comme une peau morte. Elle tente de se repérer dans les couloirs déserts. Elle prend ici à droite. Si elle avait pris à gauche, elle serait tombée sur Marc, son amant des heures tranquilles et des verres de vin blanc en terrasse, le vieux Marco qui en ce moment est assis dans une petite salle d'attente aménagée autour d'une machine à café, il tient un gobelet tiède entre ses mains et parle doucement avec une infirmière rousse à la toison bouclée, ils sont là tous les deux depuis plus d'une heure, elle a fini son service et a des nouveautés à lui raconter sur le possible réveil prochain de la femme qu'il vient voir ici tous les soirs : elle a donné des signes nets de retour à la conscience. Cependant Nora ne verra ni n'entendra rien de cela, elle débouche dans la cour sous un ciel gris étincelant et avance d'un pas décidé, enfin, vers demain.

26

Tu préfères cette fin. J'ai vu ça. Ta main calme sur le drap, la musique apaisée des appareils, les serpentins verts ondulant placides sur les écrans, tout est bien qui ne finit pas. Je me suis endormi la nuit dernière après avoir achevé ma lecture, tu m'avais écouté sagement, je me suis tu, je t'ai contemplée et je suis entré dans tes rêves, ma tête a glissé d'un côté, mon ordinateur de l'autre, retenu heureusement par un accoudoir du fauteuil. C'est Ghita qui m'a réveillé en finissant son service.

Avec elle nous avons marché sur le boulevard, dépassé la bouche de métro, envie de rester ensemble encore un peu, il faisait bon, une lumière pleine de compassion se déversait sur les humains. Je la crois un peu amoureuse. De moi, oui, et alors ? Ne fais pas ton étonnée, tu es mal placée. Pendant notre promenade je lui ai récité *La maison des morts*, elle écoutait en regardant les nuages, notre pas s'était ralenti, nous sommes arrivés sans l'avoir voulu au Jardin des Plantes, nous déambulions sous les frondaisons fraternelles. Oui, à elle aussi, Apollinaire, *La maison des morts*. J'en suis arrivé au passage où les morts et les vivants, sortant du cimetière bras dessus bras dessous, embarquent pour une promenade sur l'eau.

À l'avant du bateau que je gouvernais
Un mort parlait avec une jeune femme
Vêtue d'une robe jaune
D'un corsage noir
Avec des rubans bleus et d'un chapeau gris
Orné d'une seule petite plume défrisée

Je vous aime
Disait-il
Comme le pigeon aime la colombe
Comme l'insecte nocturne
Aime la lumière

Trop tard
Répondait la vivante
Repoussez repoussez cet amour défendu
Je suis mariée
Voyez l'anneau qui brille
Mes mains tremblent
Je pleure et je voudrais mourir

À cet endroit du poème, Ghita s'est arrêtée de marcher, je me suis tu. Nous étions à proximité de la grande serre, à côté de cette pelouse où un jour d'été nous sommes allés toi et moi nous allonger au soleil, main dans la main, deux gisants parés pour l'éternité. Ghita s'est tournée vers moi, elle m'a pris dans ses bras, a posé sa tête contre ma poitrine et m'a enveloppé d'un soupir désolé. Elle sentait bon, j'ai un peu caressé ses boucles rousses, elle a une chevelure vivante comme les pattes d'un chaton qui joue.

Et c'est tout ? Bien sûr, c'est tout ! Tu n'as pas compris ? Je suis avec toi à jamais. Nous avons repris notre marche et je l'ai abandonnée au bord de la Seine, jardin Tino-Rossi. Une péniche passait, une petite fille sur le pont soufflait des bulles de savon dans notre direction. Nous l'avons remerciée. Ghita a continué sa promenade toute seulette vers Notre-Dame. J'avais à faire, je devais rentrer chez moi, dormir un peu avant d'écrire la fin de notre histoire sans fin.

En te faisant la lecture, hier, je voyais luire dans la pénombre les aiguilles de la vieille montre dont tu ne supportais pas le vacarme, seul objet de valeur que j'aie jamais possédé, la Bréguet « Réveil du Tsar » héritée de ma marraine. Son tic-tac d'enfer empêcherait de dormir quiconque se trouve dans un rayon de moins de trois mètres, paraît-il, hormis les tsars durs de la feuille dans mon genre. Combien de fois m'as-tu obligé à la retirer ? Je n'y pensais jamais. Dès que tu entrais, c'étaient souvent tes premiers mots : « Tic, tac ! » Résigné, je cachais la Bréguet au fond d'un tiroir. Ce n'est pas le bruit qui te gênait, je le sais bien, nous dormions si peu. C'était le hachoir infernal du temps, qui indispose même les sourds.

Qui étais-tu, Julia, ma divagante, ma fractionnée, qui es-tu vraiment ? Me laisseras-tu avec toutes ces questions sans réponses ? Toute ma vie, je veux dire ma vraie vie, après ma naissance à l'âge de cinquante-cinq ans, j'ai tenté de résoudre l'énigme. Quelle avait été ton existence avant moi, qui étaient ces hommes du passé qui te suivaient dans tous tes gestes comme un cortège d'ombres ? La nature m'a doté de très fines antennes qui me permettent de distinguer les ectoplasmes les plus ténus. De quels malheurs enfouis, de quelle solitude provenais-tu ? Quels bonheurs mystérieux, aussi, t'avaient sculptée telle que je te voyais ? Je t'interrogeais sans trêve, je voulais savoir, mais le plus souvent tu restais harnachée de silence à galoper dans nos steppes heureuses sans te préoccuper de mes tourments.

Je te suivais. Souvent. Et quand je ne te suivais pas la rue Champollion devenait le point géodésique vers lequel me ramenaient immanquablement mes dérives en solo. Soudain en ton absence ma tanière me devenait insupportable, une force vitale m'éjectait sur le trottoir et je me laissais porter par le vent et la foule par tous temps. Je marchais des heures à travers Paris, ivre des mots qui tournoyaient en essaim sous mon front, ivre du vin que je m'arrêtais boire dans les bars où je venais m'accouder quelques minutes dans la chaleur congénère, apaisé par les odeurs mêlées de bière et de café, le brouhaha des voix, le gueulement des machines, le tintement des tasses, et je repartais vaillant à l'assaut de Montmartre ou de la Butte-aux-Cailles, avant d'être insensiblement ramené par la pente vers le Luxembourg et les lieux hantés par tes pas.

De la rue Champollion je connaissais le moindre morceau de trottoir, les pierres blondes, la physionomie et les habitudes, les portails vénérables – le tien rouge sang. J'avais repéré les manies des uns et des autres, les bonnes philippines qui sortaient les enfants et à qui sans difficulté j'arrachais un sourire pour me payer de la longue marche, les petites vieilles à col de fourrure, les messieurs précieux et suffisants gantés de pécari et chapeautés de gris, car malgré la proximité de la Sorbonne cette artère étroite reste peu fréquentée par la belle jeunesse, qu'intimident sans doute la hauteur et la sévérité des façades. Ton mari, il faut le dire, n'était pas facile à saisir. Sans doute partait-il très tôt, hors de mes horaires de ronde, et rentrait-il à des heures peu communes, celles où tu bondissais hors du lit malgré mes supplications – allons, deux minutes ! deux minutes encore ! – pour sauter dans un jean et dévaler les escaliers.

Quel souci tu avais de cet homme ! Tout autre que moi aurait trouvé ta sollicitude touchante. Sans cesse tu t'inquiétais de ses déplacements, tu t'ingéniais à déjouer ses éventuels soupçons, pour rien au monde tu n'aurais voulu le rendre malheureux, ce qui ne t'empêchait pas de m'envoyer souvent – sauf bien sûr lors de tes échappées conjugales à l'autre bout de la planète durant lesquelles j'étais soumis à une diète atroce – des messages tellement chargés de désir que je devais les relire plusieurs fois pour m'assurer que tu avais réellement osé ces images, ces formules, ces réminiscences crues propres à me mettre dans tous mes états. La lecture d'une seule de ces lignes l'aurait sans doute tué – *l'apocalypse* – mais tu t'entourais de précautions, rusée renarde. Peut-être la peur de lui faire mal décuplait-elle d'ailleurs paradoxalement l'intensité de ton plaisir avec moi : un sentiment de précarité et d'urgence électrisait chacune de nos rencontres. J'imagine qu'il en est toujours ainsi de ceux et celles qui trompent par amour plutôt que par ennui, dépit ou vengeance.

Le comble de ton inquiétude fut atteint lors de notre escapade à La Rochelle. La plupart des trains avaient du retard ce jour-là, nous aurions dû nous méfier, la grève avait pourtant été annoncée mais nous étions tellement heureux de nous retrouver dans cette parenthèse… Le train nous a largués dans une gare perdue où il a fallu attendre les autobus censés nous amener à bon port. Le mouvement risquait de se prolonger plusieurs jours, et tu étais dans un état de fébrilité spectaculaire. Nous sommes arrivés très tard à destination. Dans le bus, tu changeais de place toutes les dix minutes pour aller téléphoner loin de moi afin de m'épargner l'écoute de tes mensonges vertueux. C'était un manège comique.

Nous avons rejoint notre hôtel où il n'y avait rien à manger. Nuit d'incendie entre nos corps. Je suis sûr que tu t'en souviens encore aujourd'hui, même si tu t'évertues à n'en rien montrer, même si ta poitrine se soulève paisiblement sous le drap toujours au même rythme, même si les serpents verts ondulent sagement sur l'eau des écrans. Enfin repus nous nous sommes endormis imbriqués l'un dans l'autre, en nous tenant par la main dans le sommeil, jamais peut-être nous n'avions été aussi proches, et nous ne le serions plus jamais à ce point, je ne m'en doutais pas encore. Cette nuit-là j'ai rêvé d'un enfant mort, celui dont nous avions parlé un peu plus tôt, celui que nous ne ferions jamais.

Le lendemain matin nous avons loué une voiture pour rentrer à Paris. Sur la route je t'ai raconté mon rêve d'enfant pendu, et tu t'es fendue d'un simple constat : « Tu as tué notre enfant. » Tu semblais soulagée. Tu as fait naître Paul et Louise de ce voyage avorté, mais c'est moi qui ai inventé leur histoire. Dis-moi qu'elle t'a plu, dis-moi que tu aimes ce qu'ils sont devenus. Non, ne dis rien, comment pourrais-tu ne pas aimer nos enfants, mon échouée, mon abolie, je sais que tu les aimes, tu ne peux plus rien me cacher.

Mais voici qu'enfin surgit de la brume la silhouette mythologique de l'Autre. Assez différé. Avançons à sa rencontre, allons, viens. Dans l'immense cohorte de tes mensonges, il est le plus grand, le plus formidable. À force de le guetter en vain rue Champollion, à force de t'arracher des informations qui s'avéraient bizarres ou contradictoires, il m'est arrivé je l'avoue de douter de son existence. Il existe bel et bien, pourtant. S'il n'existait pas, tu ne serais d'ailleurs pas dans ce lit, flottant comme un grand lys avec ta chevelure de tuyaux en plastique et ces écrans verts qui te font une couronne de nénuphars.

La photo des jumeaux. Tout est parti de là, je crois. Je m'étonnais de ne pas en savoir davantage sur eux, de ne pas connaître d'autres portraits, de ne pas avoir bénéficié de la moindre anecdote sur leurs mots d'enfants, leurs espiègleries, leurs caractères. Tu me montrais toujours la même image, qui occupait l'écran d'accueil de ton téléphone. On y voyait deux enfants, un garçon et une fille, se tenant par l'épaule, dans une rue. On distinguait sur la gauche une rangée de voitures en stationnement, mais le cadre resserré ne permettait pas d'en deviner davantage. On ne voyait que leurs bustes, ils étaient vêtus de simples tee-shirts blancs. Tu ne pouvais pas renier ta fille : même menton pointu, mêmes pommettes, même front haut, même regard noir à la fois séducteur et intraitable, même chevelure. La main du garçon était crispée sur l'épaule de sa sœur. Leur sourire procurait un malaise difficile à définir, c'était plutôt une ombre de sourire qui se dessinait à peine sur leurs lèvres, l'expression d'une détermination absolue, invincible. Quel âge avaient-ils ? Huit ans ? Tu devais les avoir eus très jeune, mais sur ce sujet comme sur d'autres tu refusais de t'étendre. Je n'ai jamais pu obtenir de toi la moindre information à leur propos, pas même leurs prénoms. Quoi que je demande, tu prononçais toujours la même phrase en guise de réponse : « Ils sont beaux, ces enfants », et tu rangeais le téléphone, et tu parlais d'autre chose, et tu m'attirais à toi pour m'embrasser, et tu ouvrais ton ordinateur pour me lire l'histoire suivante, et je me résignais au silence une fois de plus.

Une nuit je me suis réveillé en sursaut, en pensant à cette photo. Tu me l'avais montrée avant de t'endormir. C'était une des nuits bénies où nous avions pu dormir ensemble. Dormir avec l'être aimé est une merveille plus grande encore que de faire l'amour avec lui, une joie plus profonde et durable, nous nous le confirmions chaque fois au réveil – avant de faire l'amour. Je me suis réveillé en alerte. Un détail me gênait, impossible à préciser. Je passais en revue chaque point de l'image, les visages des deux enfants, le décor urbain réduit à quelques éléments difficilement identifiables. Qu'est-ce qui avait donc pu m'accrocher ainsi, susciter ce petit ébranlement qui m'avait réveillé ? La photo avait été prise sans doute dans un quartier résidentiel, alignement de maisons cossues avec jardinet côté rue et sans doute un plus grand jardin de l'autre côté, pierre meulière, grilles repeintes tous les deux ans, rosiers taillés, hortensias, buis. Et alors ? Cela n'avait rien de spécialement intrigant. Il y avait autre chose.

Les voitures. La rangée de voitures sur le côté gauche, du côté du garçon. Le couple d'enfants légèrement décentré permettait de voir l'alignement de véhicules. Oui, les voitures ! C'étaient des voitures *d'avant*. Des modèles courants dans les années quatre-vingt, mais qu'on ne voit plus beaucoup de nos jours, en tout cas pas en telle concentration. Ici une Peugeot 504, là une Renault 12, une BX... Tes enfants avaient-ils été élevés dans un coin reculé de la province française où l'on vivait avec vingt ans de retard sur le reste du pays ?

Je me suis détaché tout doucement de toi. Il devait être trois heures du matin, j'ai bu un verre d'eau dans la cuisine et suis resté longuement le front appuyé contre la vitre. L'avenue déserte baignait dans une lumière glauque. Je retournais l'énigme en tous sens. Sans doute ne voulais-je pas comprendre, j'entendais le grondement de la vérité qui arrivait vers moi, oh, encore une de mes métaphores, j'allais parler d'un troupeau de taureaux noirs lancés au galop à travers une plaine blanchie par le gel, sous un ciel de plomb, dans un martèlement d'enfer. La vérité déferle sur le petit monde de Marc Gévaudan. Je me suis détaché de la fenêtre, décidé à aller te rejoindre au lit et à m'endormir vite pour ne pas avoir à affronter les taureaux. Mais sur la chaise, ton manteau et ton sac posés. Dans le sac, le téléphone, ton meilleur ami.

J'ai senti que le verre d'eau n'allait pas suffire à calmer ma soif. C'est un breuvage trop léger, sans effet notable sur l'intelligence. Je suis allé chercher la bouteille de whisky, j'ai fermé la porte et je me suis installé à table.

J'ai pris ton téléphone. Jamais je ne me serais cru capable d'un acte pareil, tu sais bien, je ne fouille pas, mais après tout je t'avais bien prise en filature. Le code de l'appareil ne m'était pas inconnu, tu me l'avais révélé un jour de liesse, c'était la date de notre rencontre. Je l'ai composé, je suis entré chez toi comme un cambrioleur.

Oui, c'étaient des voitures d'époque, mais rien d'autre sur cette image qui pût m'aider à regarder la vérité en face. Dans le dossier photos du téléphone, j'allais faire d'autres découvertes. On y voyait ta fille plus âgée : à douze ans, à quinze ans, à dix-huit ans.

Ta fille, qui ne *pouvait pas* avoir dix-huit ans.

Pourtant c'était bien la même que sur la première photo, indéniablement : même front haut, même regard séducteur et absent à la fois. Le garçon était visible, lui aussi, aux mêmes âges et dans les mêmes lieux, comme s'ils s'étaient pris à tour de rôle en photo. Sur une autre image, la fille avait plus de vingt ans, te ressemblait comme deux gouttes d'eau et portait une robe rouge cintrée que j'adorais, pour te l'avoir ôtée à plusieurs reprises.

C'était toi. L'enfant, avec son frère jumeau, sur l'écran d'accueil de ton téléphone, n'était pas ta fille, c'était toi. Julia. Reine, de ton deuxième prénom. J'ai remis le téléphone dans ton sac après avoir avalé mon whisky, et je suis retourné me serrer contre toi. Vite dormir avant que les taureaux ne m'écrasent.

27

Julia, ma Julia, j'aurais voulu revenir ce soir à l'hôpital pour te raconter la suite selon notre rituel, j'aurais aimé encore une fois entendre ma voix résonner entre les murs de cette chambre calme, dans le doux clapotis des machines, et ta respiration semblable au chuintement de la vague sur le sable quand elle se retire avec une apaisante régularité, comme une assurance d'éternité tranquille, encore une fois me pencher sur l'écran blême de mon ordinateur pour y pêcher les trésors engloutis de notre belle histoire. Oui, je sais, les métaphores.

J'aurais aimé guetter sur ton visage les signes de réveil dont Ghita m'a parlé. Je ne le pourrai pas. Hier en rentrant chez moi j'ai reçu un message de la voisine de mon père. Il était tombé dans la rue, cela lui arrive souvent depuis quelques mois. Cette fois il s'est sérieusement abîmé, ma présence est requise. Ces lignes que j'espère te lire dès mon retour, je les écris dans le train qui me mène vers lui, vers cette ville où j'ai perdu une partie de ma jeunesse et qui me fait horreur, vois comme je suis un bon fils. Il n'a plus que moi.

Avant de partir je suis allé voir Ghita pour lui confier ton âme, je lui ai demandé de faire brûler un cierge sur son petit autel. Comme elle était jolie dans sa blouse ajustée, comme j'ai aimé sa frimousse, ses yeux kaki et sa peau de lait, avec les boucles de feu qui s'échappaient de la coiffe en se tordant dans tous les sens ! Je voyais bien qu'elle aurait voulu être à ta place, pour être aimée comme je t'aime. Tu es en de bonnes mains. N'en profite pas pour t'éteindre, s'il te plaît, je ne te le pardonnerais pas.

Je t'y ai emmenée, dans cette ville, lors d'une de nos escapades. Je t'ai fait rencontrer mon père, il t'a adorée, mais sans vouloir t'offenser il a tendance à adorer le premier venu, les gens l'émerveillent, on se demande bien pourquoi. En vérité il m'a légué ce handicap, je le cache jalousement, tu es la seule à le savoir, tu t'es souvent moquée de moi à ce sujet. Pas seulement à cause des « Elle est d'une bôôôté ! », mais des « Il est extraordinaire ! Elle est d'une intelligence ! Quelle personne magnifique ! » qui m'échappaient dès que je laissais tomber le masque du cynisme quand nous nous retrouvions tous les deux après une rencontre, et qui te faisaient bien ricaner. Nous sommes allés avec mon père déjeuner dans le petit bistrot ouvrier où il a ses habitudes, en bas de son immeuble. Et puis nous l'avons accompagné chez le médecin, à dix minutes de là. Nous lui tenions chacun un bras, il était ravi, la bouteille de beaujolais du déjeuner n'y était pas pour rien. En traversant le square pelé j'ai trouvé qu'il marchait avec une difficulté inhabituelle. Tu as regardé ses pieds et tu as remarqué qu'il avait inversé ses chaussures. Ne sachant pas comment le lui dire, tu me faisais des signes que j'ai mis du temps à capter. Cela s'est terminé par un fou rire à trois, lui assis sur un banc et nous deux agenouillés pour remettre ses chaussures en ordre. Une vraie scène de famille, la seule de notre histoire, seul moment où nous avons senti passer sur nous le souffle tiède de la vie ordinaire.

J'espère pouvoir revenir vite reprendre ma place sur le fauteuil à côté de ton lit, cette chambre d'hôpital me manque, son ordonnance spéciale, ses lueurs changeantes, ses bruits, son odeur. Chez nous. En attendant j'écris ceci dans le train brinquebalant qui m'éloigne de toi, j'espère pouvoir t'en faire bientôt la lecture.

Il y avait donc bien une pièce secrète dans ton château, ma Barbe-Bleue. C'était ton téléphone. Tu m'en avais confié la clé, je n'aurais pas dû l'ouvrir. J'ai eu beau me rendormir précipitamment ce soir-là, éviter de justesse la charge des taureaux noirs, il a bien fallu ouvrir l'œil au matin. Je t'ai regardée qui dormais encore dans la pénombre, j'ai regardé la merveille de ton épaule émergeant du drap blanc, ta chevelure ruisselante sur l'oreiller. Il était difficile pourtant de ne pas percevoir, sous l'enchantement du tableau, l'odeur piquante du mensonge. Depuis des mois tu prétendais me montrer la photo de tes enfants, et tu me présentais celle de ton frère et toi. Pourquoi, Julia, pourquoi ? Tes enfants étaient-ils monstrueux, difformes, immontrables ? J'avais la réponse, bien sûr. Elle était difficile à admettre. Tu ne disais sur eux rien de précis, mais tu évoquais leur existence avec tant de conviction, tant de fierté maternelle... *Ce sont de beaux enfants...* J'ai mis du temps à le formuler, cependant je ne pouvais plus me le cacher : tes enfants, ma Julia, n'existaient pas.

Mais alors qu'est-ce qui existait vraiment ? Quelle réalité dissimulait cette fiction majeure, mère de toutes les fictions à naître dans notre lit blanc ? Je ressemblais à ces personnages de dessin animé qui continuent de marcher dans le vide en faisant mine de ne pas s'être aperçus que la falaise s'est effondrée sous leurs pieds. Pendant quelque temps j'ai voulu ne pas savoir, je fermais les yeux sur la figure de l'Autre, corps humain et tête de taureau.

Je suis allé un jour rue Champollion pour la vingtième fois, décidé à franchir l'obstacle de la porte vitrée qui empêchait l'accès aux étages. Installé devant les boîtes aux lettres, j'ai attendu l'arrivée d'un occupant de l'immeuble, en l'occurrence une occupante, qui m'a trouvé en train de déchiffrer les noms. Quand elle a eu composé le code, tout naturellement je l'ai suivie en lui faisant un sourire. Dans l'ascenseur elle me regardait avec insistance, sans doute mon allure ne correspondait-elle pas aux *dress codes* en vigueur dans ton quartier. Elle est sortie au troisième, j'ai continué jusqu'à l'étage suivant. Quatrième gauche. C'était donc là. Porte rouge sang, comme le portail. Ta vie secrète. Ta vie sans enfants. Il me suffisait de sonner. Peut-être ton mari était-il là-derrière, avec toi. Occupés ensemble à une activité de couple. J'ai collé mon oreille contre la porte, j'ai entendu de la musique. Non pas Monteverdi ou Haydn, qui auraient convenu à l'endroit, mais un morceau d'Eric Clapton dont j'ai immédiatement reconnu le riff. Cependant la voisine du dessous était restée aux aguets. Je l'ai vue monter vers moi marche après marche, le regard soupçonneux, elle m'a trouvé dans cette posture gênante et j'ignore pourquoi je me suis cru obligé de lui fournir une explication : j'étais chargé de conduire tes enfants au centre aéré, je venais les chercher. Une fantaisie de romancier, tu vois. J'ai cru que les yeux allaient lui sortir de la tête. Elle a redescendu les marches à reculons comme si j'étais un cobra dressé devant elle, et m'a demandé de partir immédiatement. « Il n'y a pas d'enfants ici ! » Elle a refermé sa porte, j'ai entendu le bruit des verrous opulents, et j'ai quitté les lieux sans attendre l'arrivée de la police.

Et puis enfin je l'ai vu. C'était bien le garçon de la photo, devenu un adulte pâle et maigre et beau comme une statue de cire. C'était un après-midi de printemps, vers la fin de notre règne. Depuis quelque temps tu étais nerveuse, inquiète. Tu me disais ressentir une telle culpabilité que tu en avais parfois le souffle coupé. Tu m'aimais, disais-tu, plus que jamais, tu m'aimais follement, d'un amour enragé, d'un amour précieux et malade, et cela t'était une souffrance insupportable. *Je ne le quitterai jamais.* Nous avions passé la matinée ensemble, à travailler de part et d'autre de la table. Lequel des deux avait lu son histoire ce jour-là, je ne m'en souviens plus. Nous adorions ces longs moments paisibles, lorsque la pièce grouillait de personnages qui jaillissaient du cliquetis des claviers. De temps à autre l'un de nous se levait pour préparer un café, un thé, remplir un verre et le tendre à l'autre en silence. Nous étions splendides d'acharnement laborieux, comme séparément nous n'aurions pas su l'être. Silencieux le plus souvent, mais parfois nous nous lisions un paragraphe, une page, une phrase dont nous doutions ou dont nous étions contents. Tranquilles, à nourrir notre petite famille affamée de mots.

En début d'après-midi, comme je m'apprêtais à aller acheter du tabac, tu as reçu un message, j'ai vu ton visage pâlir. Il fallait que tu partes. L'Autre rentrait d'un déplacement plus tôt que prévu, il espérait te trouver à la maison. Sans doute aurait-il été heureux de te voir ranger tes affaires à toute vitesse, remplir ton sac, enfiler ton blouson, dévaler l'escalier, courir vers lui comme je te vis courir en me penchant à la fenêtre. Tu avais à peine pris la peine de poser tes lèvres sur les miennes, dix fois tu avais prononcé le mot « pardon » mais je n'étais pas certain de savoir à qui tu l'adressais.

J'ai tourné en rond un moment dans la pièce, sans pouvoir résister au désir qui me poussait à ta poursuite. J'ai pris un taxi qui m'a laissé sur le boulevard Saint-Michel, et je me suis posté à l'entrée de la rue Champollion, à distance de ton immeuble. Tu n'avais pas dû arriver bien longtemps avant moi. Sans doute étais-tu en train de préparer sa réception, là-haut, d'organiser les traces de ta matinée au foyer. Il revenait d'Autriche, m'avais-tu dit. Emmanuel. Car si j'ai pris l'habitude de ne le désigner que comme l'Autre par un réflexe de sarcasme puéril, je connaissais son prénom, bien sûr, il m'était familier, tu me l'avais appris dès le début, dès ma première question sur ton alliance en or blanc, *je ne le quitterai jamais,* il revenait souvent dans nos conversations comme celui d'un vieil ami. Emmanuel, Manu, ton mari.

Ton frère, en réalité.

Malgré le beau temps sur Paris, il soufflait dans la rue Champollion un de ces petits vents d'avril tranchants qui poussent à bouger. Le soleil n'éclairait que le haut des façades, et au bout d'une demi-heure d'attente je commençais à me demander ce que je faisais là, quand une voiture a fait son apparition à l'angle, a roulé doucement jusqu'au portail rouge sang devant lequel elle s'est arrêtée. Un homme en est descendu. Ses gestes étaient lents. Il a refermé la portière, trop mollement une première fois, il lui a fallu s'y reprendre. C'était lui. C'était lui, le garçon maigre de la photo, l'homme d'affaires aux mains d'argent, celui qui t'emmenait de par le monde dans ses jolis avions faire la tournée des établissements les plus chics et les plus snobs dont il fallait à tout prix que je sache que tu les avais fréquentés. Il semblait ailleurs, il est resté debout immobile et pâle sur la chaussée avec son sac en bandoulière, tandis que le véhicule s'éloignait. Tu es sortie de l'immeuble, tu l'as serré contre toi et vous êtes remontés chez vous.

Chose étrange, cette voiture n'était pas une limousine à vitres fumées, cette voiture était une ambulance.

Je suis resté là, bras ballants, malgré la fraîcheur qui tombait. Le vol des premiers martinets quadrillait la saignée bleue entre les toits. Je guettais un signe. Je ne pouvais pas m'arracher à ce trottoir, à cette rue. Tu étais là, tout près, inaccessible. Si j'avais pu me vomir moi-même je l'aurais fait avec soulagement. Il a bien fallu que je me résigne à quitter les lieux, cependant, et je me suis traîné jusqu'au Rostand, la brasserie située devant le jardin du Luxembourg, à l'angle du boulevard Saint-Michel. J'ai trouvé une place en terrasse que le soleil déclinant avait la bonté de réchauffer un peu, j'ai commandé un verre de saint-amour, et puis un autre, tant qu'à faire, puisque deux est un chiffre qui convient à l'amour. Je mettais en place, sans hâte, les pièces du puzzle, celles qui m'ont permis d'inventer pour toi, il y a peu, le cahier manuscrit de la petite Reine.

Et je vous ai vus arriver. Vous étiez redescendus de chez vous pour marcher côte à côte, lentement, solennels comme des pharaons. Vous avez traversé au passage piéton, à quelques mètres de moi, et vous êtes entrés dans le jardin. Une fois dans l'allée, vous vous êtes donné la main. Vous ne parliez pas, vos visages restaient figés, vous regardiez droit devant vous. J'ai préféré rentrer chez moi, il était temps de passer à des boissons moins tendres.

Avais-tu compris que je t'avais suivie, ce jour-là, que je vous avais vus ? En tout cas tu ne m'as plus donné signe de vie pendant plusieurs jours. Les heures passaient, effrayantes, je sombrais. C'est ce silence, plus long et plus cruel que les autres, qui a eu raison de nous. J'étais tellement exsangue à ton retour que je n'ai pas pu respecter notre pacte. J'avais tant ruminé ma découverte, je l'avais contemplée durant des nuits entières, j'avais perdu toute force, toute capacité d'invention. Tu es enfin revenue, tu es entrée chez moi, visage fermé.

Tu as exigé une histoire.

Je n'avais rien à t'offrir. Juste ces mots stupides :

— Je sais tout. Je t'ai vue avec ton frère l'autre jour. Je sais tout, Julia.

Tu as tourné le dos et tu es partie.

Partie !

Quelques jours plus tard, nous avions prévu de longue date de nous rejoindre dans un grand hôtel de Cannes où tu devais séjourner seule en attendant le retour d'Emmanuel. J'espérais que le cauchemar allait se dissoudre là-bas. Je t'ai envoyé un texto pour te prévenir de mon arrivée, comme convenu. La réponse est arrivée dix secondes plus tard. *Ne viens pas.* Trois mots, trois coups brefs frappés à la porte du malheur, aurait écrit un autre, mais je ne mange pas de ce pain-là.

Me voilà donc parti chez mon père, loin de cet hôpital qui est devenu ma vraie maison. Ghita a promis de me prévenir s'il se passait quoi que ce soit. Elle semble persuadée que tu vas te réveiller. Moi je suis ici, ma renarde, près du vieil homme, dans cette ville triste, sous le ciel bas et laid. Si Ghita cherchait à m'appeler, elle ne le pourrait d'ailleurs pas, puisque j'ai oublié mon téléphone chez moi en partant. Voilà qui ne te serait jamais arrivé. Et il m'est impossible de la joindre, car aux heures de son service le standard de l'hôpital ne prend que les urgences et ne transfère pas les appels dans les différentes unités. Mon père va mal, Julia. Je ne peux pas le quitter. Il lui arrive de pleurer en silence en regardant le plafond ou la fenêtre, il ne connaît plus la raison d'être là. Il voulait rentrer chez lui, les médecins ont accepté à la seule condition qu'il soit accompagné. Il a besoin d'une présence. Les formalités administratives n'ont pas pu être accomplies, il manquait un tas de paperasses que j'ai été incapable de retrouver dans l'invraisemblable capharnaüm de son petit bureau. Je resterai ici quelques jours encore, afin de ranger ses affaires, trouver des personnes de confiance pour l'assister, l'aimer un peu mieux que je ne l'ai fait ces quarante dernières années. C'est lui qui m'a appris à pêcher, tu sais ? Et sans doute bien d'autres choses que j'ai voulu oublier. Je me retrouve seul avec lui dans cet appartement qu'il occupe depuis toujours, où il a voulu rester après le départ de ma mère, cet appartement que je déteste et dont je me suis enfui dès que j'ai été en âge de le faire, renonçant à l'avance aux carrières mirifiques que certains me promettaient une fois passé mon interminable crise d'adolescence. Je suis parti, je l'ai abandonné à son existence métronomique, faite d'émerveillements simples, de contraintes ordinaires, d'acceptation. Un vrai sage, en somme, mais la sagesse l'a quitté comme le reste, comme sa femme, comme son fils. Julia, Julia, mon père ne connaît pas la raison de vivre, et que pourrais-je lui enseigner, moi dont la seule boussole est l'amour d'une presque morte ? Moi dont la seule joie est de me souvenir de ce qui a peut-être existé, et d'inventer ce qui ne sera jamais ? Regarde : mes histoires une à une se sont refermées, il ne reste presque plus rien, un souffle imperceptible, un soupir, un dernier vague sursaut de la ligne verte sur l'écran, un bip exténué, plus rien. Il resterait à achever l'histoire de Reine et d'Emmanuel, mais à quoi bon, tout est dit, tout est deviné, ton corps s'enfonce dans l'eau noire sous une avalanche de fleurs bleues.

28

Pauvre Marco, mon pauvre vieux tigre, dans quel état je te retrouve ! Tu n'es pas beau à voir. Mais après tout, la beauté n'a jamais été ton point fort. Je ne te vexe pas, au moins ? Je profite lâchement, c'est vrai, du coma artificiel dans lequel les médecins t'ont plongé. Tu te verrais ! Avec ces tuyaux en plastique qui te donnent l'allure d'un Méphisto de pacotille, on dirait Romain ! Je me demande ce que la jolie Ghita peut encore te trouver. Il faut voir avec quel dévouement elle s'occupe de toi. Sais-tu que tu as droit à un cierge spécial sur son petit autel, un cierge parfumé qui brûle jour et nuit même en son absence au mépris des règles élémentaires de sécurité ? Tu avais raison, elle est ravissante. Nous sommes devenues amies, figure-toi. Elle était désespérée de ne pas pouvoir te prévenir quand j'ai donné mes premiers vrais signes de réveil, juste après ta disparition. Tu étais parti chez ton père à Nullepart sans prévenir personne, et sans ton téléphone. Tu es resté longtemps avec lui.

Alors voilà ce qui s'est passé. Un soir tu n'es pas venu, tes histoires m'ont manqué, je me suis réveillée. J'avais un tel besoin de ta présence et de ta voix qu'en m'abandonnant tu m'as sauvée. Il a fallu que je revienne. Imagine que nous ayons mis ça dans un de nos romans, personne n'y aurait cru. Les gens manquent de foi. C'est pourtant la simple réalité : nous sommes invincibles, il n'y aura pas de fin.

Je te dis la vérité : je ne me souviens pas de tes visites. Rien, même pas du murmure de ta voix, du sentiment de ta présence, rien. Mais Ghita m'a donné ton ordinateur, et j'ai pu lire tout ce que tu as inventé pour moi pendant ces mille et deux nuits. Bel effort, mon tigre, je t'en remercie. Je ne plaisante pas : merci, merci, merci. J'ai été folle. J'ai cru que nous devions arrêter, que nous pouvions arrêter. *Ne viens pas.* Oui, un jour je t'ai envoyé ce message qui t'a fait si mal. Autant ordonner au soleil de ne pas se lever. Tu n'es pas venu, mais tu étais là, et moi en révolution autour de la boule de feu. Ne me dis pas que tu as cru être le seul à souffrir. Tu savais. Tu as toujours tout su de moi, tu m'as devinée, percée à jour, tu m'as lue, tu m'as écrite. Tu m'as même volé mes histoires. Entre autres les cafés Richard, ou Louise et Paul, cette escapade qui ressemblait tant à la nôtre à La Rochelle, tu te souviens, quand j'ai eu si peur d'inquiéter Manu. J'avais commencé à l'écrire, je l'avais imaginée, et tu lui as donné une suite si ridicule ! Cette histoire de Yougoslaves, de bombes humaines... Tu n'as aucun scrupule, décidément. Tu es prêt à sacrifier deux enfants et leur père, sans parler des gardes du corps. Sur le plan humain, c'est inacceptable. Sur le plan littéraire, c'est une honte. Mais je te pardonne tout, tu sais bien. C'est tellement toi. Cette ivresse de l'histoire, de la péripétie, du rebondissement, de la mort violente, cette jouissance mâle de l'action. Tu me fais rire, tiens. Ce qui me fait moins rire, c'est que je vais devoir la terminer, cette histoire. Parce que tu me laisses en plan avec les deux gamins qui arrivent chez leur père et l'autre folle prête à les faire exploser. Un vrai cadeau. Je m'en débrouillerai, ne t'en fais pas.

À mon tour, donc. Je t'ai menti, Marco, je t'ai beaucoup menti. Toi non plus tu ne me disais pas tout. Cependant le mensonge est notre langue commune, notre espéranto, chacune de nos phrases est sujette à caution, c'est tout le plaisir de nos vies et de nos résurrections. Je n'ai jamais fait d'études d'anthropologie, jamais rédigé de thèse sur la sexualité des femmes en milieu rural, je n'ai pas rencontré mon mari quand j'étais employée dans sa compagnie d'aviation, et pour cause, je n'avais pas de mari, je n'en ai jamais eu comme tu le sais pour avoir fouillé dans mon téléphone, c'est sans doute pour cette raison que j'attachais une telle importance au sacrement du mariage. Je ne m'attarderai pas sur mes mensonges, mais j'ai beaucoup de choses à te raconter, des histoires en pagaille à dévider ou à tisser, tu ne vas pas en revenir. J'ai aimé les tiennes, Marco, j'ai aimé revivre dans tes mots, comme au temps de notre règne. Merci, merci.

J'ai aimé revivre ce moment où pour la première fois je t'ai vu, dans cette soirée fameuse, tant de fois réinventée. On m'avait parlé de toi, j'avais lu tes livres, j'y avais senti je ne sais quoi de proche, de familier, je voulais te confier mon premier manuscrit, à toi et à personne d'autre, j'avançais naïve et déterminée, et je t'ai vu. Combien de fois me l'as-tu fait répéter, cette scène ? J'avançais vers toi, j'ai su tout de suite, oui, je te le redis encore et encore, j'ai su à l'instant.

J'ai vu les rides, les taches sur ta peau, les joues mal rasées, le cheveu maigre et en bataille, le corps usé, les cernes noirs, les mains lasses, le teint gris, les épaules tombantes, et j'ai su que ce trésor était pour moi.

Et ce que tu appelles la nuit du miracle ne fut que le prolongement de cette certitude, l'incarnation dans le réel présent d'une vérité qui existait déjà dans le temps légendaire d'avant l'humanité. Nous étions inscrits dans les astres, que veux-tu. Souvent je me suis moquée de ton romantisme, comme toi de mon pragmatisme, mais les rôles ne sont pas si tranchés.

Tout à l'heure Ghita m'a confié ta montre, la fameuse « Réveil du Tsar », elle te l'a retirée à ton arrivée. Elle l'avait mise en lieu sûr à côté du cierge sur son autel, mais elle pense que je dois en être la gardienne. La tocante est au fond de mon sac, je l'entends d'ici, ne compte pas sur moi pour la remonter chaque jour pieusement comme le faisait ta petite infirmière. Bientôt elle s'arrêtera et nous serons tranquilles, à l'abri du temps. Nous n'avons pas fini, mon vieux tigre. Je vais bientôt commencer, je suis prête.

Un jour nous avons bu du thé qu'une amie chinoise t'avait offert. Du thé, mon ivrogne ! Fallait-il que tu m'aimes. (Que tu en aies bu aussi avec Ghita m'a rendue très jalouse, sache-le.) C'était une boule de thé vert compressé, qui se déployait comme une fleur quand on la mettait dans l'eau bouillante. J'y pense aujourd'hui en te regardant allongé sur ton lit blanc, j'infuse en toi comme la fleur de thé, je vais m'ouvrir. Me souvenir de tout, me souvenir des anges qui volaient autour de nous quand nous marchions ensemble en riant, quand nous lisions assis côte à côte dans un train, quand nous dormions, je crois qu'ils ne détournaient même pas les yeux quand nous faisions l'amour. Ils veillaient sur les caresses et sur les silences, ils veillaient à la beauté exacte du monde qui naissait de nous. Me souvenir des milliers de messages électroniques échangés dans la nuit turbulente où nous nous perdions parfois quand nous étions séparés. Je te lisais, l'angoisse s'abolissait, le réel n'était plus un ennemi mortel. Ton amour me rendait forte, il m'aidait à tout accepter de la vie y compris les blessures, les salissures, la vie absurde avec mon frère, l'absence d'enfant : j'en faisais des armes. Je combattais en me déplaçant légère comme une lame. Me souvenir de nos promenades dans Paris, de cette phrase de l'Apocalypse qu'un jour nous avons lue : *J'ai placé devant toi une porte ouverte que nul ne peut fermer.*

Je me suis approchée ce soir-là, déjà je t'appartenais, déjà j'aimais ce que tu allais faire de moi, déjà j'étais nue et les années qui nous séparaient n'étaient rien, déjà m'envahissait ce bonheur intense et doux et profond et violent, celui de te sentir respirer près de moi tandis que j'en perdais le souffle.

Me souvenir des mots dont tu m'embellissais à tout propos, à tout moment : mon envolée, ma tourterelle, ma petite braise, ma cigale, mon chant, ma brise, mon brin d'herbe, mon grain de beauté, mon grain de blé noir, mon amie, mon ruisseau, ma cigogne, ma plage, mon écart, mon centre, mon silence, ma grotte, ma vacance, mon île, mon chemin, mon gouffre, ma patience, ma branche, mon abeille, mon souffle, ma sirène, mon départ, ma flotte, ma voile, mon mot de passe, toutes ces mièvreries exquises qui auraient paru risibles aux oreilles des autres et dont je me faisais en secret des colliers scintillants.

Dommage que je te tutoie. Ce premier message a fusé dans la nuit, il a jailli de moi. *Je vous aurais avoué des choses que je n'ose pas te dire.*

Mais il y a eu la suite. La morsure du jamais-assez, les absences, les dissimulations, l'ombre de ce mari auquel tu as cru et qui était mon frère, Emmanuel. Majuscule mensonge. Je m'y suis vautrée, je m'y suis perdue, je pensais ne pas avoir le choix. J'ignore comment tu as pu écrire de façon aussi juste le cahier de Reine : tout y est faux, mon vieux sorcier, et c'est la vérité. Une sorte de vérité, celle de nos enfances jumelles et tordues. Il a fallu que je sois forte pour deux. *Je ne le quitterai jamais.* Mon frère fou et déchiré. J'ai vécu avec lui, je ne l'ai pas abandonné. Ce fut et cela reste un cauchemar d'amour. Nous avons habité cette folie bien réelle, les crises dévastatrices, les bouquets de fleurs bleues, ce grand rêve malade. Il m'a fallu écrire ce premier livre, *Nous voulons voyager,* pour m'en réveiller. Emmanuel, Manu. Brillant, conquérant, impitoyable, imprévisible, montant des affaires sur des coups de génie et les perdant sur des coups de tête avant de rebondir toujours plus haut, triomphant dans le monde mais revenant chez nous chaque fois plus friable, mendiant mon amour et mes caresses comme un chien. J'étais son phare, son fanal, hors de moi tout sens se perdait. De mon côté je me sentais pleine de cette importance inouïe que sa pauvre passion me conférait, emmurée volontaire. J'ai vécu tant d'années avec lui, toute une vie avant la vie. N'imagine pas que nous ayons fait l'amour, Manu et moi. C'est toujours à cela que les imaginations s'arrêtent. Mais non. J'étais tout pour lui, simplement. Imagine. Quand Manu quitte son entreprise le soir, personne ne sait où il va. Personne n'envisage qu'il retourne auprès de sa sœur... Si je ne suis pas là, il meurt. Il n'a jamais accepté les médicaments qui pourraient l'apaiser, parce qu'ils lui enlèvent son inventivité, son envie de vivre, toute possibilité d'excitation sociale. Nous restions rue Champollion, volets fermés, tout au long de ses crises. Cela pouvait durer des jours et des nuits. Il ne m'a jamais battue, contrairement à ce que tu as cru. Il entrait en transe. Il s'agrippait à moi et nous nous cognions contre les meubles, contre les murs. Nous étions nus, ou quasi nus, ruisselants de sueur, il avait ce besoin de me sentir près de lui, nous restions couchés en chien de fusil et il se débattait, frappait, gémissait, soulevé par une énergie bestiale, je le serrais contre moi des heures durant jusqu'à ce que ses tremblements cessent. Selon Thomas d'Aquin, que tu n'as pas lu car tu es hostile, mon tigre, à toute raison comme à toute religion, le feu de l'enfer est un feu sale, puant et sans lumière. Nous y brûlions, nous y brûlons toujours. Entre les crises, Emmanuel paraît normal, il invente, il bouge, il avance. Quand nous sortons de nos réclusions temporaires, nous allons marcher au jardin du Luxembourg, vérifier que les corps fonctionnent, que les muscles sont à leur place. Est-ce de l'amour, cela ? C'est tellement antérieur à l'amour, à la pensée, aux sentiments, Marco. Si mon frère mourait – ce qui est peu probable car le feu de l'enfer consume les corps sans les altérer – il ne fait aucun doute que je partagerais avec toi toutes les heures qui me restent à vivre.

J'ai connu des hommes, c'est vrai, je n'aurais pas dû te le dire, toutes sortes d'hommes. Je n'aurais pas dû te le dire parce que tu y attaches tellement plus d'importance que moi.

— Les pauvres, m'a dit Ghita (elle parlait de toi, il me semble), ils sont hantés par l'angoisse de nous perdre. Et par notre plaisir invérifiable.

Je les rencontrais partout et n'importe où, dès qu'Emmanuel me laissait. Il partait sans me dire où il allait, et il exigeait que je sois là quand il rentrait. Des loups faméliques comme moi, errant dans des steppes désolées. J'aimais les choisir, les attirer, les regarder venir vers moi comme s'ils étaient les maîtres du jeu, aimantés par la fraîche innocence qui se dégageait de moi. C'est ce que je cherchais, sans doute, en dehors du besoin de me sentir désirée : saisir dans leurs regards un reflet de mon innocence rêvée. Mais je n'étais pas innocente. Je ne faisais que passer, ils me regardaient bientôt m'éloigner sans avoir jamais senti flotter autour de moi l'odeur de la solitude. J'oubliais leurs noms, leurs visages, leurs sexes, leurs voix, je repartais rôder, le cœur vide et gris. À ces hommes j'offrais mon corps profané. À toi, mon tigre, j'ai offert un corps apaisé et mon âme intacte à jamais. Je n'aurais pas dû te parler de ma vie d'avant, ma vie de jeune louve, de ces amours qui n'en étaient pas. Tu en as souffert, tu en as souffert pour toi et pour moi alors que j'étais bien au-delà de la souffrance. Tu te sentais vieux alors, tu considérais tristement nos vingt-huit ans d'écart, tu étais désespéré parfois à l'idée de n'être qu'un numéro sur une longue liste d'amants de passage, tu pensais être arrivé trop tard et cette pensée te rongeait. J'aurais dû, oui, taire cela comme je tais tant d'autres choses de ma vie tissée de secrets.

Manu savait. Au sortir de ses crises il m'emmenait parfois en voyage et me faisait passer pour sa femme. Nous fréquentions les palaces et les grands restaurants, tous ces lieux que tu méprises, remplis de gens que tu détestes, pour jouir toute honte bue de ces privilèges qui te font vomir. J'étais ivre, Marco, j'étais hors de moi. J'aimais ces endroits luxueux, l'insouciance du concret, prendre l'avion à tout moment, être dans l'illusion d'une vie facile, même si pour cela il me fallait t'abandonner à la torture de mes absences soudaines. Sois heureux, si je ne t'ai pas tout raconté c'est que je ne souhaitais pas alimenter ta rage ni ton dépit, je voulais que tu me trouves belle et estimable, j'avais tellement peur de te décevoir ! Je ne te dirai pas de quoi étaient faits ces longs silences qui te faisaient tant souffrir quand je partais. Ou je te l'avouerai dans les histoires à naître, où nous allons nous retrouver.

Mon frère. Emmanuel est si fragile, cassant, prêt à rompre. Nous avons tout vécu ensemble, depuis toujours. Chacun contemple la solitude de l'autre. Nous savons d'où nous venons. Nous avons arpenté les mêmes déserts arides et gelés, connu les mêmes ivresses, la débauche des nuits d'alcool et de drogue, les fêtes comme des bûchers où les corps se consument, les instants et les lieux où le sordide essaie de se faire oublier dans la jouissance enragée et fugace, les réveils horribles dans des lieux et avec des gens qui me dégoûtaient. Tout cela que tu pressentais et qui te rendait si malheureux, comme la vue d'une belle peinture lacérée. Ton amour m'a rendue acceptable même à mes propres yeux, Marco, j'en étais stupéfaite.

Les mois ont passé. L'interminable tunnel noir de ces mois sans toi, sans nous. Emmanuel devenait fou. L'internement, l'hôpital, l'ultime crise à laquelle j'ai failli ne pas survivre et qui nous a valu de nous retrouver, je ne vais pas te raconter, j'ai tant d'autres histoires à venir. Tant d'autres chants pour toi. Tu ne perds rien pour attendre.

J'aime cette pièce moi aussi, ses écrans ouverts comme des fenêtres sur la vie de ton âme. Ton âme, mon vieux Marco ! La galopade des lignes vertes. Cette musique qui nous appartient. Clic, clic, clic, écoute bien, une histoire va commencer, clic clic, la petite mécanique, autre chose que ta vieille Bréguet.

Ghita m'a expliqué que le coma provoqué vise à reposer ton cerveau gonflé sous l'effet du choc, elle parle d'échelle de Glasgow, de score de Liège, dans sa bouche la maladie et la mort prennent les couleurs de la poésie. Nous avons du temps devant nous, avant ton réveil. Quand tu es rentré de chez ton père tu es tout de suite venu ici, tu m'as cherchée, on t'a informé de mon départ. Ghita n'était pas là, tu es sorti en courant pour aller chez elle, c'est à ce moment que tu t'es fait renverser. Par un camion de pompiers, espèce de clown ! Dans un roman, non, personne n'y croirait. Mais après tout c'est notre roman. Et puis qui sait si je ne suis pas toi ? Qui sait si tu n'empruntes pas ma voix pour finir, mon sorcier ? Et qu'importe, dans le fond ? Nous sommes ensemble, nous ne finirons jamais.

Jamais.

Tu vois, je suis revenue. Je n'étais pas vraiment partie. Bientôt de nouveau les étincelles sur nos peaux quand nous nous toucherons. Continuons, vieux tigre.

Continuons de vivre et de courir dans les splendeurs de notre apocalypse.

Je connais tes œuvres. Voici, parce que tu as peu de puissance, et que tu as gardé ma parole, et que tu n'as pas renié mon nom, j'ai placé devant toi une porte ouverte que nul ne peut fermer.

Écoute bien, Marco. Tu te demandes, entre autres, ce que vont devenir Reine et Manu au moment de retrouver leur père ? Tu veux connaître le destin de Louise ? Tu veux savoir pourquoi on m'a trouvée une nuit inanimée devant l'hôpital, comme jetée d'une voiture ? Tu es impatient de découvrir de nouveaux personnages, de traverser avec moi des steppes sans fin ? Allons-y. Tu auras des surprises, je te le promets.

Je vais commencer.

Je commence.

Œuvres de Jean-Marie Laclavetine (suite)

Aux Éditions Christian Pirot

RABELAIS, *essai*, 1982, réédition 2000.

GENS D'À CÔTÉ. Sur des photos de Jean Bourgeois, 1992.

Aux Éditions du Cygne

RICHARD TEXIER, MON COUSIN DE LASCAUX. Sur des peintures de Richard Texier, 1995.

Aux Éditions Champ Vallon

ÉCRIVERONS ET LISERONS. Dialogue en vingt lettres avec Jean Lahougue, 1998.

Aux Éditions Le Temps qu'il fait

LES DIEUX DE LA NUIT. Sur des peintures et objets de Richard Texier, 1998.

Aux Éditions National Geographic

LA LOIRE, MILLE KILOMÈTRES DE BONHEUR, 2001.

Aux Éditions Somogy

JEAN-CHRISTOPHE MAILLOT, D'UNE RIVE À L'AUTRE, 2009.

Composition : Dominique Guillaumin, Paris
Impression : CPI Firmin Didot
à Mesnil-sur-l'Estrée en décembre 2015
Dépôt légal : décembre 2015
Numéro d'imprimeur : 131990

ISBN : 978-2-07-017800-1/Imprimé en France

295450